노무현을 위한 변명

노무현을 위한 변명

발행일	2018년 6월 8일

지은이	전 병 환, 김 태 현, 홍 종 화		
펴낸이	손 형 국		
펴낸곳	(주)북랩		
편집인	선일영	편집	권혁신, 오경진, 최예은, 최승헌, 김경무
디자인	이현수, 허지혜, 김민하, 한수희, 김윤주	제작	박기성, 황동현, 구성우, 정성배
마케팅	김회란, 박진관, 조하라		
출판등록	2004. 12. 1(제2012-000051호)		
주소	서울시 금천구 가산디지털 1로 168, 우림라이온스밸리 B동 B113, 114호		
홈페이지	www.book.co.kr		
전화번호	(02)2026-5777	팩스	(02)2026-5747

ISBN	979-11-6299-095-7 03810(종이책)	979-11-6299-096-4 05810(전자책)

이 도서의 국립중앙도서관 출판예정도서목록(CIP)은 서지정보유통지원시스템 홈페이지(http://seoji.nl.go.kr)와
국가자료공동목록시스템(http://www.nl.go.kr/kolisnet)에서 이용하실 수 있습니다.
(CIP제어번호 : CIP2018016225)

전병환
김태현
홍종화
지음

노무현을 위한 별명

이 땅의 억압받고 소외당하는 사람들을 위해
특권과 반칙 없는 사회를 열망했던
대한민국 16대 대통령 노무현.
기득권의 거센 반발에 부딪쳐 그의 꿈은 좌절됐지만,
노무현의 민본주의는
여전히 시대적 과제가 되어 우리 앞에 펼쳐져 있다.

북랩 book Lab

👥 민본주의, 이리도 어려운가

조선은 고려의 귀족사회를 무너뜨리면서 나라를 건국했다. 그들이 표방했던 것이 백성을 위한 나라였다. 이는 조선시대 내내 일관된 가치였다. 세종이 한글을 만든 것도 이러한 가치 체계의 반영이었다. 또한 이순신 장군이 절체절명의 위기 속에서 나라를 구한 것도 바로 백성을 사랑하는 마음이었다.

하지만, 모든 임금이, 모든 시대가 다 그렇지는 않았다. 병자호란으로 백성들은 청나라에 끌려가야 했다. 나라가 잘못되면 백성이 얼마나 불행하게 되는지 단적으로 증명한 사건이었다. 또한, 조선 말엽, 백성을 알지 못하는 임금과 무능하기 그지없는 임금들이 백성을 얼마나 힘들게 했는지 우리의 역사가 똑똑히 기록하고 있다. 결국, 조선은 백성들과 소통하지 못한 채, 민본주의라는 가치를 잃어버리고 멸망하게 되었다.

민본주의라 함은 기본적으로 백성과 소통하는 정치이다. 이는 노무현 대통령이 줄기차게 주장했고, 많은 반대를 무릅쓰면서도 끝까지 놓지 않았던 가치이다. 그런 까닭에 노무현은 탄핵을 당하기도 했다. 노무현 정부에 대한 공과가 있기도 하지만, 큰 흐름에 있어서는 그 누구도 거스를 수 없는 시대적 명분이었다. 이를 계승한 것이 문재인 정부이다. 촛불혁명으로 탄생한 정권이라는 것은 바로 민본주의를 구현해달라는 백성의 목소리이다.

이에, 이 책은 조선의 역사를 민본주의라는 가치체계 위에서 조망해보고, 중간 중간에 노무현 정부를 돌아봄으로써, 이명박, 박근혜 정부가 얼마나 '그들만의 리그'를 통해서 민본주의를 외면했는지를 살펴보는 것이다. 반대로, 노무현 정부가 얼마나 민본주의를 실현하는 데 힘을 기울였는지를 강조하는 것이다.

더불어서 권력이란 무엇인가에 대한 고찰도 담았다. 권력이라는 것은 권모술수라는 단어와 동일하게 취급된다. 임기 중에 성과만 내면 그만이라는 환상에 젖기도 한다. 대부분의 지도자들은 자신들만의 리그를 구축하기 위해, 혹은 백성의 목소리를 외면하기 위해 부단히 노력한다. 그들에게 백성은 섬겨야 할 대상임에 분명하지만, 백성이란 실체도 분명하지 않고, 한목소리를 내지도 않으니 민본주의를 실현한다는 것이 그만큼 어렵다. 어렵기 때문에, 혹은 귀찮기 때문에 그들은 민본주의라는 껍데기만 가져오고, 실체는 과감하게 혹은 무심하게 버려 버린다. 그것이 우리가 지금껏 살아온 나라이다.

그러기에 촛불혁명의 구호가 바로 '이게 나라냐'는 것이었다. 도대체 나라다운 나라는 무엇일까. 쉽지는 않은 문제이다. 하지만, 그다지 어렵지도 않은 문제이다. 노무현의 가치 체계 속에 그런 게 많이 남아 있기 때문이다. 그런 의미에서 이 책은 전에 나왔던 많은 책들과 유사할 수도 있다. 그게 우리의 고민이다. 무언가 다

노무현을 위한 변명

른 면을 부각시키고 참신하고 진지한 내용이 있어야 하는데 그런 게 없다면 그냥 이 책은 지구상의 나무를 없애는 데 일조하는 꼴이 될 것이다. 진심으로 이 책을 읽는 독자들이 여기에서 무언가를 얻기를 바라는 마음이 간절하다. 마찬가지로, 이 책이 노무현을 조금이나마 올바르게 판단했기를 바란다. 어쨌든, 모든 것은 독자가 판단할 일이다. 우리는 그저 노무현처럼 우직하게 우리가 믿고, 보았던 가치들을 줄기차게 주장할 수밖에 없다. 그것이 인기가 있든, 없든 말이다.

👥 왕다운 왕이 많지 않았다

지구상에 있는 많은 나라들이 대통령이나 총리 등의 형태로 그들의 지도자를 뽑는다. 우리나라도 5년마다 대통령을 뽑는다. 물론 고정되어 있는 것은 아니다. 헌법을 바꾸어 4년 중임제 대통령제가 된다면 4년마다 뽑을 수도 있을 것이다. 문제는 어떤 대통령을 뽑느냐는 것이다.

누구나 자신이 뽑은 대통령이 국민과 국가를 위해 헌신할 것이라고 생각한다. 하지만, 뽑고 나면 얼마 지나지 않아서 후회를 하면서 자신이 뽑은 대통령을 미워하거나 심지어 욕을 하는 경우를 주변에서 흔히 볼 수 있다. 그만큼 좋은 대통령은 흔하지 않은 것이다.

어디 대통령뿐이겠는가. 우리는 작건 크건 어떤 조직에 몸담고 있다. 그리고 리더가 어떻게 하느냐에 따라 그 조직의 운명이 많이 영향을 받는다. 누구나 리더가 조직을 잘 이끌어 주기를 바란다. 하지만, 우리의 바람과는 달리 리더들은 곧잘 이상하게 행동한다. 어떤 리더들은 자신의 이익을 지나치게 추구하기도 하고, 어떤 리더들은 아예 조직에 관심을 보이지 않는다. 또 다른 리더들은 조직에 관심이나 애정이 많지만, 그것이 조직을 해치는 경우도 많이 볼 수 있다.

어떤 전직 대통령처럼 권력을 자기 치부의 수단으로 삼기도 한다. 심지어 자신이 한 일까지도 모두 친인척이나 형제, 그리고 측근들에게 돌리는 몰염치를 보인다. 말로가 결코 좋지 않다. 아니, 백성들을 분노하게 한다. 온갖 거짓과 교언영색으로 정직하게 살아왔다던 그 대통령이 보통 사람은 꿈도 꾸지 못할 일을 하나도 아니고 수없이 했다는 것을 모든 국민이 보고 있다. 느리지만 언젠가는 밝혀지는 것이 진실이기 때문이다.

우리의 경우에도 가깝게는 조선이라는 나라에 26명의 왕이 있었지만, 나라와 백성을 위한 왕이 누구일까 고민하면 그다지 많은 왕이 떠오르지 않는다. 서글프게도 왕은 많지만, 왕다운 왕은 많지 않다는 결론에 이른다. 마찬가지이다. 지구상에 수많은 리더가 있었지만, 그들이 모두 리더다운 리더로 기억되지는 않는다.

그렇다면 어떤 리더가 좋을까. 좋은 리더를 고르는 진단법은 없는 것일까. 여기에 대한 답은 정해져 있지 않다. 그런 이유 때문에 지금도 많은 사람들이 이 부분을 연구하고 있고, 자기의 의견을 담아 책으로 내거나 강연을 통해 전달하기도 한다. 하지만, 여전히 갈증이 속 시원히 풀리는 책을 만나는 것은 어렵다. 어떤 부분

노무현을 위한 변명

에서는 맞지만, 어떤 부분에서는 틀리기 때문이다.

그 이유 중 하나는 시대가 변하기 때문이다. 시대가 변하면서 시대가 요구하는 가치관도 변한다. 따라서 만고불변의 진리를 찾는다는 것이 쉽지 않은 일인 만큼, 시대를 통틀어서 완벽한 리더를 찾는 것은 어렵다.

완벽한 리더가 없다는 것은 완벽한 인간이 없다는 것과 일맥상통하는 말이다. 그럼에도 오늘날 많은 사람들이 어렸을 때의 꿈을 대통령이나 회장 등 한 국가나 조직을 이끄는 리더라고 말한다. 그리고 그 꿈은 항상 자신의 내부에 남아서 지속적으로 그들에게 어떤 이상을 찾아가게 만든다.

그뿐만이 아니다. 어렸을 때 학교 반장에서부터 나이가 들어서 노인 회장에 이르기까지 사람들은 살면서 죽을 때까지 리더가 될 수 있는 기회를 가진다. 따라서 거창하게 한 나라를 다스리는 대통령이나 총리가 아니더라도, 마음만 먹으면 누구나 조직의 리더가 될 수 있다는 말이다.

👥 리더는 스무 고개처럼 끝없이 질문해야 한다

하지만, 여전히 리더가 된다는 것은 폼이 나면서도 두려운 일이다. 자신이 리더로서 한 조직을 다스리는 것도 겁이 나는 일이지만, 어떤 리더를 뽑을까 고민하는 일도 실로 쉽지 않다. 그렇다고 해서 모든 사람들이 경영학을 전공하거나 조직이론을 배워서 바람직한 리더의 조건을 공부해야 한다는 말은 아니다. 또 그렇다고 해서 올바른 리더가 되거나 올바른 리더를 뽑을 수 있는 것도 아니다.

그렇다면 이 문제를 포기해야 할까. 아니다. 포기해야 할 문제는 아니다. 어렵고 다소 복잡하고 귀찮기는 하지만 여전히 우리 삶에 드리워진 문제이기에 결코 외면할 수는 없는 문제이다.

우리는 리더의 표준을 노무현에서 찾았다. 즉, 노무현은 어떤 모습과 생각으로 백성과 나라를 대했느냐를 탐구하게 된 것이다. 그렇다고 해서 이런 문제에서 단순하게 노무현이라는 인물 하나에만 초점을 맞출 수는 없었다. 그래서 이것저것 많은 책을 보게 되었다. 그러므로 여러분은 지금부터 이 책을 통해서 한 나라를 다스리는 리더가 되기 위한 조건에 대한 고민의 흔적을 보게 되는 것이다.

더불어, 자라나는 청소년들에게 유익한 책을 만들기 위해서 고민했다. 또한, 지금도 어느 조직에서 리더가 되어 있는 사람들에게 도움이 될 만한 책이 되도록 노력했다. 이러한 노력들이 이 책을 읽는 사람들에게 고스란히 전달되었으면 하는 바람이다.

20가지를 선정한 것은 올바른 리더의 조건이라는 것이 어느 하나만 충족된다고 완성되는 것은 아니기 때문이다. 우리가 어렸을 때 스무고개라는 놀이를 통해서 정답을 찾아가는 과정처럼 계속 찾아가야 하는 부단한 노력의 과정이라는 것을 상징하기 위해서이다. 즉, 리더가 되는 문제는 늘 고민해야 하는 문제라는 의미가 담겨 있다. 또한, 삶이라는 것도 정답이 없는 상태에서 끝없이 질문하면서 정답을 찾아가야 한다는 의미도 담겨 있다. 마지막으로

노무현을 위한 변명

작은 조직이든, 큰 조직이든 리더가 되기 위해서는 계속해서 현재를 고찰하고 미래를 예상하면서 끝없이 더 좋은 정답을 찾아내야 한다는 메시지도 담겨 있다.

아무쪼록, 이 책이 국가를 비롯한 어떤 조직의 리더가 되었거나 그 리더를 꿈꾸는 사람들에게 꼭 읽혔으면 좋겠다. 반대로, 대통령을 포함하여 그 조직의 리더를 뽑는 사람들도 이 책을 읽어서 정말로 국민에게, 혹은 그 조직원에게 도움이 되는 리더를 뽑기를 바란다.

뽑고 나서 후회하지 않는 것이 중요하다. 또한, 뽑은 리더가 나의 생각과는 다소 다르게 조직을 이끌어간다고 해서 단세포생물처럼 즉각적으로 반응하지 말고, 그 리더가 무엇을 지향하고 있는지 같이 고민하는 시간도 필요하다. 그 리더가 사익을 추구하지 않고 공공의 이익을 위해서, 조직의 미래를 위해서 고민하고 행동하고 있다면 지지해주는 것도 좋은 방법이다. 리더가 되는 순간, 리더는 고독해지기 때문이다. 아무도 그 리더에게 직언을 하지 않고, 아무도 협조해주지 않는다면, 그 리더는 무엇으로 그 고독한 순간을 견디면서 올바르게 그 조직을, 그 나라를 이끌어 갈 수 있다는 말인가.

노무현은 다음과 같은 유서를 남겼다. 처음에는 그가 직접 썼는지에 대한 논란이 있었던 그 유서이다. 노무현이 유서를 썼던 그 순간으로 돌아가서 한 번 상상을 해 보자.

그는 평소보다 조금 일찍 눈을 떴다. 약간 멍한 머리를 잠시 털었다. 숱한 시간 번민했기 때문이다. 어렵게 자리를 털고 거실로 나왔다. 아들 건호와 함께 오랜만에 맥주를 마시며 모자의 정을 나누느라고 늦게 잠자리를 들었던 탓인지, 아내의 기척은 느껴지지 않는다. 거실 컴퓨터를 켜고 잠시 창 쪽으로 시선을 옮기다가 자판으로 손을 옮겨 번민하면서 간직했던 생각들을 한 줄씩 적어 간다. 적어가는 동안, 지난 세월 동안 그를 스쳐갔던 많은 생각과 생의 장면들이 파노라마처럼 펼쳐진다. 그 파노라마를 따라 한 줄씩, 마치 어려운 결정을 하듯이 써 내려간다. 다 쓰고 나니, 살짝 눈에 눈물이 난다. 억지로 참고 한 번 쭈욱 훑어본 다음, 그는 바탕화면에 저장했다.

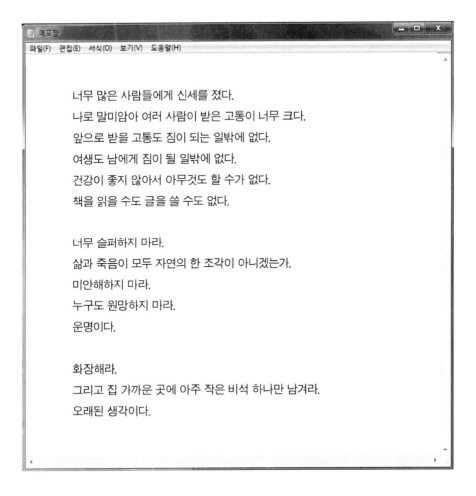

너무 많은 사람들에게 신세를 졌다.

나로 말미암아 여러 사람이 받은 고통이 너무 크다.

앞으로 받을 고통도 짐이 되는 일밖에 없다.

여생도 남에게 짐이 될 일밖에 없다.

건강이 좋지 않아서 아무것도 할 수가 없다.

책을 읽을 수도 글을 쓸 수도 없다.

너무 슬퍼하지 마라.

삶과 죽음이 모두 자연의 한 조각이 아니겠는가.

미안해하지 마라.

누구도 원망하지 마라.

운명이다.

화장해라.

그리고 집 가까운 곳에 아주 작은 비석 하나만 남겨라.

오래된 생각이다.

그의 유서 내용은 한 편의 시와 같다. 시라는 것이 단숨에 쓰이기도 하고, 오랫동안의 생각이 녹아서 만들어지기도 한다. 노무현의 경우에는 오랜 시간 간직했던 사고의 알갱이들이 결집되어 이루어진 것 같다. 그러기에 어느 한 자를 버릴 수가 없다. 민본주의에 대한 그의 생각도 유서만큼이나 오랜 기간 동안 머릿속에서 명멸하듯이 소멸과 생성을 거듭하면서 형태를 갖추었다. 그 누구보다도 공부를 열심히 했던 노무현. 그는 그저 머리를 남에게 빌리기를 주저하지 않았던 지도자가 아니었다. 모든 것을 무시하고 오로지 자신의 생각이 머무는 곳에서만 조직을 이끌어가는 지도자가 아니라, 백성과 관련된 모든 것에 대해서 모든 것에 관심을 기울이고, 토론했던 지도자였던 것이다.

국가의 현재뿐만 아니라 미래까지도 고민했던 노무현. 그러기에 어떤 의미에서는 그 당시 사람들이 충분히 이해할 수 없는 정책이나 발언도 있었다. 하지만, 그는 진지하고 우직하게 나라에 대해서, 민주주의에 대해서 고민하고, 대화하고 실천에 옮겼다. 그런 성과들이 지금의 문재인 정부 들어서 하나씩 퍼즐처럼 맞추어지고 있는 것이다. 그런 의미에서 노무현은 죽지 않았다. 역사 속에 영원히 살아 있는 것이다.

노무현은 자신의 권위를 이용해서 이익추구에 몰두하지 않았다. 또한, 측근들에게 국정을 농단하라고 방치하지도 않았다. 그는 대통령으로서 누구보다도 열심히 맡은바 소임을 다하려고 부단하게 애를 썼다. 심지어 퇴임 후에도 한 나라의 백성으로서 민본주의를 위해서 헌신하기 위해서 자신이 태어났던 봉하마을에 내려가서 기꺼이 농사를 지으려고 하지 않았던가. 그래서, 그를 사람들은 바보, 노무현이라고 부르는지 모른다.

민본주의에 대한 그의 생각도 그의 유서만큼이나 오래된 생각이었다. 이 책은 그에 대한 흔적을 조금이나마 짚어보는 것이다. 그의 민본주의에 대한 생각은 어쨌든 세상에 나와야 하기 때문이다. 그래서 그의 죽음과 함께 잊히는 것이 아니라 우리 역사 속에

노무현을 위한 변명

남아서 끝없이 명멸하면서 우리의 가슴 속에 남아야 하기 때문이다. 시간이 지날수록 노무현에 대한 소란한 생각을 지우고, 혹은 버리면서 새벽빛보다 더 신선하고 명징하게 우리의 가슴 속에, 역사 속에 남아 있어야 하기 때문이다. 아니, 틀림없이 남아 있을 것이다.

그 이유는 분명하다. 즉흥적이고, 어떤 어려움을 이겨내기 위해 임시로 지어낸 생각이 아니라 오래된 생각이기 때문이다.

차례

자신이 누구인지를 인식하라

역사 앞에 당당하고자 했던 노무현

'나는 가수다'라는 프로그램이 있었다. 방영 때부터 한동안 우리 사회의 여러 곳에 상당한 반향을 일으켰다. 심지어 조그마한 음식점도 이를 패러디하여 선전했을 정도였다. 무엇이 그토록 사람들을 열광하게 했던가. 우선적으로 '나는 가수다'라는 말 속에 들어 있는 자신감과 정체성이 주된 요인일 것이다.

'나는 가수다'에는 당연히 가수들이 나온다. 그것도 신인이나 어정쩡한 가수가 아니라 한국을 대표하는 가수들이다. 그들이 나와서 최고의 가창력과 최고의 연주, 최고의 퍼포먼스를 통해 진정으로 가수가 무엇인지 시청자들에게 보여주는 것이다. 청중을 매료시키는 실력과 그들의 카리스마, 그리고 시청자들과 공감하고 싶은 그들의 진정성을 어필하는 것이다.

인간은 나이와 처소, 그리고 환경에 상관없이 자신이 누구인지를 알아야 한다. 현대사회를 '자아상실의 시대'라고 부르는 것 자체가 이미 유토피아와는 거리가 먼 삶임을 시사한다. 어느 시대보

노무현을 위한 변명

다 지식이 넘쳐나고, 과학이 발달되어 물질이 풍성함에도 오히려 그만큼 더 혼란스러운 것은, 현대인 대부분이 자신이 누구인지를 모르기 때문이다.

자신의 정체성을 선언하는 사람들은 대부분 긍정적이다. '나는 가수다'라는 단어 속에 가수에 대한 자부심이 담겨 있다. 그렇기에 그들은 치열하게 청중들을 감동시키기 위해 아이디어를 짜내고 피땀 흘려 연습을 하는 것이다. 정체성 자체가 삶을 움직이는 것이다.

그렇다면, 노무현은 어떤 사람이었을까. 노무현은 노력하는 사람이었다. 그는 매순간 자신의 목표가 무엇인지를 분명하게 인식하면서 그 목표를 성취하기 위해서 부단히 노력하였다. 그는 또한 언제나 최선을 다하는 사람이었다. 최선을 다하는 것은 인간이 할 수 있는 가장 가치 있고, 또한 도달하기 어려운 영역 중의 하나이다. 누구에게나 시간이 똑같이 주어지지만, 대부분의 사람들은 자신에게 주어진 시간의 의미가 무엇인지 모르고 흘려보내는 경우가 많다.

그러기에 누구나 최선을 다했다고 말을 할 수가 있지만, 진실로 최선을 다한 사람은 찾기 어려운 것이다.

또한, 노무현은 당당하게 살고자 분투했던 사람이다. 세속적인 기준으로 보면 성공한 변호사였던 그는 소위 부림사건을 만나 뒤늦게 역사와 사회에 눈을 뜬 이후, 마치 활화산처럼 자신을 불태우며 '사람 사는 세상'의 꿈을 향해 나아갔다. 이후로 정치에 뛰어들면서 숱한 좌절과 낙선을 거듭하였지만 포기하거나 좌절하지 않았다. 심지어 정치하는 데 필요한 조직과 돈이 없어 남이 깔아 놓은 방석에서 '식객' 노릇을 할 때도 그는 언제나 당당했던 것이다.

완벽한 사람이 아니었기에 실수를 하고 오류를 범했지만 잘못을 감추거나 변명하지 않았다. 부단히 자신을 성찰하고 교정해가면서 원칙과 상식의 힘에 기대어 대통령이 되었다.

대통령이 되기 전에도, 된 후에도 한결같이 노무현은 반칙과 분열주의에 항거했으며 기회주의와 분연히 맞서 싸웠다. 힘이 없을 때에도 부당한 특권 앞에 굴복하지 않았으며, 권력을 쥐었을 때에는 국민 위에 군림하지 않았다. 그는 남이 아니라 자기 자신 앞에 당당한 사람이 되려고 노력했던 사람이었다. 무엇보다 역사 앞에 당당한 사람이 되려고 노력한 사람이었다. 그러기에, 노무현의 이미지는 깨끗하고 단아하고 힘이 있다.

👥 제갈량의 자부심은 노력의 결과

『삼국지』에서 자기정체성을 제대로 인식한 인물을 꼽으라고 하면 단연 제갈량을 꼽을 수 있다. 유비는 신야에 주둔하고 있을 때, 서서와 사마휘의 천거로 융중에 은거하고 있는 제갈량을 세 번이나 찾아가서 가르침을 청했다. 이 일화는 삼고초려라는 고사성어로 후대에 널리 전해져 있다. 세 번째 찾아온 유비에게 제갈량은 자신의 웅대한 전략을 『융중대책』에 담아서 유비에게 제시했다.

이 장면은 상당한 의미가 있다. 시골에 묻혀 살면서도 천하가 셋으로 나누어짐을 알고, 밭을 갈고 살면서도 유비를 위해 탁월

　　　　　　　　　　　노무현을 위한 변명

한 정치노선과 전략을 제안했기 때문이다. 촌에 있는 농부가 어찌 천하대책을 논할 수 있겠는가. 당연히 제갈량은 노력하고 있었던 것이다. 언젠가 자신의 시대가 다가오리라는 것을 알고 준비하고 있었던 것이다. 이 『융중대책』은 제갈량이 유비를 도와 한실을 부흥하고 천하통일의 패업을 달성하는 데 가장 핵심이자 기초가 되는 전략이라고 할 수 있다.

제갈량은 스스로를 제나라의 유명한 재상이었던 관중과 연나라의 명장인 악의라고 불렀다. 그만큼 자부심이 대단했던 것이다. 그 자부심이 있었기에 유비를 세 번씩이나 오게 하지 않았을까.

그가 근거도 없는 자부심만 가득했을까. 아니다. 그는 융중에 은거하는 동안 수많은 책을 독파하고 시국을 조망하면서 자신의 때를 기다리고 있었던 것이다. 당시 제갈량이 은거하고 있었던 양양(제갈량이 거처하고 있던 고을인 융중은 양양성에서 서쪽으로 20리 떨어진 곳이다)은 지리적으로 볼 때 훗날 삼국의 접경지역이자, 정치, 경제, 문화가 교차하는 지역이었으며, 지사와 지식인들이 모이는 곳이기도 하였다.

제갈량이 융중에서 10년간 농사를 지은 것은 실력을 기르고 지식과 지혜를 축적하기 위함이었다. 또한, 그가 삼국의 정치무대를 주름잡는 지략가이자 군사가가 될 수 있었던 것은 타고난 두뇌 때문만은 아니었다. 오랜 노력을 통해 쌓은 지식과 경험이 그의 더 큰 재산이었다. 그런 이유로, 그는 자신의 정체성을 발견하였다. 제갈량도 그 오랜 세월 동안 시련을 겪으면서 자신이 어떤 존재인지 발견하였던 것이다. 리더는 태어나는 것이 아니라 만들어진다는 명제는 제갈량의 경우에는 참일 수밖에 없다.

아프리카에 아주 커다란 사자가 한 마리 살고 있었다. 그 사자는 세상에서 가장 훌륭한 사냥꾼이었다. 그 사자는 한 번도 사냥에 실패해본 적이 없었다. 몸놀림이 재빠르고 발톱은 엄청나게 무시해서 밀림 속의 어떤 동물이든 단번에 때려눕힐 수 있었다. 사자는 사냥을 아주 좋아해서 틈만 있으면 사냥을 나갔다. 하루에 두세 마리쯤 잡는 것은 문제가 아니었다. 모두들 사자를 향해 아프리카의 제왕이라고 불렀다.

아무런 고민이 없이 행복하게 살고 있는 이 아프리카의 제왕에게 남모르는 고민이 하나 있었다. 자기가 기껏 사냥 솜씨를 발휘해 놓으면 그것을 이용해 공짜로 이익을 챙기려는 얌체들이 들끓는다는 것이었다. 같은 사자들도 자기가 사냥한 고기를 나누어 먹었음은 물론 하이에나와 자칼, 그리고 독수리와 솔개까지 합세하였다. 처음에는 별것이 아니라고 생각하였지만 시간이 지나자 사자는 화가 나기 시작했다. 하루는 사자가 먼저 먹고 난 후 남은 고기를 먹고 있는 동물들에게, 으르렁거리며 말했다.

> - 사냥은 내가 다 했어. 그런데 너희들은 내가 사냥하는 동안에 손끝 하나 까딱하지 않고 있다가 내가 사냥한 것을 아무런 미안한 마음도 없이 당연하다는 듯이 먹고 있구나. 정말 싫어. 왜 내가 빈둥빈둥 놀고 있는 너희들과 함께 음식을 나누어 먹어야 하지?

노무현을 위한 변명

- 우리는 네가 식사하고 난 후에 먹는 거잖아. 그리고 너는 아프리카
의 제왕인데 왕답게 굴면 안 되겠니?

자칼 중의 하나가 사자에게 말했다. 사자는 화가 나서 그 자리
에서 자칼의 목을 물어 죽여 버렸다. 동물들은 놀라서 혼비백산
하고 도망쳐 버렸다.

하지만, 사자는 많은 사냥감을 자주 잡았기 때문에 그 사냥감에
서 나온 고기를 다 먹어치울 수가 없었다. 보다 못한 사자는 얌체
들을 다 죽이려고 작정했다. 하지만 사자가 얌체들을 죽이면 죽일
수록 더 많은 먹이가 생겨났고 어디서 오는지 얌체들은 줄어들지
않았다.

사자는 고민에 고민을 하다가 한 가지 결론에 이르렀다. 얌체들
에게 주지 않기 위해서는 자기가 다 고기를 먹어치울 수밖에 없
다는 결론이었다. 사자는 배가 부른 뒤에도 사냥감을 남기지 않
기 위해 계속 먹어치웠다. 사자가 다 고기를 먹는 바람에 하이에
나와 자칼, 그리고 독수리 등은 쫄딱 굶어야 했다. 배가 고파서
죽는 동물도 있었다.

사자는 신나게 사냥을 하고 신나게 먹었다. 너무 많이 먹어서
움직임이 둔하고 소화불량이 걸렸는데도 먹이를 전혀 남기지 않
았다. 그러던 어느 날, 사자는 심장에 기름기가 끼어서 피가 돌지
않는 바람에 심장마비로 죽어 버렸다. 그날은 하이에나와 독수리
들에게는 잔칫날이 되어 버렸다. 동물들은 사자의 고기를 뜯어먹
으면서 역시 제왕이라 많은 것을 남겼다고 비아냥거렸다.

힘이 있고 재능이 있는 사람은 그만큼 남을 섬겨야 한다. 그렇지 않으면, 결국, 자신에게 해가 돌아오고 때문이다. 이런 의미에서, 민본주의는 백성을 위하는 것이 아니라 리더 자신을 위한 것인지도 모른다.

　　　　　　　　　　　　　　　　　노무현을 위한 변명

고려를 무너뜨리고 조선이라는 나라를 개척하던 시기, 이성계와 정도전 등 조선 건국의 핵심 인물들은 고려 말에 벌어졌던 귀족들의 횡포에서 백성들을 구하기 위해서는 새로운 나라가 필요하다는 논리를 폈다. 이른바, 역성혁명의 당위성이다.

정도전의 핵심 철학은 재상주의이다. 임금은 때로 포악하기도 하고, 어리석기도 하니 나라를 안정적으로 다스릴 수 없다는 전제아래, 재상이 나라를 다스려야 한다는 것이 재상정치의 핵심이다. 그러면서 그는 과거제도를 통한 능력 있는 관리를 선발해야 한다고 주장했다.

문제는 과거제도에 있다. 과거제도는 10세기 중반 고려 광종 때 중국 후주의 쌍기가 들여온 것으로, 고려를 거쳐 조선에 이르기까지 인재 선발의 거의 유일한 통로였다. 동양에서도 중국과 한국에서만 시행되던 특수한 제도로 알려져 있다. 또한 제대로 된 양반이 되려면 과거에 합격해야 했다.

하지만, 과거제도는 조선 후기에 들어오면서 변질되기 시작했다. 문벌가의 자식이 아니면 급제할 수 없었으며, 조정의 권력을 쥔 당파에 속해 있지 않으면 급제는 남의 일이었다. 또한 급제를 한다고 해도 별도로 돈을 들이지 않으면 관직을 얻을 수 없었다. 거기다가 지역차별까지 있었다.

이성계는 본인이 함경도 출신임에도 불구하고 왕이 된 뒤에 서북지방 사람은 등용하지 말라는 유훈을 남겼다. 그 바람에 평안도와 함경도 출신 중에는 이후 300년 동안 높은 벼슬을 한 사람이 한 사람도 나오지 않았다. 또한 한양의 사대부들조차 서북 사람들과는 혼인을 기피하고 벗으로도 사귀지 않았다.

조선시대 때 사대부는 거의 모두 경기도와 충청도, 경상도, 전라도 등 지금의 남한 지역에서만 나왔는데, 선조 때 정여립의 역모인 기축옥사가 벌어진 뒤에는 전라도 차별이 생겼고, 영조 때 이인좌의 난 이후에는 경상도 차별이 생겨서 벼슬은 경기도와 충청도, 그리고 한양에 있는 사람들의 차지가 되어 버렸다.

이런 지역차별의 폐단 때문에 임진왜란이 일어났을 때, 서북지방에서는 나라를 위해 일어난 의병이 거의 없었던 것이다. 게다가 선조가 의주로 도망칠 때는 돌을 던지고, 왕자 둘을 잡아서 일본군에게 넘기기도 하였다. 병자호란 때 역시 이 지역 주민들은 의병을 모집하지 않았고, 청군이 내려올 때에도 구경만 하고 있었다. 그 바람에 겨우 닷새 만에 압록강에서 한양까지 도달할 수 있었던 것이다.

서북 지방 사람들은 스스로를 조선 백성이라고 생각하지 않았다. 그래서 금법을 어기거나, 여진과 연합해서 관군을 괴롭히거나, 국경을 넘어가 도둑질을 해서 말썽을 부리는 등 조정을 배반하는 사례가 많았다. 사실상 과거제도는 조선의 문벌 집안의 자제들을 위한 '그들만의 리그'로 전락되었다. 정도전이 말하던 재상정치라는 것도 현실에서는 거의 이루어지지 못했다. 오히려, 왕권강화라는 미명하에 자신의 말을 듣지 않는 사람들을 살해하는 이방원에게 정도전도 죽임을 당하는 빌미가 되어 버렸다.

또한, 공부만 열심히 한다고 해서 과거에 합격하는 것도 아니었다. 과거 준비는 어렸을 때부터

해야 하는데, 20~30년간 준비하려면 상당한 자본을 투자해야 하기 때문에 돈 없는 평민들에게는 그저 그림의 떡이었다. 게다가 서얼의 자손이나 개가한 여자의 자손, 그리고 역모를 범한 죄인의 자손, 뇌물을 받아먹고 형을 받은 이의 자손은 응시가 불가능했다.

정도전은 임금의 자질에는 어리석고 현명한 자질도 있으며, 강력하고 유약한 자질도 있어서 한결같지 않다고 했다. 그 말이 맞기라도 한 것일까. 조선의 27대 왕 중 전기의 절반인 14대 왕 가운데서 정상적인 과정을 거쳐서 왕 위에 오른 인물은 문종(5대), 단종(6대), 예종(8대), 연산군(10대) 등 4명이 고작이다. 게다가 문종과 예종은 일찍 죽었고, 단종과 연산군은 쫓겨나 버렸다. 초대부터 14대에 이르기까지 정상적인 절차를 거쳐서 왕 위에 오른 사람은 단 한 명도 없다고 볼 수 있는 것이다.

그렇다면, 사대부들이 이런 단점을 보완해야 하지 않겠는가. 하지만, 조선은 사대부들이 중심이 된 양반의 나라였다. 그럼 양반은 어떤 사람들인가. '불친처사'라고 하여 자기 밭에 난 잡초 한 포기도 뽑으면 안 되고 꼭 사람을 불러서 뽑아야 했다. 또, '절기비사'라고 하여 농업, 상업, 공업 등의 천한 일을 하면 절대 안 되었다. '수모집전'도 있었다. 이는 양반은 손으로 돈을 만지거나 세면 안 된다는 것이었다. '불문미가'도 있었다. 하루 세끼 먹는 쌀값도 물어서는 안 되었던 것이다.

그러니 그들이 어찌 세상 돌아가는 것을 알 수 있겠는가. 과거에 급제할 수 있는 인원이 제한되어 있지만, 그것만이 출세할 수 있는 지름길이니 주야장창 글 읽기에 매달릴 수 없었을 것이고, 머리에 든 것은 있으니 네가 옳다, 내가 옳다 하며 입씨름을 하고 살 수밖에 없었다.

백성의 숫자를 헤아려 땅을 나누어준다는 계민수전(計民授田)에 대한 기대로 한껏 부풀어서 이성계와 급진개혁을 환영했던 백성들은 끝내 조선 역사상 중심무대에 올라설 수 있는 기회를 박탈당하고 세계에 유례없는 지역차별과 신분계급, 기근, 질병 등에 시달리다가 죽어갔던 것이다.

노무현이 특권과 반칙이 없는 사회를 구현하려 했던 것은 이런 민본주의(民本主義)에 대한 오래된 생각 때문이었다.

노무현을 위한 변명

자신감으로 사명에 충실하라

기자가 끼어들지 않는 게 좋겠다

노무현은 정치를 시작하면서 언론과의 전쟁을 자주 벌였다. 그 중에서 《조선일보》와의 악연(?)은 참으로 길고 모질기까지 했다. 《조선일보》와의 인연은 이렇게 시작되었다. 《조선일보》 종로 보급소에 있는 배달 소년들이 '모닥불회'라는 단체를 만들어 권익투쟁을 했다. 그런 이유로 본사에서 이들을 해고하였다. 소년들이 급기야 노무현에게 와서 법적인 상담을 요청했다. 정치를 하는 목적이 약자를 보호하는 것이었던 노무현은 이를 거절할 수 없어서 보급소에 한 번 간 일이 있었다.

그런데, 그때 《조선일보》 민주당 출입기자가 와서 노무현에게 그 일에서 손을 떼라고 하였다. 그래서 노무현도 지지 않고 이런 일에 기자가 끼지 않는 게 좋겠다고 말했다.

그런데, 이 일을 계기로 《조선일보》가 노무현에 대해 좋지 않은

각도로 보도를 했다. 노무현이 민주당 대변인으로 있었을 때였다. 노무현은 고민을 한 달여 동안 하다가 《조선일보》와 소송을 벌일 생각을 하였다. 당 지도부는 모두 말렸다. 심지어 괜히 《조선일보》와 싸움을 하다가 당이 피해를 당할까 봐 노무현을 희생양으로 삼을 움직임까지 있었다. 조용히 대변인직에서 물러나게 하자는 의견이 일부 민주당 당직자들 사이에서 나온 것이다. 그때 노무현은 자리에 연연하지 않고 다음과 같이 말했다.

> 당에 부담이 된다면 부담이 안 되는 쪽으로 내 신변을 정리하겠다. 나는 처음부터 정치를 하려고 이 판에 뛰어든 게 아니다. 강자의 횡포에 맞서다 보니 나도 모르게 정치인이 되었다.

자신감 있고 사명에 찬 발언임에 틀림이 없다. 초선 의원의 입에서 처음부터 정치하려고 이 판에 뛰어든 게 아니다. 강자의 횡포에 맞서다 보니 나도 모르게 정치인이 되었다, 라는 말이 쉽게 나올 수 있는 말은 아니지 않은가. 그에 덧붙이는 말이 더 자신감 있고 사명에 차 있다. 그의 말을 더 들어보자.

> 《조선일보》처럼 부도덕한 언론과 아무도 싸우지 않는다면 누구도 정치를 바로 하지 못할 것이다. 결국 누군가가 상처를 입을 각오를 하고 언론의 횡포에 맞서야 한다.

👥 스스로 깨끗하지 못한 일은 할 수 없다

이 당시 노무현의 나이는 45세였다. 그때만의 생각은 아니었다. 그 후에도 노무현의 생각은 변하지 않았다. 정치인 노무현은 초년병 때부터 대통령 자리에서 물러서는 그날까지 변하지 않았다. 정치인이 언론과 싸움을 한다는 것은 무모함에 가까운 일이다. 스스로 깨끗하지 못하면 할 수 없는 일이다. 그런데, 털어서 먼지 안 나는 사람이 있을까. 더군다나 언론이라는 것은 없는 것도 있다고 우겨서 보도할 수 있는 세력을 가진 집단이지 않은가. 최소한, 의혹을 부풀려서 마치 사실처럼 보도할 수도 있는 게 언론이 가지고 있는 '나쁜 힘'이지 않은가.

이에 대한 노무현의 생각은 이렇다.

> 나도 인간이니까, 또 무슨 뒷조사를 해서 이번에 쓴 것처럼 쓰면 인간의 어떤 사생활도 다 이야깃거리로 만들어낼 수 있을 것이다. 문제는 그런 것이 두려워 몸을 움츠리고 타협하기 때문에 지금까지 권력의 횡포, 강자의 횡포가 가능했다는 점이다.

결국, 노무현은 1992년 12월 4일 이 재판의 1심에서 이겼다. 법원은 《조선일보》 관련자들이 연대하여 노무현에게 2천만 원을 배상하라는 판결을 내렸다.

그러나, 노무현은 얼마 후 소송을 취하했다. 진실이 밝혀졌으니 그것으로 족하다고 생각한 것이다. 사건의 본말을 제대로 짚을 필요가 있겠다. 당시 《주간조선》은 "소문은 노 의원이 노사분규를 조정하면서 노(勞)와 사(使) 양쪽에서 돈을 받았다는 것이다. 기자가 몇 기업체 이름을 거론했지만 그는 회사 이름을 밝힐 수 없다고 했다"라고 보도했다.

이에 대해 노무현은 이렇게 밝혔다.

> 동료의원 한 명이 김영삼 총재의 직접 지시라면서 나에게 어느 기업의 노사분규를 중재해달라고 했다. 나중에 YS의 지시가 아닌 줄 알았지만, 어쨌든 중재를 했다. 그 후, 그 의원이 누구를 만나자고 해서 누구를 만났더니 그 의원과 나에게 봉투를 하나씩 주었다. 2천만 원이 들어 있었다. 우물쭈물하다가 어느 사회단체에 기증했다. 그리고 나서 그 일을 잊어버리고 있었는데 그 기업에서 부탁이 들어왔다. 아차, 싶어서 형에게 2천만 원을 빌려서 돌려주었다.

노무현은 돈에 대해서는 까다롭고 깨끗하게 처신해 왔다. 눈먼 돈도 거저 삼키지 못하는 주제에 내가 무슨 부정을 해서 부자가 되었겠느냐고 반문하면서 살아왔다.

살아 있는 나무만이 봄을 맞이할 수 있다

손책은 죽음에 이르러서 손권에게 자신의 권력을 넘겨주면서 이렇게 말했다.

> 강동의 백성들을 이끌고 양쪽 진영의 사이에서 기회를 잡아 천하를 도모하는 일은 네가 나보다 못할 것이다. 그러나 현명하고 유능한 사

람들을 발탁하여 그들의 마음을 다하여 강동을 보위하는 일은 내가 너보다 못할 것이다.

　손책의 이 말은 핵심을 찌르는 말이었다. 그는 자신의 아우 손권의 자질이 강동을 지킬 정도밖에 되지 않는다는 사실을 알았다. 손권에게는 유비의 제갈량에 비견할 수 있는 노숙이 있었고, 주유와 같은 전략가가 있었지만 천하를 아우르려는 웅대한 포부(사명감)도, 적극적이고 진취적인 전략기조(자신감 및 내면의 에너지)를 유지할 재주도 없었다. 그에게 대외확장과 천하통일을 할 수 있는 기회가 여러 차례 찾아왔지만, 그는 번번이 그 기회를 놓치고 말았다.

　조조가 대군을 이끌고 한중을 공격했을 때, 손권은 그 틈을 놓치지 않고 북진을 강행해야 옳았지만, 소요진에서 패배한 후에 곧장 강동으로 줄행랑을 치더니 그 뒤로는 한 번도 밖으로 나올 엄두를 내지 못했다.

　사마의가 군대를 이끌고 요동정벌을 나섰을 때는, 마침 촉과 위의 기산전투가 끝난 뒤라 위군은 위축되고 병사들은 지쳐 있었다. 동오에게는 이때가 북벌을 단행하기에 아주 좋은 때였다. 하지만 동오는 머뭇거리기만 하다가 기회를 놓쳐 버리고 말았다.

　또 위군이 세 갈래로 나뉘어서 촉으로 진군했을 때에도 동오도 중원으로 진격해 영토를 넓히는 한편, 촉의 위급한 형편을 도와줄 수 있었지만 쓸데없는 걱정에 휩싸여 또 귀중한 기회를 놓치고 말았다.

　이런 소극적인 생각은 병력증강에도 허점을 드러냈다. 동오는 장강을 굳게 지키기 위하여 군대를 수군 위주로 편성하여 육지에서의 전투, 특히 기병의 전투 능력이 상대적으로 약했다. 하지만, 삼국통일의 사명을 완수하기 위해서는 강력한 보병이 주력군이 되어야 했다. 이러한 소극적인 전략이 오래 지속되면서 군대의 장수들에게는 경쟁심이나 진취심이 점차 사라져 갔고, 군대와 백성들 사이에서는 현상에 안주하고 태평세월을 유지하려는 경향이 팽배해져 버렸다.

이처럼, 자신감과 사명에 대한 인식이 없어지면 스스로를 지키는 것조차 힘들어지고, 현 상황을 고수하는 것조차 버거워지는 법이다. 결국 동오는 안일을 추구하다가 민심이 해이해지면서 마침내 몰락의 길로 접어들고 말았다.

자신감으로 사명에 충실하지 않았기 때문에, 동오는 눈이 내리는 겨울을 견디는 동안 죽어 버린 것이다. 죽은 나무나 꽃은 봄에 절대 새로운 잎사귀를 내놓지 못하고, 꽃도 피우지 못하는 것이다. 살아 있는 나무만이 봄을 맞을 수 있다. 그리고 무릇 살아 있는 것들은 자신감으로 사명에 충실해야 비로소 제 몫을 다할 수 있는 것이다.

👥 백성의 왕이라는 사명감으로 한글을 만들다

세종대왕의 한글 창제를 테마로 한 드라마 '뿌리 깊은 나무'를 보면 인간이 하나의 목표와 사명에 집중하고 그 일에 성과를 내는 것이 얼마나 어려운지를 잘 알 수 있다. 조선이라는 나라에서

노무현을 위한 변명

최고의 지위에 있는 왕이, 그것도 한국 역사상 가장 현명한 군주라는 세종이 한글창제를 위해 신하들의 눈을 피해 궁녀들에게 자료를 수집하게 하는 모습은 보는 사람을 안타깝게 한다.

실제로, 그랬을까 하는 의문이 들기도 하지만 그런 순간이 있었음을 확실히 부인할 수도 없다. 그만큼 남이 생각하지 못하는 것을 새로 만들어내는 것은 어렵고, 자신의 생각을 넘어서 남을 이해하는 것이기에 더욱 힘들고 고달픈 것이다.

또한, 조선은 중국이라는 거대한 힘을 숭상해왔다. 이른바 사대주의는 조선의 사대부들에게는 도저히 넘어설 수 없는 거대한 강 같은 것이었다. 그래서 그들은 어느 때부터인가 그 테두리 안에서 자신의 영역을 개척하고, 자신의 역량을 최고도로 발휘하는 것을 영광으로 알았다.

그런데, 사대부의 최고 정점에 있는 조선의 국왕이 기껏해야 생산을 담당하는 백성을 위해 글자를 만들겠다고 하니, 사대부들은 왕이 미쳤다고 생각하는 것이다. 반대로, 백성이 글을 깨우치면 백성들을 다스리기가 어려우니 아예 백성들을 우매한 채로 놔두자는 의견도 지배적이었다. 그러니 한글창제에 대한 신하들의 반대가 얼마나 집요하고 극렬했겠는가를 짐작할 수가 있다.

아마도, 세종도 번민했음에 틀림이 없다. 세종이 아무리 신하의 의견을 경청하는 군주였고, 신하들이 자신의 뜻을 충분히 알 수 있을 때까지 묻고 또 물으며 그들이 이해하기를 기다렸던 국왕이었지만, 이건 분명히 다른 사안이었던 것이다. 자신의 존재 목적 자체가 걸려 있는 중대한 사명이 바로 한글창제라고 생각했기에 어떤 희생을 치르더라도 반드시 완수하고 싶었던 것이다.

한글창제의 목적은 백성들에게 제 뜻을 제대로 표현하게 하는 것이었다. 한마디로 조선의 백성을 사람으로 만든 것이다. 그 어떤 것을 잃더라도, 심지어 자기 목숨을 버려서라도 백성들에게 마음속에 담겨 있는 뜻을 다른 사람에게 표현하게 하고 싶었던 것이다. 그는 자신이 사대부의 왕이 아니라 백성의 왕이라는 사명을 잊지 않았던 것이다.

노무현을 위한 변명

조선은 육로가 좁고 험했기 때문에 세곡(稅穀) 등의 현물을 한양으로 운반하려면 물길을 이용해야만 했다. 바다를 전혀 통하지 않고도 바로 목적지까지 갈 수 있는 방법은 한강의 수운이 유일했다. 당시의 한강은 물이 풍부하여 남한강과 북한강의 아득한 상류까지 배가 다닐 수 있었다. 경기도와 강원도는 물론, 경상도 북쪽에서는 한강을 통해 조운을 운반했다.

한강을 제외한 수운의 대부분은 해운이 가능한 곳에서 설치된 조창(漕倉)까지 전달했다. 조창에 모인 미곡을 선박에서 선적하여 해운을 통해 도성의 경창으로 가야 했다. 그런데 조선의 뱃길이 험하기로 손꼽히는 곳이 세 군데 있었는데, 바로 태안의 안흥량과 강화도의 손돌목, 장연의 장산곶이었다. 그중에서도 안흥량이 물길이 험한 데다가 암초까지 많아서 단연 최악의 코스였다.

태조4년인 1395년부터 세조1년인 1455년까지 60여 년 동안 무려 200척이 난파하거나 침몰하였으니 인명과 세곡의 피해는 심각했던 것이다. 어떤 때는 안흥량이 1년 치 세곡의 10%를 집어삼킨 적도 있었으니 도저히 그냥 두고만 볼 수 없는 노릇이었다. 조정은 운하를 파야 한다는 결론에 도달하게 되었다. 여러 차례 조사한 끝에 안흥량 인근의 가로림만과 천수만 사이의 낮은 지대를 약 7㎞ 정도 파내면 안흥량을 피해 안전한 곳으로 갈 수 있다는 결론이 나왔다. 이곳은 이미 고려시대부터 운하를 개척하려고 시도한 적이 있었다.

태종은 자존심이 강한 사람이었다. 그는 5천여 명의 병력과 인근 백성을 동원하여 운하 개척에 나섰다. 그런데 별로 진척이 보이지 않았다. 간만의 차이가 큰 서해의 특성상 공사는 썰물 때만 가능했다. 그나마 파낸 개펄의 흙이 바닷물에 스며들어 계속 막혔다. 그것을 무릅쓰고 파내려가자 이번에는 단단한 화강암층이 가로막았다.

화강암의 암반을 오직 괭이와 삽, 망치와 정을 사용해 배가 안전하게 지나갈 수 있는 넓이와 깊이로 개척한다는 것은 불가능한 일이었다. 어찌나 바위가 단단하던지 정이 튕길 정도였다. 그럼에도 그 운하는 꼭 필요한 것이었기에 물러설 수도 없었다. 이때 하륜이 새로운 방식을 제안했다.

하륜이 제안한 방식은 땅을 파고 산을 깎는 대신 일정한 높이마다 둑을 쌓은 다음에 물을 채워서 배를 띄우고 짐을 릴레이식으로 전달하여 운반하는 것이었다. 이른바, 현대의 도크(Dock) 운하와 같은 개념이다. 결국에는 하륜이 주장하는 바와 같은 역사는 성공했다. 하지만, 조선왕조실록에 이런 비평이 있다.

- 헛되이 민력(民力)만을 썼지, 반드시 이용되지 못하여 조운은 결국 불통(不通)할 것이다.

결국 안흥량을 피해나갈 수 있는 우리나라 최초의 운하는 완공되지 못했다. 가장 큰 문제는 둑을 채워 배를 띄울 수 있는 물을 확보할 수 없다는 것이었다. 운하를 포기하는 대신에 다른 방법이 사용되었다. 안흥량 남쪽에 창고를 지은 다음, 그곳에 미곡을 내려놓으면 육로를 이용해서 안전한 북쪽까지 이송한 것이다. 거기서 배를 이용하여 한강으로 운반하였으며, 경기도 인근의 육로를 통해 도성으로 들어갔다.

이쯤에서 하륜은 운하에 대한 생각을 접었을까. 아니다. 그는 다시 도성과 한강을 연결하는 운하를 제안하였다. 반대하는 자가 거의 없었다. 의정부 찬성사 유양이 유일하게 반대하였는데, 백성의 어려움을 감안하라는 것이었다. 공사 자체가 불가능하다고 말한 것은 아니다. 이에 대해서 어렵다고 소문난 경회루 공사를 성공시킨 박자청은 1만 명으로 한 달을 넘지 않는다면 할 수 있다고 말했다.

하지만, 결국 태종은 포기하고 만다. 백성들을 고단하게 만들고 싶지 않았던 것이다. 실제로 2년 전에 청계천을 대대적으로 준설하고 경복궁에 경회루를 조성했는데, 이때 백성들의 애로가 많았던 것이다. 만약, 이때에 태종이 운하를 팠더라면 어땠을까. 서울이 베니스와 같은 도시가 되었을까. 아닐 것이다. 그때 실제로 운하를 팠더라면 머지않아 운하는 오물이 흐르는 하수도로 전락하여 도성을 옮기자는 말까지 나왔을지도 모른다.

이렇듯 운하라는 것이 쉽지 않은 것이다. 하지만, 이명박 정부는 필생의 사업처럼 4대강 사업을 시작하였다. 운하라는 말들이 여러 차례 제기되었으나, 그는 정면으로 부인하였다. 가뭄과 홍수를 조절하는 치수 사업이라고 홍보하였다. 하지만, 4대강 사업이 끝나자마자, 문제점이 곳곳에서 드러났다. 대표적인 것이 지류를 손대지 않고, 본류만을 손대는 전형적인 성과주의 방식이라는 지적이었다. 관리의 문제에 대해서도 연일 시끄러웠다. 도처에 잡풀이 돋아나고 공원이 관리가 되지 않아서 쓰레기더미가 되고 있다는 것이다.

처음에는 전국에 자전거 길을 만들겠다고 호언하던 정부였다. 물이 썩지 않을 것이라고 장담하였다. 그런데 결과는 어떠한가. '녹조라떼'라는 말은 이미 오래전부터 귀에 익은 말이 되어 버렸다. 4대강 사업으로 만들어진 도로나 공원을 관리하기 위해 4대강 사업보다 더 많은 예산이 투입되어야 하는데 지자체는 이 예산을 쓸 수 없으니 처음부터 문제를 안고 있었던 사업임에 분명하다. 다시 보를 헐고 옛날로 돌려놔야 한다는 목소리가 높아지고 있다. 실제로 낙동강은 보를 개방하였다.

민본주의(民本主義)는 어쨌든 지도자의 입장에서 생각하는 것이 아니라 백성의 입장에서 생각해야 옳다. 그렇지 않으면 생각지도 않은 재앙으로 백성을 괴롭히기 때문이다. 민본주의와 성과주의는 그다지 어울리는 조합은 아니다.

본질적인 문제에 충실하라

2007년 대선에는 핵심이 빠졌다

2007년 대선을 바라보는 노무현은 참으로 심경이 복잡하였다. 그가 얼마나 본질적인 문제에 충실했는지 알 수 있는 대목 중의 하나이다. 다음은 『운명이다』라는 책에서 가져온 노무현의 말이다.

진보냐, 보수냐 이것도 중요하다. **그런데, 진보, 보수 이전에 더 중요한 것이 원칙을 아는 정치인인지, 신뢰를 할 수 있는 사람인지의 여부이다. 일관성 있고 믿을 수 있는 사람이라야 진보든 보수든 가치가 있기 때문이다.** 정치에도 인간적인 신뢰가 있어야 한다. 노무현과 차별화를 하려면 차별화할 가치가 있어야 할 것이다. 무엇을 잘못했다고 지적을 하고 무엇을 차별화하겠다고 이야기를 해야 한다.

👥 원칙을 잃은 패배가 가장 쓰라리다

17대 대통령 선거를 치르는 과정에서 열린우리당이 사라지고 대통합민주신당이 그 자리에 들어왔다. 게다가, 18대 국회의원 총선을 치루면서 대통합민주신당이 사라지고 민주당이 자리를 잡았다. 거기서 그치지 않았다. 대통령 선거를 앞두고 유력한 예비후보를 영입하려는 시도가 있었다. 처음에는 고건 국무총리, 그 다음에는 정운찬 서울대 총장, 그리고 손학규 경기도지사, 문국현 유한킴벌리 대표 등이 물망에 올랐다. 이들을 영입하려는 시도에 대해서 노무현은 다음과 같이 말했다.

> 다른 분야에서 훌륭한 업적을 이룬 사람이 정치에 들어와서는 능력을 발휘하지 못하는 경우가 많았다. 대통령이 되려는 사람은 정책 비전도 있어야 하지만, 권력투쟁을 수행하는 데 필요한 리더십을 가지고 있어야 한다. 권력투쟁의 현실에 과감히 뛰어들어 비전으로 타인을 설득하고 국민을 감동시키는 능력을 보여야, 비로소 국민이 그 사람을 지도자로 신뢰하고 정치인들이 따르게 된다,

17대 대통령선거는 정당정치와 선거의 기본원리가 다 무너진 선거였다. 이 기간 동안, 노무현은 자신이 정치를 잘못해서 이명박 정부를 탄생시켰다는 비난을 숱하게 들었다. 이에 대해서 노무현은 다음과 같이 단호하게 말했다.

> 가장 나쁜 것이 원칙을 지키지 못하면서 패배하는 것이다. 원칙을 지키면서 패배하면 다시 일어설 수 있다. 그러나 원칙을 잃고 패배하면

노무현을 위한 변명

다시 일어서기 어렵다. 나는 이기든, 지든 매순간 원칙을 지키면서 선거에 임하는 것이 중요하다고 생각한다. 그런 의미에서 보면, 17대 대통령 선거에서는 여당 후보가 존재하지 않았다. 참여정부의 공과를 다 책임지겠다는 후보도 없었다.

이처럼 노무현은 본질적인 문제에 충실하는 것이 가장 중요한 일임을 알고 있었다.

침착함과 인내심이 본질에 도달하게 한다

『삼국지』에서 조조와 원소는 각각 대군을 이끌고 관도에서 대치하였다. 당시 원소는 병사의 수로 보나 군량미의 양으로 보나 조조 군보다 몇 배나 우월했다. 『삼국지연의』에서 나관중은 이들의 숫자를 원소의 군대가 70만, 조조의 기병이 7만이라고 기록하고 있으나 다른 곳에서는 이들이 각각 10만과 2만으로 기록되어 있다. 어쨌든, 조조의 군대는 원술의 군대에 비해서 규모가 턱없이 부족했던 것은 사실인 듯하다.

조조가 한 차례 출격하였으나 승리하지 못하고 후퇴해서 진채를 굳건히 지키자, 이번에는 원소가 출격하여 조조 군과 관도에서 대치하였다. 서로 상대방을 잘 아는지라 어느 편도 선불리 공격하지 못하는 지루한 대치 상황이 수개월 동안 이어졌다. 상황이 지연될수록 조조 군은 초조해지기 시작했다. 조조 군은 이미 군량미가 바닥이 나고 병사들의 사기가 떨어져서 있는 데다가 설상가상으로 후방도 안전하지 못했다.

상황이 긴박해지자 조조는 관도를 버리고 퇴각하여 허창을 지켜야 할지, 계속 버텨야 할지를 놓고 고민에 빠졌다. 혼자 결정을 내릴 수 없던 조조는 허창에 있는 순욱에게 전갈을 보내 상의하였다. 그러자 순욱이 곧 답장을 보내왔다.

> 만일 이번에 원소를 꺾지 못하면 그에게 기회를 주게 되고, 이는 천하의 향방을 가르는 중요한 계기가 될 것입니다. 원소가 비록 군사가 많다고는 하나, 그것을 제대로 통솔할 수 있는 그릇은 되지 못합니다. 명공의 뛰어난 무예와 명철하심으로 능히 원소를 무찌를 수 있을 것입니다. 더욱이 지금 군사가 적다고는 하나 초한의 형양과 성고에서 싸울 때만큼은 차이가 나지 않습니다. 명공께서 땅에 금을 그어 굳게 지키시고, 중요한 요충지만 누르고 계신다면 적이 더 이상 나오지 못할 것입니다. 또 지금과 같은 형세가 오래가지 못하고 반드시 변화가 있을 것이니 그때가 바로 적이 예상치 못한 계책으로 적을 무찌를 때입니다. 결코 그 기회를 놓쳐서는 아니 되옵니다.

전쟁에서 두 군대가 대치하고 호시탐탐 공격의 기회를 노리고 있을 때 먼저 퇴각하는 쪽이 상대에게 약점을 드러내 결국 패배한다는 것이 병가의 상식이다. 이를 모를 리 없는 조조이지만 곤경에 처하자 전황에 미혹되어 실수를 저지를 뻔한 것이다.

관도는 허도의 관문으로 만일 조조가 퇴각한다면 원소는 분명 그 틈을 타서 대대적으로 공격했을 것이고, 조조는 돌이킬 수 없는 상황에 빠지게 될 것이었다. 이는 전적으로 조조가 중심을 보지 못하고 주변에 미혹되어 있기 때문이었다. 다행히, 순욱은 전쟁 상황에 있지 않았기 때문에 주변상황에 미혹되지 않고 핵심을 볼 수 있었다. 훈수를 두는 사람이 더 잘 본다는 말은 이때에 적용되는 말일 것이다.

순욱의 편지를 받은 조조는 장수들에게 진채를 사수하라는 군령을 내렸고, 머지않아 기회가 찾아왔다. 조조는 그 틈을 타서 오소를 습격해서 관도대전을 승리로 이끌었다. 적과 대치하는 상황은 지휘관의 의지와 신념을 시험하는 기회이다. 이때 필요한 것은 냉정하게 상황을 판단하는 침착함과 기회가 오기를 기다릴 줄 아는 인내심이었다. 이 두 가지가 결국에는 가장 본질적인 문제를 꿰뚫게 되는 것이고 전쟁을 승리로 이끌게 하는 중요한 힘이 되는 것이다.

👥 올바른 상황판단과 신속한 대응이 핵심

1982년 어느 정신병자가 청산가리를 일부 타이레놀 캡슐에 집어넣어 8명이 사망하는 사건이 일어났다. 이 사건이 보도된 후에 각종 언론으로부터 2,500여 건 이상의 문의 전화가 폭주하였으며, 사건 발표 이튿날 증권시장에서 존슨앤드존슨의 주가는 7포인트 하락했고, 37%에 달하던 시장점유율이 사건 발생 일주일 만에 6.5%로 떨어졌다. 존슨앤드존슨은 즉시 기존의 매체 광고를 전면 중단하고, 창고에 저장되어 있는 모든 재고물량을 처분하기로 결정했다. 그뿐만 아니라 이미 방출된 타이레놀 총 3,100만 병을 회수했다. 또한, 소비자들에게는 사건이 명백해질 때까지 제품을 복용하지 않도록 경고하였다. 이러한 일련의 조치로 회사는 1억 달러를 지출했다. 나중에, 수사를 통해서 타이레놀 제품의 제조 과정과는 아무런 관련이 없으며 소매상 유통과정에서 발생한 범죄라는 것이 밝혀졌다.

존슨앤드존슨은 여기에서 그치지 않았다. 유통과정에서 청산가리를 투입할 수 없도록 타이레놀 캡슐 제품을 모두 알약으로 교체하였다. 이를 위해서 다시 수백만 달러가 들어갔다. 이런 일을 처리하면서 존스앤드존슨은 꼭 필요한 핵심인물로 위기관리팀을 결성했고, 대변인의 수를 제한함은 물론 미디어와도 완전 공조체제를 이루어서 대응하였다. 숨기려고 하지 않고 솔직하게 대응한 것이다.

또한, 존스앤드존슨의 회장인 짐 버크는 상황을 자세히 알리기 위해 여러 차례 TV 프로그램에 출연하였다. 그런데 예상외로 존스앤즈존스에 돌아간 것은 비난보다는 호의적인 반응이었다. 언론은 존슨앤드 존슨이 사건에 대처하는 모습이 솔직하고, 잘못을 뉘우치고, 책임감이 강한 태도라고 보도했다. 특히, 독극물 사건을 신속하게 해결하고, 대중을 보호하는 일에 전념하고 있다고 호평했다. 존슨앤드존슨은 비처방 진통제 시장 점유율 37%라는 과거의 자리를 되찾기 위해서 많은 투자를 하였다. 이처럼, 존슨앤드존슨의 올바른 상황파악과 신속한 대응 덕택에 판매고는 재빨리 회복될 수 있었다. 1983년 초에 과거에 누렸던 시장 점유율은 거의 회복이 되었으며, 현재 타이레놀은 처방전이 필요 없는 의약품 중 상당히 잘 팔리는 약이 되었다. 무엇보다 소비자들에게는 책임감 있는 회사로서의 이미지를 확고하게 심을 수 있었다.

노무현을 위한 변명

세종은 32년간 재위했는데, 그의 치세 중 신하로서 처형된 자가 하나도 없었다. 세종 치세 중 신경을 쓸 만한 반역이나 모반사건이 단 한 건도 없었던 것이다. 세종은 관후하고 담대하며 집념이 강한 스타일이었다. 깊은 지식을 갖고 있음에도 불구하고 결코 유약하거나 우유부단하지 않고 이상에 치우치지 않았다. 그는 개성이 강하고 노회한 태종의 신하들을 무리 없이 품어 역량을 마음껏 발휘하게 하는 한편 인재들을 적재적소에 배치하였으며, 또 장래를 대비하여 젊은 엘리트들을 키웠다.

세종시대의 권력구조나 정치적 양상은 세종 19년(1437년)을 분수령으로 두 시기로 구분된다. 세종은 이때를 전후하여 국가 기강의 중심이었던 육조직계제를 의정부서사제로 변혁하여 왕에게 집중되어 있던 국사를 의정부로 넘기는 한편 세자로 하여금 서무를 재결하도록 하는 등 이전에 비해 더욱 유연한 정치를 펼쳐나갔다. 또 언관과 언론에 대한 왕의 태도도 이전에 비해 훨씬 부드러워졌으며, 이들에 대한 탄압이나 징계는 거의 없었다.

이와 같은 정치적 분위기는 일차적으로 유교정치의 진전에 의한 것이었다. 집현전을 통하여 배출된 많은 유학자들에 의해 유교적 제도의 정리가 가능했고 편찬 사업이 활기를 띠기 시작하면서 유교정치의 기반이 안정되었다. 그래서 왕권 중심의 정치 행태인 육조직계제에서 의정부서사제로 이행할 수 있었던 것이다. 이러한 정치제제의 변화는 한편으로 세종의 건강 문제와 밀접한 관계가 있었다. 세종은 젊은 시절부터 소갈증(당뇨병)을 앓고 있었기에 정무가 과다한 육조직계제는 감당할 수 없었던 것이다.

세종은 명나라와의 사대관계를 원만히 수행하기 위해 필요한 인재의 양성과 학문의 진흥, 그리고 이를 지속하기 위한 정책적 배려를 아끼지 않았다. 이에 따라 집현전에는 젊고 유망한 학자들이 채용되었고, 그들에게는 여러 가지 특전이 주어졌다. 학문에 전념할 수 있도록 생활비를 지원하는가 하면 집현전에 소속된 관원은 경연관, 서연관, 시관, 사관 등의 직책을 겸하였고, 중국의 옛 제도를 연구하거나 각종 편찬 사업에 동원되기도 하였다. 세종은 이들 관원 중에 학술에만 몸담고자 하는 이들에게는 다른 관직에 이직시키지 않고 집현전에만 10년 또는 20년씩 머물도록 해주었다.

세종은 한 나라의 군주로서 더 이상 바랄 것이 없는 인물이었으나, 아쉽게도 후계구도를 소홀히 하여 장손 단종이 피살당하고 아들 수양이 왕위를 찬탈하는 사건이 일어나게 되었다. 태종이 형제간에 분란의 소지를 피하기 위해서 세자 이외의 왕자들의 교육을 가볍게 시킨 것과는 달리 세종은 아들들의 교육에 매우 신경을 썼다. 세종 12년 진평대군(후에 수양대군으로 이름을 바꿈) 이유, 안평대군 이용, 임영대군 이구가 세종의 지시에 따라 나란히 성균관에 입학했다. 여기서 임영대군은 탈락하고, 둘은 무난히 학문을 쌓았다. 이에 세종은 둘을 정치에 관여하게 하였고, 둘 중에서 수양대군이 정치적인 자질이 뛰어나 세종 17년부터 세종을 대신하여 명나라 사신을 접대하곤 했다

이렇게 왕자들의 기를 살려 놓는 바람에, 후에 병약한 문종이 일찍 죽자, 수양대군과 안평대군

이 권력 싸움을 하게 되고, 안평대군을 제압한 수양대군이 단종을 폐위시키고 왕위를 찬탈했.을 뿐만 아니라 동생 안평과 금성, 그리고 조카 단종을 죽이는 참극이 일어났던 것이다.

세종 업적의 근간을 이룬 것은 본질에 충실하는 문제였다. 그 본질에 충실하는 것 중의 가장 중요한 가치가 민본(民本)이었다. 그가 후계구도를 잘못했다는 이유로 크게 비난받지 않은 이유 중의 하나이다. 더불어서 완벽한 리더는 없다는 사례로도 세종은 중요한 참고가 되는 것이다. 후계구도에 실패했다고 해서, 세종을 민본에 충실하지 않은 왕이라고 말할 수 있는 사람이 있을까. 마찬가지로, 노무현이 잘못해서 이명박 정부를 탄생시킨 것은 아니다.

노무현을 위한 변명

아니다, 라고 분명히 말하라

이인제의 반칙을 저지하다 대통령이 되다

다시 태어나면 대통령 하지 마십시오.

2009년 5월 29일 고 노무현 16대 대통령 영결식에서 한명숙 공동 위원장이 눈물로 읊은 추도사의 한 대목이다. 이처럼 인간 노무현의 비극적 최후는 그가 대한민국 대통령이 되었다는 점과 무관하지 않다. 국회의원 정도로 만족했더라면 그의 인생은 행복했을지도 모른다. 그렇다면 정치인 노무현은 왜 대통령이 되려고 했을까? 그는 이렇게 답변한다.

이인제 씨는 경선에 불복했던 사람이 아닙니까. 그런 사람이 민주당으로 와서 대선후보를 하겠다는 것은 말이 안 됩니다. 그저 현상에 영합하는 것은 도무지 용납할 수 없습니다. 그리고 그 현상에 영합하는 사람들의 모임과 세력을 보면서 이건 아니다 싶었습니다. 도무지 그것은 정치라는 이름으로 불릴 수 없었습니다.

노무현의 말대로 이인제는 1997년 대선에서 한나라당 예비후보로 나와서 당내 경선에서 이회창 후보에게 졌다. 하지만, 그는 경선 불복을 선언하고 무소속 대통령 후보가 되어 대선에서 3등을 하였다. 그런 영향으로 김대중 대통령이 당선을 하게 된 빌미를 제공하였던 것이다.

이후, 2002년 대통령 대선의 판이 어느 정도 가닥을 잡아가자, 이번에는 민주당 대선 후보가 되기 위해서 민주당으로 들어온 것이다. 당시에, 동교동계 등 민주당 주류세력은 이인제에 대한 지지 선언을 하였다. 노무현은 이를 용납할 수 없었다. 그는 아니다, 라고 분명히 말했던 것이다. 그는 그 이유를 이렇게 설명한다.

> **내가 이인제 씨와 끝까지 맞섰던 것은 그분의 정책이나 기능이나 역량 등이 나보다 못하다는 이유가 아니었습니다. 그가 원칙을 지키지 않았기 때문입니다.**

그러니까, 노무현은 그때까지는 대통령에 대해 어느 정도 생각은 있었으나, 구체적으로 꿈꾸지는 않았던 것이다. 그에게는 오로지 이인제를 이기기 위한 명제만 남아 있었던 것이다. 노사모 바람이 처음에는 미풍으로 시작하여 점차 강풍으로 바뀌면서 그는 대통령에 도전하는 것 자체가 부담이 되었다. 하지만, 누군가는 이인제와 같은 정치인이 나와서는 안 된다고 분명히 말해야 했던 것이다. 결국, 노무현은 이인제와 같은 정치인을 막아야 한다는 생각으로 출발하여 결국에는 대통령이 된 것이다.

노무현을 위한 변명

👥 반칙을 한 사람이 성공하면 신뢰가 무너진다

그가 이인제 개인에게 분노한 것은 절대 아니다. 그의 행로 자체도 분노의 대상이 아니었다. 그가 진정으로 분노한 것은 반칙을 한 사람이 성공을 하는 것이었다. 또, 지도자가 그렇게 만들어졌을 경우에, 국민들에게 끼칠 영향이 두려웠던 것이다.

이에 대해 노무현은 이렇게 말했다.

> 신뢰를 파괴하는 결정적인 계기가 기회주의입니다. 정치는 대의를 말하는 직업인데, 입으로는 대의를 말하면서 그 행동은 자기 개인의 이익을 쫓아가고 있을 때, 즉 기회주의적인 행태를 보일 때 신뢰는 더 이상 지탱할 힘이 없이 무너지고 마는 것입니다. 신뢰를 잃은 지도자가 갈등을 조정하고 사회적인 합의를 이끌어낸다는 것은 불가능합니다. 더욱이 그 사회 사람들의 가치의식과 윤리를 파괴하게 되는 것입니다.

노무현이 이인제를 반대한 이유는 결국 일반 국민과 나라를 걱정하는 마음에서 비롯된 것이라고 할 수 있다. 그래서, 그는 아니다, 라고 말했던 것이다.

👥 제갈량은 아니다, 라고 말했다

유비가 성도를 함락시킨 후에 공신들에게 논공행상을 행하고, 말과 소를 잡아 병사들에게 배불리 먹이며, 국고를 털어 백성들을 구휼하자 촉의 모든 백성들이 기뻐했다. 그 후 유비는 서천을 편안히 다스리기 위해서 제갈량에게 치국조례를 제정하도록 하였다. 그런데 촉을 어떻게 통치할 것인가의 문제를 놓고 제갈량과 법정의 견해가 서로 달랐다. 제갈량이 형법을 중시할 것을 주장하자, 법정이 반대했다.

- 한고조께서는 약법삼장(사람을 죽인 자는 사형에 처하고, 사람을 상해하거나 남의 물건을 훔친 사람은 그에 상응하는 죗값을 내린다는 내용으로 그 밖의 진나라의 무자비한 법은 모두 없앰)을 정해 천하를 다스리자, 모든 백성이 그의 덕에 감복하여 법을 잘 지켰습니다. 군사께서도 형법을 관대하게 정하여 백성들을 편안히 살 수 있도록 해주십시오.

그러자, 제갈량이 말했다.

- 그대는 하나만 알고 둘은 모르시는구려. 고조께서 백성을 관대하게 다스린 것은 진나라가 워낙 학정을 펼쳐 백성들이 지쳐 있었기 때문이오. 그러나 지금은 그때와 다릅니다. 유장이 성격이 나약하여 덕치를 베풀지 못하고 형법도 엄하지 않아, 군신의 도가 땅에 떨어지고 상하가 문란하오. 또한 자기가 아끼는 사람에게만 벼슬을 주어 관직의 권위가 서지 않고, 순종하는 사람에게만 은혜를 베풀어주니 주변 사람들은 은혜를 받기 위해 눈을 속이는 일도 서슴지 않았던 것이오. 이것이 바로 유장이 패망한 원인이오. 법을 엄정하게 하여 그 법이 잘 지켜지면 백성들이 은혜를 알게 되고, 벼슬자리를 귀하게 하면 벼슬이 올라갈수록 그 명예의 소중함을 깨닫게 될 것이오. 또 귀하고 고마운 것을 알게 되면 위아래에 저절로 절도가 생기게 될 것이니 나라를 다스리는 도가 빛을 발하는 것이오.

제갈량의 이 말은 한 고조의 통치경험과 서천이 처한 현실을 면

노무현을 위한 변명

밀히 분석한 후에 도출한 결론이어서 어디 하나 흠잡을 곳이 없다. 법정도 이 말을 듣고 제갈량의 지혜에 탄복하여 그를 칭송하였다.

역사는 거부할 수 없는 흡인력을 가지고 있기 때문에, 조직을 이끄는 리더는 역사적으로 성공했던 방식을 찾아내어 그대로 따르려는 경향이 있다. 법정도 그중 하나였다. 하지만, 시간의 흐름에 따라 환경과 조건이 변하면 역사적인 경험도 가치가 없어진다는 것을 간과하였다.

무엇보다도 그는 삼국통일이라는 사명을 뼈저리게 느끼지 못했기 때문에, 순간적인 백성들의 인기에 영합하는 것을 경계했던 것이다. 또한, 제갈량은 유비를 도와 천하를 통일하려는 대의명분을 꼭 달성하고 싶었던 것이다. 순간적인 인기에 영합해서는 그 사명을 달성할 수 없다고 생각한 것이다. 그래서 그는 기꺼이 여론의 반대를 무시하고 정책을 결정할 수 있었던 것이다.

아니다, 라고 말해야 할 때, 그것을 하지 못한다면 그 대가는 상상할 수 없을 정도로 크다. 개인이나 나라나 모두 염두에 두어야 하는 진리이다.

☗ 비스마르크도 아니다, 라고 말했다

1863년, 프로이센의 총리 비스마르크는 유럽의 정치상황을 꼼꼼히 분석하고 있었다. 당시 주요세력은 영국, 프랑스, 오스트리아였다. 독일 연방에 속한 나라는 느슨하게 동맹을 맺고 있었고 프로이센도 그중의 하나였다. 독일 연방 가운데 주도적인 국가였던 오스트리아는 연방 내의 다른 국가들이 분열된 채 약소국으로 남아 있으면서 오스트리아에 복종하도록 애썼다. 하지만, 비스마르크는 다른 생각을 하고 있었다.

비스마르크는 먼저 덴마크와 전쟁을 시작했다. 예전에 프로이센의 영토였던 '슐레스비히-홀슈타인'을 되찾기 위해서였다. 그는 프로이센이 움직이기 시작하면 프랑스와 영국이 민감하게 대응한다는 것을 알고 오스트리아를 전쟁에 끌어들였다. 두 나라가 동맹을 맺어 '슐레스비히-홀슈타인'을 되찾으면 양국 모두에게 이득이 될 것이라고 주장했다. 전쟁이 끝난 뒤, 비스마르크는 '슐레스비히-홀슈타인'이 프로이센에 귀속되어야 한다고 주장했다. 당연히 오스트리아는 분노했고 두 나라는 협상을 했다. 결국, 오스트리아는 슐레스비히를 프로이센에 넘기기로 동의했고 1년 뒤에는 홀슈타인도 프로이센에 팔았다. 서서히 오스트리아는 힘이 약해졌고 프로이센은 강자로 부상하고 있었다.

1866년, 그는 프로이센 왕 빌헬름을 설득하여 독일연방에서 탈퇴하고 오스트리아와 전쟁을 벌이도록 했다. 프로이센의 왕비, 왕세자, 다른 독일 공국들의 군주들은 전쟁을 거세게 반대했다. 그러나 비스마르크는 한 치도 굽히지 않고 밀어붙였다. 월등한 군사력에 힘입어 '7주 전쟁'에서 승리했다. 그러자 프로이센 왕과 장군들은 아예 빈까지 밀고 들어가자고 주장했다. 오스트리아 영토를 가급적이면 많이 뺏자는 것이었다.

그러나 비스마르크는 이에 반대하였다. 이런 조치로 프로이센과 다른 독일 국가들의 독립을 보장받았다. 프로이센은 독일 내에

노무현을 위한 변명

서 막강한 세력으로 자리 잡았을 뿐만 아니라 새로 성립된 북독일 연방의 중심국이 되었다. 얼마 후에, 비스마르크는 프랑스를 자극하여 전쟁을 일으켰다. 신경전을 벌여서 프랑스의 나폴레옹 3세를 격노하게 만들었고, 프로이센 왕이 프랑스에 대한 분노를 품게 만들었다.

1870년, 프로이센-프랑스 전쟁이 일어났다. 프로이센은 막강한 군사력으로 몇 개월 만에 승리를 거두었다. 유럽의 모든 국가가 비스마르크가 이끄는 프로이센의 다음 행보를 두려워하게 되었다. 1년 뒤에 비스마르크는 독일을 통일하여 독일 제국을 건설하였다. 프로이센 왕은 제국의 황제가 되고, 비스마르크는 제국의 총리가 되었다.

그러나 그 이후의 상황은 사람들의 예상을 빗나갔다. 비스마르크는 더 이상 전쟁을 원하지 않았다. 유럽의 열강들이 다른 대륙에서 식민지를 건설하려고 안간힘을 쓰는 동안, 비스마르크는 식민지 개척을 엄격하게 제한하였다. 그는 독일에게 필요한 것은 더 많은 영토가 아니라 안정이라고 생각했기 때문이었다.

그는 남은 생애 동안 유럽의 평화를 유지하기 위하여 모든 노력을 경주하였다. 사람들은 그가 나이를 먹으면서 성격이 유해졌다고 수군거렸다. 하지만, 그건 사람들의 착각이었다. 비스마르크는 처음부터 세워둔 계획을 한 치의 오차도 없이 완성하고 있었다. 그것은 그가 기꺼이 홀로 수행해야 할 계획이었다. 거기에는 아니다, 라고 말하는 것도 분명히 포함되어 있었다.

조선이 성리학에 목을 매면서 상공인을 천시하다 보니 상업이 발달할 리 없었다. 그 결과 조선 중후기까지 경제유통방식이 완전히 지금의 아프리카 미개인 수준의 물물교환이 주를 이루었다. 이웃나라 중국은 조선보다 자그마치 200~300년 정도 전인 동주의 춘추전국시대부터 화폐가 쓰이기 시작했고, 일본도 이미 화폐가 쓰이고 있었다. 하지만, 조선은 한심하게도 17세기까지 물건을 사는 데 쌀을 지고 다녔고, 무명이나 삼베를 허리에 차거나 어깨에 걸치고 다녔다.

이러한 물품화폐의 성행은 조정이 중앙집권적 지배체제를 확립하기 위해 필요한 제정 조달에 막대한 어려움을 초래했다. 화폐 대용으로 이용되는 쌀이나 베는 양적으로 한정되어 있었을 뿐 아니라 교환하고 보관하는 일이 여간 어려운 일이 아니었기 때문이다. 또한 물품화폐가 계속 유통될 경우 경제권이 전적으로 백성들에게 부여되기 때문에 통치권의 중앙 집중화에 방해가 되기도 하였다.

고려 사회에서도 이 같은 명목화폐제도를 정착시키기 위한 시도가 있었다. 고려 성종이 999년에 철전을 주조하여 유통시킨 것을 비롯하여 해동통보(海東通寶) 등 각종의 동전과 은병, 저화 등을 보급시킨바 있다. 하지만 고려는 끝내 이 같은 명목화폐제도를 정착시키지 못했다. 이 때문에 조선 개국 당시에는 가장 신뢰성이 높은 물품화폐가 상거래 수단으로 이용되고 있었던 것이다.

화폐 사용의 시도는 태종 때부터였다. 하륜은 저화(楮貨:종이 돈)제도를 실시할 것과 그 업무를 관장할 관청을 설치할 것을 건의한다. 이에 태종이 하륜의 건의를 수용함에 따라 조선 개국 이후 처음으로 명목화폐제도가 도입된다. 이때 철전이 아닌 저화를 도입하기로 결정한 것은 개국 1년 전인 고려 공양왕 3년(1391년)에 저화 유통정책을 마련하고 시행하기로 결정한바 있었기 때문이다.

저화를 관장할 관청으로 사섬서(司贍署)가 설치되고 조선 개국 후 최초의 법화가 만들어졌다. 이 저화의 가치는 쌀 2말이나 포 1필 정도였다. 하지만 백성들은 저화 사용을 기피했다. 그 가치를 신뢰하지 않았기 때문에 금지조치에도 불구하고 지속적으로 물품화폐를 사용했던 것이다. 이렇게 되자 조정은 별 수 없이 저화와 함께 포화를 허용하게 되었다. 그리고 포화의 사용이 확대됨에 따라 저화는 완전히 사라지고 말았다. 이에 조정은 1403년 9월에 저화를 인쇄 발행하던 사섬서를 폐지하고 공식적으로 저화제도를 중단시켰다. 저화제 실시 1년 5개월 만에 물품화폐 유통체제로 돌아오고 말았다.

그러나 태종의 화폐제도에 대한 집념은 없어지거나 축소되지 않았다. 1410년 의정부에서 다시금 저화제를 실시할 것을 건의하자 태종은 다시 저화를 부활시켰다.

부활된 저화의 가치는 1매(枚)당 쌀 1말, 30매에 목면(木棉) 1필로 정하였다. 그리고 포화의 사용을 일체 금지하였다. 그러나 백성들은 여전히 저화의 통용을 꺼렸고, 그 때문에 상거래를 기피하는 현상이 생겨 유통업계가 극도로 침체되는 결과를 낳았다. 조정은 또다시 저화 이외에 잡곡 등을 미곡 매매에 이용할 수 있도록 했다. 하지만 여전히 저화의 사용이 미진하자 1415년 4월에 금지시켰던 포화를 허용하였다.

하지만 포화를 사용하기 위해서는 포백세(布帛稅)를 내야 한다는 단서가 붙어 있었다. 즉, 포백이 화폐로 통용되기 위해서는 국가의 검열을 거쳐야 했는데, 그 검열비를 징수했던 것이다. 그럼에도 불구하고 백성들은 포화를 사용하였고, 그로 인해 다시금 저화의 가치는 폭락하고 말았다.

그쯤 되자, 조정 일각에서는 동전을 주조하여 유통해야 한다는 주장이 대두되었다. 포백세를 걷는 과정에서 저화 1매 미만의 적은 액수를 처리하는 일이 불편하기 때문에 동전을 제조하여 세금 징수의 편리를 꾀하자는 논리였다. 또한 일반 상품의 소액거래에도 활용될 수 있다는 내용도 언급되었다.

동전 유통 주장은 결국 호조에서 채택되었고, 호조의 건의가 있자 태종은 당나라의 개원통보(開元通寶)의 체제와 품질을 본떠 조선통보를 주조토록 하였다. 그러나 조선통보의 주조사업이 착수되려던 무렵에 사간원에서 동전의 유통이 저화의 유통을 방해하게 된다는 주장을 하여 이 계획은 실시되지 못했다. 사실 동전이 유통된다는 소문이 퍼지자 시중에서는 아예 저화로 곡식을 살 수도 없는 지경이 되고 말았던 것이다.

동전 유통 계획이 취소되면서 다시금 저화정책이 강화되었다. 그러나 백성들은 포화만을 사용하고 저화는 기피하고 있었다. 거기다 흉년이 연이어 겹치자 조정은 흉년을 이유로 당분간 저화의 전용을 잠시 중단한다는 공고를 발표했다. 이때부터 유통시장에서는 포화를 비롯한 물품화폐가 전용되고, 저화는 완전히 자취를 감추게 된다.

저화정책은 완전히 실패하고 말았던 것이다. 그러나 이 경험을 바탕으로 조선 조정은 세종 대에 이르러 동전인 조선통보를 발행하여 법화로 정착시키게 된다. **실패하게 된 이유가 무엇일까. 백성의 눈높이에서 바라보지 않았기 때문이다. 아무리 백성을 위한다고 해도, 그것은 민본(民本)과는 거리가 멀었다. 위민(爲民) 정도의 시선에서 머물렀던 것이다. 위민으로는 되지 않는다. 반드시 민본이어야 한다.**

주인으로서 소유하라

모난 돌이 정 맞는다, 계란으로 바위치기다

　노무현은 주인으로서 소유한 사람이었다. 주인으로서 소유한다는 것은 역설적으로 자신이 가지고 있는 것을 사회와 국가를 위해 헌신한다는 의미가 담겨 있다. 사회와 국가를 위해 자신이 가지고 있는 것들을 헌신하다 보면, 오히려 주인으로서 소유한 사람이 필요한 것들을 그가 섬기는 자들의 관대함과 자발성에 의해서 끊임없이 제공하게 되기 때문이다.

　그런 의식으로 매사에 최선을 다하다 보면, 그는 지구상의 어떤 사람보다 온유하고, 더 큰 확신과 힘을 가질 수 있는 것이다. 다른 말로, 자기 자신이 가지고 있는 재능과 재산에 대해서 담대하게 하늘이 자신에게 맡겼다는 생각을 가진다면, 우리는 어떤 순간에도 자신이 가지고 있는 것들에 대해서 집착하지 않고 자유롭게 그것을 사용할 수 있다. 결국, 우리가 어떤 것에 집착한다는 것은 우리가 그것을 온전히 소유하고 있지 않음을 반증하는 결과를 가져온다.

이에 대해서 『칭찬은 고래도 춤추게 한다』의 저자인 켄 블랜차드는 비전을 가진 리더들은 인생의 자원들을 자신에게 대여된 상태로 본다고 말했다.

진정으로 주인으로 소유하는 것은 좁은 소견에서 나오는 것이 아니다. 높은 산에 올라가서 세상을 바라보듯 조망하는 힘에서 나오는 것이다.

노무현은 원칙을 중시하였다. 그래서 반칙을 싫어하였다. 그보다 더 싫어한 것은 반칙하는 사람이 성공하는 모습을 보는 것이었다. 그는 '정의가 승리하는 것'을 보고 싶었다. 그래서 반칙한 이인제를 패배시키기 위해 2002년 대선 출마를 결심한 것이다. 똑같은 맥락으로, 그는 2007년 대선에서도 손학규를 공개적으로 비판했다. 한나라당 경선을 앞두고 이명박 후보에게 승산이 없자, 민주당으로 옮겨 대선 예비후보에 출마한 손학규가, 노무현의 눈에는 기회주의자로 비쳤던 것이다. 2007년의 손학규는 2002년의 이인제였던 것이다.

노무현은 2001년 12월 10일 서울 힐튼 호텔에서 대선 출마를 공식 선언했다. 그 출마 선언의 일부는 다음과 같다.

> 600년 동안 한국에서 그저 밥이나 먹고 살고 싶으면 세상에서 어떤 부정이 저질러져도, 어떤 불의가 눈앞에서 벌어지고 있어도, 강자가 부당하게 약자를 짓밟고 있어도 모른 척 하고 고개 숙이고 외면해야 했습니다.

👥 정의가 패배하는 역사, 도저히 용납할 수 없었다

이 역사를 청산해야 합니다. 권력에 맞서서 당당하게 권력을 한 번 쟁취하는 우리의 역사가 이뤄져야, 비로소 우리의 젊은이들이 떳떳하게 정의를 이야기할 수 있고, 떳떳하게 불의에 맞설 수 있는 새로운 역사를 만들어낼 수 있습니다.

이처럼 노무현은 정의가 성공하는 사회를 무척 갈망했다. 그가 미국 대통령 링컨을 좋아했던 이유도 그것이다. 다음은 노무현이 2001년 11월에 펴낸 책 『노무현이 만난 링컨』의 서문에 나와 있는 내용이다.

링컨이 새롭게 다가오기 시작한 것은 정치에 입문한 뒤였다. 기자를 비롯해 많은 사람들이 존경하는 인물이 누구냐고 물었다. 나의 답은 김구 선생이었다. 그러나 김구 선생을 생각할 때마다 '우리 근현대사에서 존경할 만한 사람은 왜 패배자밖에 없는가'라는 의문이 뇌리를 떠나지 않았다.

결국, 노무현은 자신이 가지고 있는 모든 것을 동원하여 사회와 국가를 위해 헌신하고 싶었던 것이다. 나아가서는 우리 역사에 패배하는 정의의 역사라는 단어를 바꾸고 싶었던 것이다. 그야말로 노무현은 온전히 주인으로서 소유한 사람이 분명하다.

노무현을 위한 변명

🫂 소유하지 않는 것이 결국 소유하는 것이다

적벽대전이 끝나고, 형주와 양양의 귀속문제를 둘러싸고 손권과 유비의 동맹이 삐걱거리기 시작했다. 일찍이 형주와 양양을 동오의 관문으로 여겼던 손권과 주유는 형주와 양양을 취하려는 제갈량의 행동에 불만을 품고, 적벽대전이 끝나자마자 노숙을 보내 형주를 내놓으라고 요구하였다. 적벽대전 중에 동오가 계책을 쓰고 병마를 손해보고 전투식량을 소비하여 조조 군을 격퇴하고 유비를 구했으니 형주 9군 모두 동오에 귀속되어야 옳다는 것이다.

하지만, 유비의 입장에서 보면 적벽대전의 승리는 자신과 손권이 연합하여 이끌어 낸 것이니 반평생을 유랑하며 근거지조차 마련하지 못했던 자신을 생각하면 노골적으로 형주를 달라고 해도 무리한 요구는 아니었다. 이 때문에 제갈량이 노숙의 말에 반박했다.

- 형주 9군은 동오의 땅이 아니라 유표의 땅이며, 주공께서는 유표의
  아우이십니다. 유표는 비록 죽었지만 그 아들이 아직 살아 뒤를 잇
  고 있습니다. 숙부가 조카를 도와 형주를 취한 것이 어찌 이치에 어
  긋나는 일입니까?

제갈량은 곧 유표의 아들인 유기를 데려다 보여주며 노숙의 말문을 막아 버렸다. "하지만, 만일 공자께서 계시지 않게 되면 형주는 우리 동오가 다스려야 합니다"라고 노숙이 제안하자, 제갈량은 더 이상 고집을 부리지 않고 흔쾌히 응해 버렸다. 훗날 노숙이 몇

차례 형주를 내놓으라고 할 때도 제갈량은 시종일관 '빌렸다'고 대답했다.

유비와 제갈량의 목적이 형주를 차지하는 것임에는 의심의 여지가 없다. 제갈량은 이미 융중의 대책에서 형주를 유비의 세력범위에 포함시킨 바 있다. 그렇다면 그는 왜 형주를 그저 '빌렸다'고 하고 점령하지는 않았을까?

여기에서 우리는 제갈량의 비범함을 볼 수 있다. 그는 대국적인 관점에서 형주를 점령하면서도 손권과 유비의 동맹을 깨지 않기 위해서 '형주 차용'이라는 개념을 만든 것이다. 당시 형주 문제에 있어서만큼은 손권과 유비의 이해관계가 충돌함이 분명했고, 이 문제를 해결하지 않으면 촉오동맹은 유지될 수 없었다.

동맹관계를 유지하려면 형주와 양양을 손권에 넘겨주어야 하지만, 그렇게 되면 유비는 또 근거지를 잃고 유랑하는 신세가 되지 않는가? 이런 딜레마 속에서 제갈량은 두 마리의 토끼를 모두 잡기 위해 형주차용이라는 묘책을 짜낸 것이다.

당시 형세로 보건데 형주는 군사적 요충지로서 손권과 유비, 조조 모두에게 전략상으로 매우 중요한 의미를 가지고 있었다. 조조는 형주를 얻어야만 장강을 넘어 남하해 남북통일의 대업을 달성할 수 있고, 손권은 장강 이남을 통일해 더 세력을 넓히기 위해서는 반드시 형주와 양양을 손에 넣어야 했으며, 유비에게 있어서도 형주는 서천 쪽으로 발전할 수 있는 근거지이니 포기할 수 없는 요충지였다.

그러므로 적벽대전은 사실상 손권과 유비, 조조의 형주 쟁탈전이나 마찬가지이고, 실제로 이 전투를 분수령으로 하여 천하삼분

노무현을 위한 변명

의 형세가 형성되었다. 조조는 비록 적벽대전에서 패하기는 했어도 여전히 막강한 세력을 유지했지만, 유비는 서천을 손에 넣기까지는 손권과 조조에 비해 상대적으로 세력이 약했다. 그러므로 유비에게는 동오와 동맹하여 조조와 함께 대항하는 전략은 생존을 좌우하는 중요한 의미를 지녔다.

이런 중대한 순간에서도 제갈량은 결코 집착하지 않았다. 집착하는 순간, 전쟁은 필수적인 것이며 전쟁이 일어난다면 모든 것이 허사가 되기 때문이다. 그래서 그는 상대방이 상상할 수 없을 정도로 황당하기 그지없는, '빌렸다'는 개념으로 접근했던 것이다.

제갈량은 대국적인 관점에서 상황을 분석하였으며, 형주를 주인으로서 소유하고 있었던 것이다. 결국, 그의 의도대로 형주는 촉의 땅이 되었다.

👥 일생을 남에게 의지하면 재능도 가치를 잃는다

밀레바 마리치는 어릴 때 선천성 좌골통 환자로 태어나서 치료를 위해 온갖 노력을 하였지만 실패하여 평생토록 장애를 안고 살아갔다. 밀레바는 평생 다리를 절 수밖에 없었다. 그녀는 숫자에 관심을 보였다. 혼자서 몇 시간이고 더하기, 빼기, 곱하기, 나누기에 열중했다. 그녀는 음악에도 비상한 관심을 나타내서 일찍부터 피아노 수업을 받았다. 또한 그림도 잘 그렸다.

그녀의 부모는 장애 때문에 훌륭한 배우자를 만나 결혼하는 것을 기대하지 않았다. 그녀의 재능을 사랑하여 일찍부터 훌륭한 교육을 받게 하는 데 돈과 노력을 아끼지 않았다. 그녀는 마침내 스위스로 갔다. 당시 유럽에서 여자가 대학을 다닐 수 있는 유일한 곳은 스위스였던 것이다. 당시로서는 매우 드문 일이었다. 대학입학 자격을 취득한 그녀는 스위스 종합공대에서 수학과 물리학을 공부하였다.

여기서 그는 알버트 아인슈타인을 만났다. 둘은 서로에게 마음이 끌렸다. 그들은 서로를 맞수라 불렀다. 둘은 함께 수업을 들었으며 교수들이 내 준 과제를 함께 풀었다. 둘 사이는 곧 깊은 관계에 빠져들었다. 밀레바는 경악했다. 그녀는 아인슈타인의 구혼을 물리치며 그에게 말했다.

- 나도 남자 동료들과 똑같이 훌륭한 물리학자가 될 수 있어요.

하지만, 얼마 지나지 않아서 밀레바는 아인슈타인이 자신을 학자와 여자로서 인정해 준다고 생각하고 동거를 시작했다. 그녀는 임신하여 배가 불러오는 바람에 석사학위 논문을 포기할 수밖에 없었으며, 희망에 잔뜩 부풀어 입학했던 종합공대에서도 수료증서만 받고 떠날 수밖에 없었다.

결혼 전에는 공동저작에 언제나 '아인슈타인-마리치'라고 서명했지만 결혼하고 나서는 아인슈타인의 이름이 공동서명을 대신했다. 첫 아들이 돌이 되었을 때 두 사람은 다섯 편의 논문을 완성했지만 모두 아인슈타인의 이름으로 발표되었다. 이 논문들은 아인슈타인의 명성을 세계적으로 확고히 다져주었다. 그녀는 이 논

노무현을 위한 변명

문에서 아인슈타인이 약한 수학적 문제를 해결해주는 데 결정적인 역할을 하였다.

둘째 아들이 탄생하면서부터 부부 사이는 조금씩 변하기 시작했다. 둘째 아들은 섬세하고 병약한 아이여서 그녀는 전처럼 남편의 연구에 동참할 수 없었다. 이로써 밀레바는 완전히 학문으로부터 단절되어 버렸다. 그뿐만 아니라 아인슈타인은 다른 여자와 결혼하기 위해서 그녀에게 이혼을 요구하였다. 밀레바의 부모가 그녀의 신체적인 장애와 진지한 성격 때문에 그녀는 결혼하기에 적당하지 않으며 학문을 해야 한다고 예측했던 것이 맞아떨어졌다.

결국, 그녀에게는 아무것도 남아 있지 않았다. 학문적으로 새롭게 시작하기에는 너무 늦었고 남은 힘마저 아이들에게 빼앗겨서 겨우 시간제 개인교습이나 수학 수업을 하는 데 남은 에너지를 쏟아야 했다. 그녀는 자기 자신의 꿈을 철저히 외면하고 둘째 아들이 정상적으로 자라기를 바랐지만 그녀의 노력은 허사가 되었다. 그녀는 마침내 지친 노파가 되어 모두에게 버림받은 채 홀로 죽었다.

자신의 인생을 주인으로서 소유하지 않고 남에게 의지하려고 한 대가치고는 너무 큰 것이었다.

조선의 정치이념인 성리학은 인간을 지배층인 사대부와 피지배층인 일반 백성으로 나눈다. 이때 사대부의 자리에서 세상을 해석한 것이 성리학이다. 성리학에 따르면 국왕 역시 사대부로서, 단지 제일 사대부일 뿐이므로 자연히 다른 사대부들과 의논하여 국정을 이끄는 것이지, 국왕 마음대로 할 수 있는 일은 아무것도 없었다. 요즘의 대통령 중심제의 대통령보다 권한이 더 약했다고 할 수 있다. 조선은 군신공치(君臣共治)의 국가였던 것이다. 이런 조선에서 연산군은 성리학을 부정하고 유학을 거부했다. 그는 공자를 모시는 성균관을 이전토록 하고 그곳을 환락의 장소로 바꾸어 버렸다.

연산군이 처음부터 임금 노릇을 잘하지 못한 것은 아니다. 즉위 초 몇 년간은 관료의 기강을 바로 잡기 위해서 전국에 암행어사를 파견하였고, 별시 문과를 실시하여 인재를 확충했으며, 유능한 문신들에게 학풍을 진작하도록 하였다. 이런 연산군이 무오사화와 갑자사화라는 두 사화를 거치면서 이상한 임금으로 바뀌어 버린 것이다.

연산군은 자신의 아버지인 성종을 지나치게 미워했다. 아마도, 어머니인 윤 씨를 폐비한 데 따른 기억 때문일 것이다. 그는 성종이 기르던 사슴을 잡아서 구워 먹었고, 성종의 반신 영정을 때리고 활로 쏘기까지 했다. 또 성종의 후궁들을 장살했으며, 성종이 세운 옛 법들을 폐지했다. 굳은 성품이 성종과 닮았던 연산군이 부친을 극도로 미워했던 것이다. 연산군은 또한 인수대비도 싫어했다. 연산군이 성장할 때 폐비 윤 씨를 미워했던 인수대비는 연산군 역시 미워하여 지나치게 냉대했던 것이다.

연산군이 즉위하던 시대는 성종의 시대를 거쳐 조선 성리학이 완성되는 시점이었고, 또 외침도 없는 태평성대로 왕실과 민간에 사치가 범람하던 시기이다. 재정적으로 넉넉한 사람들 사이에서는 자신의 재물을 과시하려는 풍조가 만연했다. 혼례와 상례에 막대한 비용을 들였으며, 호화주택 건설이 유행했다. 사대부 집안의 여자들은 요즘의 밍크코트라고 할 수 있는 담비코트를 걸쳐야 나들이를 갈 정도였다. 현대식으로 말하면 루이비통이나 코치 백이 하나 정도는 있어야 양반으로 취급받는 시대였다.

사치를 하기 위해서 고관들은 고리대금을 했고, 유생들은 공부는 뒷전으로 미루고 교복도 입지 않고 사복을 입었으며, 걸어가는 대신 말을 타고 다녀서 일반 백성들이 눈살을 찌푸렸다. 이것은 양반사회뿐이 아니었다. 일반 백성들에게도 외래품 선호현상이 만연되었다. 명나라의 비싼 도자기가 대량으로 수입되어 국고의 유출이 심각해지자 도자기 사용을 금하는 법까지 나올 정도였다.

또한, 연산군은 시를 엄청 좋아했다. 『조선왕조실록』에 남아 있는 그의 시가 자그마치 130편에 달한다. 역대 왕들 중 최다이다. 또한 글씨를 아주 잘 써서 조선에 오는 명나라의 사신들이 연산군의 글씨를 받아가려고 안달을 했을 정도라고 한다. 연산군이 이렇게 호방하고 낭만적인 성격으로 문학을 좋아하다 보니, 그의 눈에는 성리학자들이 하는 행태가 문학적 소양은 없으면서 매양 교조적인 왕도주의만을 내세워 진부한 논리로 왕권을 위협하는 오만하고 쓸모없는, 요즘 말로 말하면 '쓰레기' 같은 행태로 보였을 것이다.

그런 탓일까. 사사건건 신하들과 다툼을 벌이던 연산군을 끝으로, 그 이후에는 오히려 신권이 왕권을 압도하여 신료들끼리 서로 주도권을 다투게 되었다. 조선 중기 이후에 나타나는 붕당, 즉 당쟁이 서서히 두각을 나타내고 있었던 것이다. 이 붕당은 왕권과 신권의 대립이 아니고 왕권보다 우위에 선 신권이 정국의 주도권을 놓고 서로 다툰 사건이다. 조선이 쇠퇴를 거쳐 멸망하는 중요한 원인 중의 하나다.

연산군의 업적 중에는 국기일 폐지가 있다. 당시 조선에서는 죽은 왕과 왕비의 기일이 모조리 국기일이었다. 그러다 보니 해가 갈수록 국기일이 늘어나 엄청난 폐단으로 작용했다. 한 왕에 왕비가 하나였으면 그나마 괜찮았는데, 한 왕에 왕비가 여럿이다 보니 해가 지나면서 걷잡을 수 없는 사태에 이르렀다. 문제는 또 있었다. 국기일에는 모든 대소 관원들이 업무를 보지 않는다는 것이었다. 국기일에 치르는 상례에 들어가는 엄청난 경비도 부담이었다. 전쟁 중에도 국기일에는 업무를 보지 않았다고 한다. 엄청난 폐단임에 틀림이 없다.

그러나 연산군이 죽은 뒤에 국기일이 도로 복원되어 이순신의 『난중일기』에 기일 때문에 업무를 보지 않았다는 대목이 나온다. 조선이 불교의 폐단을 극복하기 위하여 유교의 나라를 세웠는데 실질을 숭상하는 것이 아니라 허례허식에 사로잡혀서 중대한 오류를 범하고 있는 것이다.

백성이 온전히 주인으로서 나라를 소유하는 것은 이처럼 어렵고 힘든 일임에 틀림이 없다. 백성 위에는 임금만 있는 것이 아니고, 나라를 다스린다는 명목으로 온갖 반칙을 일삼는 관료들이 있기 때문이다. 그런 이유로 민본(民本)은 쉽지 않다.

가치 있는 대의에 헌신하라

정의가 승리하는 사회를 만들기 위해 정치에 입문했다

　노무현이 링컨에 반하게 된 것은 2000년 4월 13일, 국회의원 총선 개표가 진행되던 날 밤이었다. 당시 그는 지역타파를 부르짖고 민주당 후보로 부산에서 출마했다. 그런 그가 개표의 밤에 패배를 예감하며 우연히 어떤 책을 접하게 되었는데, 그 책에서 링컨을 만난 것이다.

> '정의는 항상 패배한다'는 것이 가당찮은 역설에 지나지 않도록 만들면서 진리를 대하는 이중성을 깨끗이 씻어준 본보기는 김구 선생이 아니라 링컨이었다. 나는 훌륭한 역사를 스스로 만들 수 있다는 자신감과 용기를 링컨에게서 얻는다.
> 나는 감히 말한다. '역경 속에서 연마한 건전한 상식'을 가진 링컨이 없었더라면 미국의 정치사는 달라졌을 것이라고. '낮은 사람이, 겸손한 권력으로, 강한 나라'를 만든 전형을 창출한 사람. 그가 곧 링컨이다.
> 지난 역사 속에서 우리에게는 '성공하기 위해서는 옳지 못한 길을 가야 하고, 정직해서는 성공할 수 없다'는 그릇된 관념이 형성되어 왔다.

노무현을 위한 변명

이러한 의식, 이러한 문화를 바꾸지 않고는 한 차원 높은 사회발전도, 역사발전도 불가능하다.

노무현이 링컨을 롤 모델로 삼은 것은 가치 있는 대의에 헌신하기 위해서였다. 그리고 그는 가치 있는 대의에 헌신하기 위해서 때로는 거친 광야로 나가곤 했다. 따스한 온실에서는 가치 있는 대의에 헌신할 수 없었기 때문이었다. 그에 대한 평가는 역사가 말해 줄 것이다.

👥 가치 있는 대의에 헌신해야 승리할 수 있다

제갈량이 농상에서 보리를 타작한 후 사마의의 습격을 받고 두 군대가 농성 일대에서 대치하게 되었다. 이때, 1백 일의 기한이 다가왔고 한중에 있던 군사들이 천구까지 나아와 기산으로 오고 있었다. 제갈량은 전선에 있는 병사들에게 교대하고 후방으로 돌아갈 채비를 하라고 명령했다. 그런데 이 명령을 내리자마자 급한 전갈이 왔다. 위장 손례가 옹과 양, 인마 20만을 이끌고 오고 있고, 사마의가 직접 노성을 치러 온다는 소식이었다.

부장들은 하나같이 제갈량에게 교대를 잠시 미루고 새 군사들이 당도하기를 기다려 교대시킬 것을 건의하였다. 하지만, 제갈량이 고개를 저으며 말했다.

- 나는 군사를 쓰고 장수를 부리는 데 믿음을 바탕으로 삼고 있소. 그런데 어찌 이미 내린 군령을 반복하여 군사들의 믿음을 저버릴 수 있겠소? 이번에 돌아갈 군사들은 이미 채비를 마쳤을 것이고, 그 부모와 처자도 사립문에 기대어서서 그들을 기다리고 있을 것이오. 내가 큰 어려움에 빠지는 한이 있더라도 절대로 그들을 붙들어 둘 수는 없소.

그는 이렇게 말하면서 명령을 내려 돌아가기로 되어 있는 군사들을 그날로 떠나게 하였다. 명령을 받은 군사들이 감격하여 "이 한 목숨 걸고 위군을 무찔러 승상의 은혜에 보답하겠습니다"라고 외치며 저마다 남아서 항전하겠다는 의지를 불태웠다.

제갈량이 그들을 달래서 돌아가라고 설득하였지만, 군사들 모두 고집을 꺾지 않았다. 그러자 제갈량은 군사들에게 성 밖에 나가 영채를 얽고 있다가 위군이 들이닥치면 틈을 주지 말고 공격을 하라고 했다.

얼마 후에, 먼 길을 달려오느라 지친 서량의 군대가 성 밖에 도착해 막 진채를 세우고 쉬려고 하는데 촉군이 갑자기 들이닥쳐서 맹렬한 공격을 퍼부었다. 모두 온 힘을 다해 덤비니 옹과 양의 군사가 당해낼 재간이 없었다. 삽시간에 시체가 들판을 덮고 피가 흘러 강을 이루었다.

지휘관이 군대를 이끌고 장수를 부릴 때는 반드시 신용을 지키고 군기를 엄격하게 하며, 규정을 지키고 사사로운 정에 얽매이지 않아야만 군사들에게 신임을 얻을 수 있다. 신임은 바로 힘이자 희망의 빛이기 때문에 위급할 때 군사들이 적과 맞설 수 있는 사기인 것이다.

노무현을 위한 변명

제갈량은 이처럼 대의를 지키는 데 헌신하였던 것이다. 그리고 그런 헌신은 그에게 승리를 안겨주었다.

👥 자신만을 위해서 산 사람은 아들도 죽일 수 있다

인조는 광해군을 몰아내고 임금이 되었다. 하지만, 그가 임금이 된 것 자체가 조선의 불행이었다. 인조는 명과 청 사이에서 중립외교를 펼친 광해군을 의리를 저버린 군주라 비판하면서 명나라를 숭상하는 의리를 국정기조로 삼았다.

이처럼 그가 신흥강국인 청나라를 버리고 망해가는 명나라를 선택하는 바람에, 조선은 엄청난 불행에 휩싸였다. 병자호란을 맞아 온 국토가 유린당하고 백성들은 유리걸식하게 만들었음은 물론 임금 자신도 남한산성으로 쫓겨 가서 버티다가 결국 항복을 하였다. 인조는 그의 아들 소현세자와 함께 청나라 장수 용골대의 인도에 따라 청나라 태종에게 나아가 세 번 절하고 아홉 번 머리를 조아리는 이른바 삼배구고두례를 행했다.

그리고 이 자리에서 훗날 '삼전도의 치욕'이라고 불리는 청나라와 조선 사이의 삼전도 조약이 체결되었다. 이 조약에는 세자와 왕자들의 청나라 인질 입경 조건이 담겨 있었다. 졸지에 한 나라의 세자와 그의 부인인 강씨가 청나라로 인질로 잡혀 가게 된 것이다.

하지만, 소현세자와 강씨는 결코 인질생활에 좌절하지 않고, 국제무역과 농업으로 굶주리고 있는 조선의 백성들에게 식량을 공급함은 물론 노예로 있는 그들을 해방시키는 일을 하였다. 또한,

조선의 미래를 위한 구체적인 방법까지 배우게 된다.

인질 생활 7년째 되던 해에 극적인 전기를 맞게 된다. 이때 청의 군왕 다이곤은 북경을 점령하는 남정길에 소현세자를 대동했다. 명의 마지막 군사력인 오삼계가 항복한 상황이어서 청군은 파죽지세로 한 달 만에 북경을 점령했다. 소현세자는 청이 중원의 새로운 주인공으로 등장하는 현장을 생생히 목격한 것이다. 청나라 군사와 북경에 입성한 세자는 이곳에서 자신의 시야를 틔워줄 중요한 인물을 만나게 된다. 예수회 선교사 아담 샬이다.

소현 세자가 아담 샬과 교류한 때는 서기 1644년, 조선이 일본의 무력에 의해 개국하기 232년 전이었다. 일본이 미국의 페리 제독에 의해 개국한 것은 이보다 211년 후의 일이었다. 소현세자의 개방적인 이 사고는 그야말로 조선과 일본 두 나라의 운명을 뒤바꿔 놓을 수도 있는 만남이었다.

그러나 34세의 나이로 귀국한 소현세자는 불과 두 달 만에 학질에 걸려 사망하고 말았다. 당연히 독살 시비가 잇따랐다. 인조의 후궁 조소용의 사가에 드나들던 의관 이형익에게 혐의가 집중되었으나 인조는 조사 자체를 거부했다. 소현세자가 독살되었다는 증거는 정사인 『인조실록』 23년 6월 27일자에도 나온다.

세자는 본국에 돌아온 지 얼마 안 되어 병을 얻었고 병이 난 지 수일 만에 죽었는데 온몸이 전부 검은 빛이었고 얼굴의 일곱 구멍에서 모두 선혈이 흘러나오므로 검은 천으로 그 얼굴 반쪽만 덮어 놓았으나 곁에 있는 사람도 알아볼 수 없어 마치 약물에 중독되어 죽은 사람과 같았다.

시신이 까맣게 변하거나 얼굴의 눈, 코, 귀 등 구멍에서 피가 나오는 것은 독약을 먹고 죽은 사람의 시신에 나타나는 현상이다. 폐쇄의 나라 조선을 개방의 나라로, 명분의 나라 조선을 실용의 나라로 바꾸려던 소현세자의 꿈은 부왕 인조에 의해 좌절되고 만 것이다.

쓸데없는 대의에 헌신했고, 자신만을 위해 다른 모든 것을 희생시켰던 인조에 의해서 조선은 귀중한 기회를 잃어버렸을 뿐만 아니라, 부왕이 아들과 며느리를 죽이고, 손자까지 죽이는 엄청난 역사를 기록하게 된다. 한 사람의 잘못된 판단으로 치르기에는 너무 크고 참혹한 희생이었다.

조폭의 역사는 언제부터일까. 어떤 사람은 '신라의 청소년 무술집단인 화랑'에서 범죄조직의 기원을 찾는다. 다른 사람은 무신의 난을 일으켜서 정권을 장악했던 정중부를 죽이고 집권한 경대승의 사조직 도방이 조폭의 원류라고 본다. 그나마 경대승은 좋은 가문의 출신이었지만, 그를 죽이고 정권을 잡았던 이의민의 경우에는 일자무식의 조폭출신이나 다름이 없었다.

물론 당시에는 조폭이라는 말이 없었다. 무뢰배라고 하였다. 고려시대부터 정변에는 무뢰배가 등장하였다. 그 전통은 지금도 이어져서 현재의 정치와 경제의 분야에 조폭이 여전히 활동하고 있다. 그러니 조선시대에서도 무뢰배의 상당수가 권력자나 대상(大商)의 하수인으로 활동했던 것은 당연하다 할 것이다.

『조선왕조실록』에는 태조 1년(1392), 9월 21일에 이런 기록이 있다.

- 밭을 손질하는 사람은 반드시 풀을 뽑고, 집을 짓는 사람은 반드시 터를 다지니, 국가를 다스리는 사람도 마땅히 환난을 미연에 방지하여 나라의 기틀을 영세토록 전해야 할 것입니다. 지난번에 고려 왕조의 후손을 강화와 거제에 나누어두게 하였습니다. 그러나 아직도 주현(州縣)에 뒤섞여 사는 사람이 있으니, 만일에 무뢰배 가운데 왕씨(王氏)인 것을 구실로 삼아 난리를 일으키는 사람이 있게 된다면 그들을 보전하는 방책이 못됩니다. 원컨대 모두 강화와 거제에 두어서 미리 방비하게 하소서.

당시 대사헌 남재 등의 관리들이 국기(國基)를 바로 잡기 위해 12개 조목을 건의했는데, 거기에 무뢰배가 나타나고 있다. '왕씨인 것을 구실로 난리를 일으킨다'는 대목이 그것이다. 신생국가인 조선이 경계할 정도였다면, 그들이 반란을 일으킬 수 있는 무력과 조직력을 갖춘 것이 분명하다.

유흥가에서 기생하며 백성을 등치는 일반적인 조폭과는 아예 차원이 다르다고 할 것인데, 고려의 무관이나 사병조직과 관련이 있을 것이다. 국가나 정권이 멸망한 경우에는 새로운 흐름을 거부하거나 그것에 편승하지 못한 자들이 있게 마련이다. 하지만, 그들이 취할 수 있는 방도는 극히 제한적일 수밖에 없다.

이들은 부녀자의 강간에도 관여하고 있음이 분명하다. 세종대에 일어났던 유명한 섹스 스캔들인 유감동의 사건에 무뢰배가 등장한다.

지사간원사 김학지 등이 상소하기를,

- 유감동 여인의 추악함도 처음에는 이렇게까지 심하지는 않았는데, 김여달에게 강포한 짓을 당하여 이렇게 된 것입니다. 이전에도 부녀들이 강포한 자에게 몸을 더럽힌 사건이 간간이 있었지만 모두 시정과 민간의 미천한 무리뿐이었는데, 지금 여달은 어두운 밤을 타서 무뢰배와 결당(結黨)하여 거리와 마을을 휩쓸고 다니다가, 유감동 여인을 만나 그가 조사의 아내인 줄을 알면서도 순찰을 핑계하고는 위협과 공갈을 가하여 구석진 곳으로 끌고 가서 밤새도록 희롱

노무현을 위한 변명

했습니다.

이런 무뢰배들이 성장을 하여 숙종 대에는 검계(劍契)라는 조직으로 발전을 한다. 숙종 10년에 기록된 『조선왕조실록』을 살펴보면 이렇다.

- 도하의 무뢰배가 검계를 만들어 사사로이 서로 습진(習陣)합니다. 시정이 이 때문에 더욱 소요하여 장래 대처하기 어려운 걱정이 와서 외구(外寇)보다 심하니 포청을 시켜서 정탐하여 잡아서 원배하거나 효시하는 것이 어떠하겠습니까?

서울 시내의 무뢰배가 결성한 검계가 습진을 하여 서울 시민에게 공포감을 주고 있으니 처벌해야 한다는 말이다. 습진이란 진법을 익히는 훈련이므로 군사훈련을 뜻한다. 정식 군사도 아닌 무뢰배 조직이 군사훈련을 하니 일반 시민들이 불안한 것은 당연하다. 도대체 이 기록에 등장하는 검계의 정체는 무엇인가. 다시 숙종 때의 기록을 보자.

좌의정의 보고가 있고 난 뒤 임금의 명으로 포도청에서 검계도당을 체포한다. 그 결과를 민정중이 보고하는데 포도청에 갇힌 검계 도당 10여 명 가운데 '가장 패악한 자'는 칼로 살을 깎고 가슴을 베기까지 하는 등 그지없이 흉악한 짓을 한다. 민정중은 다시 2월 25일에 검계에 대해서 보고를 하는데 그에 따르면 검계는 원래 향도계(香徒契)에서 출발했다고 한다.

향도계는 장례를 치르기 위해 결성한 계를 말한다. 장례에는 비용이 많이 소요되므로 이에 대비하기 위해 계를 구성하여 평소 얼마간 금전을 염출하고, 구성원 중에 상을 당한 이가 있으면 염출한 금전에 얼마를 더하여 비용을 마련해주는 계였을 것이다. 이 향도계는 한국의 독특한 풍습인 계와 다를 것이 없다. 그렇다면 향도계와 검계는 어떤 관계가 있을까. 민정중의 계속된 보고에서 그 실마리를 찾을 수 있다.

- 무리를 모을 때 그 사람이 착하고 악한 것을 묻지 않고 다 거두어들였으므로, 여느 때에는 형세에 의지하여 폐단을 일으키고 상여를 맬 때에는 소란을 피우면서 다투고 때리며 못하는 짓이 없으며, 또 도가(都家)라 하여 매우 비밀하게 맺어서 망명(亡命)한 자를 불러 모으는 곳이 되었습니다.

도가란 어떤 조직에서 중추를 이루는 것을 말하는데, 향도계의 도가가 망명하는 자, 곧 죄를 지어 법망을 피하려는 자들을 숨겨주는 소굴이 되었던 것이다. 이 도가 내부의 비밀조직이 바로 검계였던 것이다. 검계를 소탕한 사람은 포도대장 장봉익이었다. 영조의 명을 받은 장봉익은 마치 빗자루로 쓸어내듯 검계를 소탕하였다. 철저히 색출하여 두목급은 참수하고 행동대원들은 불구로 만들어 버리자, 마침내 검계가 붕괴하였다.

민본주의의 정의가 실현되는 사회라고 할 경우에, 백성을 위하는 일에는 도처에 가시밭길이 기다리고 있음에 틀림이 없다. 노무현이 가치 있는 대의에 헌신하겠다고 한 것은 결국 민본주의(民本主義)를 실현하기 위한 포석이다.

치욕의 순간을 견뎌라

흙탕물 속에서 살아남는 사람이 진짜 정치인이다

우리는 주위의 평판과 인기에 굉장히 민감하다. '남들이 어떻게 생각할까'에 지나친 관심을 쏟으며 산다. 이런 사고와 행동에 익숙하다 보면, 어느새 진정한 내 모습은 어디론가 간 데 없고 남에게 보여주고자 하는 '허상의 나'만 남아서 나조차 내가 어색하고 불편한 순간이 찾아오고야 만다.

노무현은 2009년 봄에 검찰 수사를 받으면서 '정치하지 마라'는 제목의 글을 썼다. 그 내용을 보면 이렇다.

'정치하지 마라.' 이 말은 내가 요즈음 사람들을 만나면 자주 하는 말입니다. 농담이 아니라 진담으로 하는 말입니다. 얻을 수 있는 것에 비해 잃어야 하는 것이 너무 크기 때문입니다. 이웃과 공동체, 그리고 역사를 위하여, 가치 있는 뭔가를 이루고자 정치에 뛰어든 사람이라면,

한참을 지나고 나서 그가 이룬 결과가 생각보다 보잘것없다는 것을 발견하게 됩니다.

2007년 가을은 대선 정국이 한참 진행되고 있었다. 집권 여당인 민주당은 당내 경선에서 재미를 못 보고 있었다. 국민에게 감동을 줄 만한 후보가 없었기에 흥행에 실패하고 있는 상태였다. 대조적으로 한나라당 경선은 이명박과 박근혜 사이에서 오차 범위 내의 박빙의 승부가 펼쳐지고 있었다. 초대박을 내고 있었다. 경선 흥행 성적에서 이미 2007년 대선은 한나라당 후보의 승리로 기울고 있었다. 흔한 말로 운동장이 이미 기울어 버렸던 것이다.

그래서 진보개혁 진영에서는 장외에 있던 유한킴벌리 사장인 문국현을 주목했다. 그는 장고 끝에 대선출마를 막 선언한 상태였다. 그가 내선 기치는 '사람 중심의 경제'였다. 대선이 경제라는 이데올로기로 함몰되었기 때문에 분명 의미 있는 기치였고, 문국현도 주목을 받을 수 있었던 것이다. 노무현은 문국현에 대한 평가를 묻는 질문에 답변을 하는 과정에서 이런 말을 하였다.

정치의 경험이 아주 중요합니다. 결국 신뢰의 문제입니다.
우리가 깨끗하다고 생각했던 수많은 사람들을 정치권에 모셔 왔지만 많은 사람들이 6개월을 견디지 못했습니다. 다 탁월하고 깨끗한 사람들이었는데 와 가지고 이 판에서 견디질 못했습니다.
지도자는 정치인 중에서 나와야 된다고 얘기했던 이유가 그저 느낌이 아니라 투명성 검증을 과연 받았느냐를 묻는 것입니다. 그가 선거판에 들어가서도 꼿꼿할 거냐, 깨끗할 거냐, 그리고 수많은 이해관계가 복잡하게 얽혀 있는 이 정치판에서 지도력을 과연 발휘할 수 있을까. 이런 것들이 종합적으로 검증이 되어야 한다는 것입니다.

노무현은 치욕을 관리할 수 있는 사람을 원했던 것이다. 실제로 그는 가난한 농부로 태어나서 여러 가지 굴욕적인 상황을 견디어 왔다. 그것은 대통령이 되어서도 마찬가지였다. 탄핵을 당한 대통령이지 않은가. 그런 치욕의 순간들을 거쳐 왔기에 누구보다도 당당하게 모든 사람과 모든 일들을 대할 수 있었던 것이다.

위기의 순간에 굴욕을 감내해야 후일을 도모할 수 있다

관우가 사망하자 손권은 곧 위기가 닥칠 것임을 직감했다. 특히 관우를 죽인 후 유비의 보복이 두려워 관우의 수급을 목갑에 넣어 조조에게 보냈던 손권의 계략이 들통이 나는 바람에 동으로 촉과 위로부터 협공을 당할 수도 있는 위험한 처지에 놓이고 말았다. 유비의 보복공격에만 대응한다면 그리 힘든 일은 아니지만, 막 황제로 등극한 조비가 그 틈을 타서 동시에 공격해온다면 난감하였던 것이다.

이런 불리한 상황에서 손권은 명철한 이성을 발휘해 굴욕을 감내하고 정치적으로나 외교적으로 융통성 있는 전략을 구사하였다. 우선 손권은 유비와의 군사적 충돌을 피하기 위해서 유비에게 '표를 올려 화의를 구합니다'라는 굴욕적인 글귀를 포함한 서신을 보내고, 몇 가지 일에서 크게 양보하였다.

첫째, 손 부인은 성도로 돌려보낸다.
둘째, 포로로 잡혀 있는 미방과 박사인 등을 돌려보낸다.
셋째, 형주를 서촉에 돌려준다.
넷째, 유비와 영원히 동맹을 맺고 조비세력을 궤멸시킨다.

손권의 제안을 가만히 살펴보면 예전의 책략으로 돌아가 오와 촉이 관계를 정상화하고 위를 고립시키자는 것으로, 장기적인 이익을 고려할 때 오와 촉 모두에게 유리한 전략이었다.

하지만, 유비가 이 제안을 일언지하에 거절하자 오와 촉 사이의 깊은 교전이 불가피함을 깨달은 손권은 곧장 조비에게 표를 올려 신하가 되기를 자청하며 허도를 향해 굴욕적인 도움을 청했다. 조비는 동오에 사신을 보내 손권을 오왕에 봉하고 구석의 예품을 하사했다. 당시 동오의 신하들이 손권에게 봉작을 하사받는 것보다 상장군이나 구주백을 자청하는 것이 옳다고 간청하였지만, 손권은 도리어 이렇게 반문했다.

- 옛날 유방도 항우에게 봉호를 받은 적이 있소. 모두가 그때그때 형편
  에 따른 것인데 주겠다는 봉호를 구태여 마다할 이유가 없지 않소?

손권은 고옹, 서성 등의 반대를 무릅쓰고 문무백관을 이끌고 성 밖으로 나가 위의 사신을 영접하고 조비가 하사하는 봉작을 받았다. 이처럼 문무백관들의 만류에도 불구하고 손권이 과감히 고개를 숙여 유비에게 화의를 구하고 조비에게 신하가 되기를 청한 것은 그가 나아갈 때와 물러설 때를 알았기 때문이다.

만약 손권이 짧은 안목으로 불리한 상황에서도 무조건 사내대장부임을 내세워 고개 숙이지 않았다면 동오는 더 이상 버틸 수 없었을 것이다. 더더군다나 훗날 효정전투에서 승리하는 일은 없었을 것이다.

칼은 칼집에 있을 때가 가장 무서운 법이다

성경의 인물 중에서 가장 하나님에게 사랑을 많이 받은, 성공한 이미지의 주인공인 다윗도 항상 영광스런 순간만 맞이한 것은 아니었다. 사울을 피하여 도망치는 중에 가드 왕 이기스 앞에서 미친 체하고 대문 앞에서 그적거리며 침을 수염에 흘리면서 사울의 체포에서 벗어나야 하는 치욕의 순간이 찾아왔다. 하지만 그는 기꺼이 견뎠다.

아브라함 링컨은 한 번을 제외하고는 모두 낙선하였으며, 토머스 에디슨은 확실한 전구를 발명하기까지 수많은 실패를 경험해야 했다. 심지어 원광에서 철을 추출하여 많은 돈을 벌 수 있다면서 돈을 쏟아 부었으나 철의 대량채굴 시대가 열리면서 철 가격이 급격히 하락하자, 그만두기도 하였다. 폭풍우 속에서 지붕의 연을 날린 어리석은 자인 벤자민 프랭클린은 미국 최초의 백만장자 가운데 한 사람이었다.

실패가 모여야 성공의 확률이 높아진다는 것을 우리는 쉽게 간과한다. 인류 역사상 위대한 업적을 남긴 사람들이 모두 금과옥조처럼 여기는 격언이 바로 실패는 성공의 어머니라는 것을 잊지

노무현을 위한 변명

말아야 한다.

세계 경제에서 중국의 목소리가 지배하고 있다. 미국 월가의 금융위기로 시작된 세계경제의 변화 속에서 중국은 위엔화를 기축통화로 승격시키고자 많은 노력을 기울이고 있고, 현실화될 날이 멀지 않았다는 것이 많은 사람들의 전망이다. 또한, 세계 문제에 다양한 방법으로 간섭하여 자신들의 영향력을 높여가고 있다. 일본을 뛰어넘어 미국과 자웅을 겨루는 세계 2위의 경제대국 G2, 그게 중국이다. 중국이 이렇게 자기 소리를 내기까지 고수해 온 원칙은 도광양회였다.

'중국이여! 빛을 숨기고 어둠 속에서 실력을 길러라! 지금은 나설 때가 아니다. 오로지 내실을 채우고 실력을 닦아야 할 때다!'

등소평이 1978년 이후 개혁개방을 시작하면서 구구히 외쳤던 이 원칙은 개혁개방 이후 지금까지 중국의 화두였다. 아직은 국제사회에 나갈 실력이 되지 않기 때문에 잠깐 칼을 칼집에 넣고 어둠 속에서 힘을 길러서 때가 되면 그 칼을 빼낸다는 아주 긍정적인 생각이다. 함부로 칼을 뽑으면 주변 나라들의 눈길을 모으게 되고, 그렇게 되면 완전한 산업화를 이루기도 전에 망할 수 있다는 경계심과 절제가 배어 있는 말이다. 빛을 감추고 자신의 실력을 기르는 도광양회는 나중을 위해서 치욕의 순간을 견뎌야 한다는 말과 일맥상통하다.

광해군이 임금의 자리에서 쫓겨난 후에, 그와 그의 가족들은 모두 강화도에 위리안치되었다. 이들을 강화도에 유폐시킨 것은 그곳이 감시하기에 용이한 곳이기 때문이었다. 네 사람을 한곳에 두지 않았다. 광해군과 유씨는 강화문 동문 쪽에, 폐세자와 세자빈은 서문 쪽에 안치시켰다.

당시 20대 중반이었던 이들 부부는 두 달 후에 강화도 바깥쪽과 내통을 하려다가 붙잡혔다. 광해군의 아들인 질은 담 밑에 구멍을 뚫어 밖으로 나가려다가 잡힌 것이다. 그의 손에는 은덩어리와 쌀밥, 그리고 황해도 감사에게 보내는 편지가 들려 있었다. 인조는 그가 황해도 감사와 역적 모의를 했다고 생각하고, 그에게 사약을 내렸다. 그의 부인이었던 세자빈 박 씨는 스스로 목숨을 끊었다.

이렇게 창졸간에 아들과 며느리를 잃게 된 광해군은 1년 뒤에는 부인 유 씨와도 사별하게 된다. 폐비 유 씨는 광해군의 중립정책을 이해할 수 없는 처사라면서 비판하기도 하면서 대명사대 정책을 주청하기도 하였다. 그리고 광해군이 폐위되자 궁궐 후원에 이틀 동안이나 숨어 있으면서 인조반정이 종묘사직을 위한 것이 아니라 몇몇 인사들의 부귀영화를 위한 것이라고 비판한 적도 있었다. 그만큼 그녀는 나름대로 성리학적 사상에 기반한 가치관이 뚜렷한 여자였다.

그러나 유배생활이 길어지면서 그녀는 화병을 얻고 말았다. 도저히 자신이 당한 현실이 믿기지 않았던 것이다. 그리하여 유배생활 약 1년 7개월 만에 생을 마감하게 되었다. 아들과 며느리, 그리고 아내마저 죽자, 광해군의 가족은 박 씨 일가로 시집간 옹주 한 사람밖에 남지 않았다. 하지만 의외로 광해군은 초연한 자세로 유배생활에 적응해서 그 이후로도 18년 동안을 살았다. 물론 이런 과정에서 몇 번의 고비를 넘겨야 했다.

광해군으로 인해 아들을 잃고 서궁에 유폐되었던 인목대비는 원한에 사무쳐 광해군을 죽이려고 혈안이 되어 있었고, 인조와 그를 추종하는 서인 세력들은 광해군이 살아 있는 한, 왕권에 위협을 느낄 수밖에 없어서 몇 번이나 그를 죽이려고 시도했다. 그러나 반정 이후 다시 영의정에 제수된 남인 이원익의 반대와 내심 광해군을 따르던 관리들에 의해서 살해의 기도가 번번이 실패로 돌아가게 된다.

1624년 이괄의 난이 일어나자, 인조는 광해군의 재등극이 걱정되어서 그를 배에 실어 태안으로 보냈다가, 난이 평정되자 다시 강화도로 데려왔다. 1836년에는 청나라가 쳐들어와 광해군의 원수를 갚겠다고 공언하자 조정에서는 또다시 그를 교동에 안치시켰으며, 이때 서인 계열의 신경진 등이 경기수사에게 광해군을 죽이라는 암시를 내리지만, 경기수사는 이 말을 따르지 않고 그를 오히려 보호하기도 했다. 그리고 이듬해, 조선이 완전히 청에 굴복한 뒤에는 광해군의 복위에 위협을 느껴서 인조는 그를 제주도에 보내 버렸다.

광해군은 제주도 땅에서도 초연한 자세를 잃지 않았다. 묵묵히 자신에게 주어진 생을 살았던 것이다. 자신을 데리고 다니는 별장이 상방을 차지하고, 자기는 아랫방에 거처하는 모욕을 당하면서도 묵묵히 의연한 태도를 보였다. 심부름하는 나인이 '영감'이라고 호칭하면서 멸시해도 전혀 분개하지 않고 말 한마디 없이 굴욕을 참고 견뎠다.

이렇듯 초연하고 관조적인 그의 태도가 생명을 오래도록 지탱시켰는지도 모른다. 16년 동안 기다리면서 마침내 왕위에 올랐던 광해군인지라 끈기 하나는 타의 추종을 불허했던 것이다. 다른 사람 같으면 자신을 향해 던져지는 냉대와 멸시를 이기지 못하고 스스로 무엇인가를 하다가 사약을 받아 죽음에 이르렀을 텐데도 그는 전혀 그런 내색을 보이지 않았다.

광해군을 몰아내고 왕위에 오른 인조는 이괄의 난과 정묘호란, 병자호란 등을 거치는 등 굴욕과 고통으로 왕위를 유지하다가 재위 24년 만에 55세를 일기로 세상을 떠났다. 어떤 것이 행복한 생이었는지에 대한 객관적인 기준은 없지만, 인조 또한 왕위에 있는 동안 한시도 평안할 날이 없었으니 광해군에 비해서 크게 행복했다고는 할 수 없을 것 같다.

그가 만약, 인조의 실정을 이유로 신하들이 반란을 일으켜서 다시 임금의 자리에 올랐더라면 어땠을까. 치욕의 순간을 견디었기에 민본주의를 실현할 수도 있었을 것이다. **부당함에 시달리고, 부조리를 수없이 만나고, 옳은 주장이 묻히고, 스스로의 초라함에 몸부림을 칠 때에만 얻게 되는 배움이 있다.** 이런 경험이 필요하다. 그런 경험을 해야만 우리보다 힘이 없는 사람들을 이해할 수 있다. 더불어, 우리가 가지고 있는 한계를 알 수도 있다. 그때야 비로소 나에게 엄격하고, 타인에게 너그러운 성숙한 어른이 될 수 있는 것이다. 그리고 그런 어른만이 진정으로 백성을 위하는 민본주의를 실현할 수 있다. 어쩔 수 없이 노무현의 향기가 난다.

노무현을 위한 변명

논쟁하는 시간에 행동하라

국익을 위해서 어쩔 수 없는 선택도 해야 한다

노무현이 대통령으로 재직하고 있던 당시에, 보기 드문 이상한 일이 두세 번 있었다. 그중에 하나가 2004년 6월에 있었던 이라크 파병이다. 이 당시에, 그는 전통적 지지자들로부터 심한 비난을 받았다. 거꾸로 보수로부터는 박수를 받았다. 참으로 어색한 장면이 연출된 것이다. 취임 당시만 해도 상상할 수 없는 일이 벌어진 것이다.

진보개혁 세력은 '좌회전 깜빡이를 하고 우회전을 한다'는 말로 그들의 심경을 대신하였다.

왜 그랬을까? 노무현은 왜 상당수 지지자들로부터 받는 비난을 감수하고 이라크 파병을 결정했을까? 이라크 파병은 미국과 관련되어 있는 것이다. 노무현에게 미국은 무엇일까? 노무현의 이야기를 들어보자.

그 당시 저는 대통령이 스스로 이것은 역사에 오류로 남을 것 같다고 생각을 하면서도 부득이 그렇게 할 수밖에 없는 경우가 있다는 것을 알았습니다.

그러나 어쩔 수 없이 보내는 것이라 할지라도 그 당시 파병외교는 아주 효율적인 외교였다고 생각합니다.

미국과는 한미군사동맹을 비롯하여 그 외의 한반도 관련 문제들에 한미공조가 필요한 부분이 있는데, 이라크에 군사를 파병하지 않으면, 이런 문제들의 진행까지 여러 가지로 갈등이 많이 생기게 되었습니다.

복잡한 사안일수록 논쟁보다는 행동해야 한다

미국이 빠진 상태에서 새로운 동북아 질서를 개편할 수 있느냐. 유감스럽게도 미국이 빠지면 동북아 질서라는 것은 논의를 할 수가 없습니다. **한국이 미국과의 관계를 관리하는 것은, 동북아의 새로운 질서, 한반도의 질서 개편과정에 미국이 결정적인 힘으로 작용하기 때문입니다. 그런 관점에서 이라크 파병문제를 평가해야 합니다.**

노무현은 대통령 재임 시절에, 국내문제를 다룰 때와 국제문제를 다룰 때 사뭇 다른 면모를 보여주었다. 국내정치에서는 탄핵을 일부러 '유발'했다는 말을 들을 정도로 타협하지 않았다. 언론과의 싸움에서는 한 발도 물러서지 않았다. 임기를 6개월을 채 남겨두지 않은 상태에서도 언론을 개혁하겠다고 기자실 문제에 집착했다. 그러나, 그는 파병문제, 북핵문제 등 국제외교 분야에서는 끈질기게 기다리고 또 기다리면서 결국 현실적인 타협을 했다.

그는 논쟁하는 것보다 행동하는 것이 옳다고 생각하였던 것이다.

노무현을 위한 변명

🫂 제갈량, 논쟁보다는 행동을 더 중요시했다

조조의 장수 장합이 대군을 이끌고 가맹관을 공격하자 궁지에 몰린 가맹관의 수장이 성도로 급한 전갈을 보냈다. 이 소식을 들은 유비는 제갈량에게 대책을 묻자 제갈량이 장수들을 불러 놓고 말했다.

- 지금 가맹관이 몹시 위태롭다 하니 아무래도 낭중에 있는 장비를 불러와야만 장합을 물리칠 수 있을 것 같소.

법정이 나섰다.

- 그건 안 됩니다. 장비는 와구관에 머물면서 낭중을 지키고 있는데 그곳 역시 매우 긴요한 곳이니 장비를 불러와서는 안 됩니다. 여기 있는 장수들 중에서 한 사람을 보내 장합을 쳐부수도록 해야 합니다.

제갈량이 빙그레 웃으며 말했다.

- 장합은 위의 명장이라 결코 가볍게 볼 수 없는 장수요. 제가 보기에는 장비 외에는 그를 당해낼 사람이 없소.

이때 장수들 중에서 문득 외침이 터져 나왔다.

- 군사께서는 어찌하여 여기 있는 뭇 장수들을 그토록 얕보시오? 제가 비록 재주는 없으나 한 번 나가 보겠소. 반드시 장합의 목을 베어다 바치리다.

그는 바로 황충이었다. 공명이 말했다.

- 장군이 용맹스럽기는 하나 이미 늙어 장합의 적수가 될 수 있을지 걱정이구려.

- 내가 비록 늙었지만 두 팔은 아직 쌀 석 섬만큼 무거운 활을 당길 수 있고, 온몸의 힘을 쓰면 천 근 무게도 거뜬히 들어 올릴 수 있소. 어찌 장합 같은 필부 하나를 당해내지 못한단 말씀이요?

황충이 백발을 곤두세우며 더욱 소리를 높였다. 공명이 여전히 시큰둥한 말투로 말을 받았다.

- 그래도 장군은 이미 칠순에 가까우니 늙지 않았다고 할 수 있소?

황충이 더는 참지 못하겠다는 듯 성큼 뜰로 내려서더니 시렁에 얹힌 큰 칼을 뽑아 휘두르기 시작했다. 한바탕 칼춤을 추고 나더니 벽에 걸린 단단한 활을 내려 손으로 꺾어 두 동강을 내버렸다. 이쯤 되자 공명도 고개를 끄덕이며 조용히 물었다.

- 알겠소. 그런데 부장으로 누구를 데려가겠소?

노무현을 위한 변명

황충이 대뜸 대답했다.

> - 엄안을 데려가겠소. 만약에 이번에 일을 그르친다면 먼저 허옇게 센
>   이 머리를 내놓으리다.

유비가 흐뭇해하며 황충과 엄안에게 가맹관으로 가서 장합을 막도록 명했다. 한달음에 달려간 황충은 장합을 무찌르고 조조가 군량과 마초를 쌓아올린 천탕산까지 손에 넣는 쾌거를 올렸다.

제갈량은 처음부터 황충을 생각하고 있었다. 하지만, 그가 자신의 나이가 늙어서 전쟁에 나가는 것을 두려워하고 있으므로 그를 자극하여 흥분시킴으로써 전쟁에 나서도록 유도한 것이다. 이를 병법에서는 격장법이라 부른다. 상대방을 자극하여 원하는 목표를 이루는 전술이다.

제갈량은 논쟁이 아니라 행동이 중요함을 알고 있었던 것이다.

미켈란젤로, 논쟁보다는 행동을 선택하다

1502년 피렌체의 산타마리아 델리오레 성당의 공사현장에는 거대한 대리석 블록이 서 있었다. 한때 그것은 장엄한 형태의 원석이었지만 실력 없는 조각가가 인물상의 다리가 되어야 할 부분에 엉뚱하게 구멍을 뚫어 버려 망쳐진 신세가 되었다.

피렌체의 시장인 소데리니는 레오나르도 다 빈치나 다른 대가

들에게 조각을 의뢰하여 어떻게든 그 대리석을 살려보고 싶었지만, 모두가 그 원석은 이미 쓸모가 없어졌다고 말해 포기하고 말았다. 결국 돈만 날리고 원석은 교회의 어두운 실내에서 먼지를 뒤집어쓰게 된 것이다.

당시 로마에 살고 있던 미켈란젤로에게 피렌체의 친구들이 편지를 보내기 전까지 대리석은 그렇게 방치되어 있었다. 편지에서 그들은 오로지 미켈란젤로만이 그 대리석으로 무엇인가를 해낼 수 있을 것이라고 주장했다.

미켈란젤로는 피렌체까지 와서 대리석의 상태를 점검한 뒤 대리석이 잘려나간 상태에 맞는 포즈를 택한다면 훌륭한 인물상이 될 것이라고 결론을 내렸다. 시장은 시간낭비라고 주장했지만 결국은 허락했다. 미켈란젤로는 돌팔매를 하고 있는 소년 다비드 상을 조각하기로 결정했다.

몇 주일 뒤, 그가 조각에 마지막 손질을 하고 있을 때 시장이 작업장을 방문했다. 그는 마치 전문적이 미술품 감정사라도 되는 양 거대한 작품을 관찰하더니 작품이 장려하기는 하지만 코가 너무 큰 것 같다고 말했다.

미켈란젤로는 소데리니가 거대한 인물상의 바로 밑에 서 있기 때문에 전체를 균형 잡힌 시각으로 볼 수 없다는 사실을 알아챘다. 그는 아무 말도 하지 않고 시장에게 작업대로 올라오라고 손짓했다.

그가 코의 높이까지 올라가자 미켈란젤로는 조각과 바닥에 쌓인 대리석 가루를 한 줌 집었다. 그리고 아래쪽 작업대에 있는 시장이 볼 수 있도록 조각칼을 톡톡 두드리며 대리석 가루를 조금씩 밑으로 떨어뜨렸다. 그 모습은 마치 코의 모양을 손보고 있는

노무현을 위한 변명

것 같았다. 몇 분 동안 코를 다듬는 흉내를 내고 있던 그는 옆으로 한 걸음 물러서며 말했다.

- 이제 다시 한 번 봐 주시죠.

- 됐습니다. 코를 손보니 한결 나아 보이는군요. 마치 살아있는 사람의 코 같습니다.

시장이 흡족해하면서 말했다. 미켈란젤로는 코의 모양을 바꿀 경우 조각품을 망칠 것이라고 생각했지만 시장은 자신의 심미적 안목에 자부심을 가지고 있었다. 그와 논쟁을 벌이는 것은 아무런 이익이 되지 않았다. 미켈란젤로는 자신의 작품에 손대지 않으면서 시장에게는 그가 바라는 대로 개선했다는 인상을 주었던 것이다. 그는 논쟁보다는 행동으로 승리한 것이다.

임진왜란으로 나라가 온통 혼란스럽고 백성들은 유리걸식하게 되었으며, 도처에 시체가 널린 조선은 말 그대로 참혹한 땅이었다. 그런 아픔을 안 광해군은 나름대로 중립외교를 펼쳐서 민본은 아니더라도 위민정책을 쓰려고 노력했지만, 인조는 거창한 대의명분도 없이 사사로운 원한을 갚기 위해서 반정을 일으켰고, 결과적으로 나라 전체를 혼란에 빠트렸으며, 스스로가 시체가 드나드는 시구문을 통해 남한산성으로 들어감으로써 백성을 도탄에 빠지게 하였다.

인조는 광해군을 몰아내었지만, 인조는 다시 이괄에게 기습을 당한다. 하는 수 없이 인조는 허둥지둥 피란길에 오른다. 임금이 외적이 아니라 내란에 의해서 도성을 버리고 피란을 가게 되는 비운의 주인공이 되었다. 반란군이 한양 근방에 이르렀다는 첩보를 접한 인조 정권은 당황하기 시작했다. 이에 긴급히 피난 대책을 강구하였다. 인조가 종실과 신하들을 이끌고 먼저 남쪽으로 피란길에 오르고 인목대비 일행이 뒤따라 내려오도록 하였다. 남으로 피난가면서 인조 일행은 가도에 머물고 있는 명나라 장수 모문룡에게 구원병을 요청하고도 부산의 왜관(倭館)에 머물던 왜인을 동원할 계획까지 세웠다. 당시 인조정권의 다급함을 여실히 보여주는 정황들이다.

인조 일행이 남으로 피난하는 사이 이괄의 반란군은 2월 9일 한양으로 무혈입성하였다. 반란군은 한양을 점령한 후 선조의 아들인 흥안군을 왕으로 추대하고 곳곳에 방을 붙여 민심을 수습해 나갔다. 많은 백성들이 이괄의 군대를 환영하였다. 공주로 피난을 가는 인조를 따른 백성들이 거의 없던 것과도 대조되는 상황이었다.

이괄은 선봉대로 기병 30명을 파견하여 '도성 사람들은 동요하지 말고 평상시대로 생업에 종사하도록' 알린 다음 한명련과 더불어 한양으로 들어왔다. 이때 모집된 군사 수천 명이 앞을 인도하고 관청의 서리와 하인들이 의관을 갖추고 나와서 이들을 영접하였으며, 도성민들은 황토를 깔고 이들을 맞이했다고 한다. 피난 차 한강을 건널 때 배조차 없었던 인조의 초라한 행렬과는 대비되는 모습이다.

이괄은 흥안군을 왕으로 옹립한 후에, 한양에 남아 있던 사대부를 불러들여 새로운 조정을 구성하였다. 그리하여 조선 내에 두 명의 국왕과 두 개의 조정이 생기는 전대미문의 사태가 발생하였다. 아직 인조가 명나라로부터 국왕 책봉을 받지 않은 상태였으므로 이괄이나 인조 어느 쪽이든 공식적으로 조선을 대표한다고 주장할 수 없는 상황이 되어 버린 것이다.

패전을 거듭하면서도 반란군을 뒤쫓아 오던 정부군은 인조의 피난과 반란군의 한양 점령 소식을 듣고 마지막 승부수를 띄우지 않을 수 없게 되었다. 정부의 지휘관들은 도원수 장만을 중심으로 대책 회의를 한 끝에 한양의 민심이 이괄 쪽으로 굳어지기 전에 일전을 벌이는 것이 최선의 대책이라 판단하였다. 그리고 도성이 내려다보이는 안현(安峴)을 기습 점령하고 병력을 전후좌우로 배치하여 반란군과의 일전을 준비하였다.

정부군이 안현에 주둔하고 있다는 소식을 들은 이괄 역시 군대를 정비하여 정부군과의 대결에 나섰다. 그러나 그 동안의 승리와 한양 점령으로 인한 지나친 자신감으로 반란군들은 정부군에 대한 경계를 소홀히 하였고, 결국 수 시간에 걸친 치열한 전투 끝에 이괄의 군대는 패하고 말았다.

노무현을 위한 변명

이괄은 남은 군대를 이끌고 숭례문, 광희문을 거쳐서 광주 방향으로 향했다. 남으로 피난을 간 인조 일행을 추격하여 최후의 일전을 벌일 생각이었다. 인조 일행은 정부군이 안현 전투에서 승리했다는 소식을 들었지만, 아직 이괄이 살아 있기 때문에 반란군의 남진을 우려하여 좀 더 안전한 공주로 피난 장소를 옮겼다. 한편 최후의 일전을 벌이고자 부하 장수와 핵심 기병 수십 명을 이끌고 남쪽으로 진격하던 이괄은 광주 경안역에서 하룻밤을 머물렀다.

그런데 여기에서 반란군의 내분이 발생하였다. 더 이상 승산이 없다고 판단한 이괄의 부하들이 이천에서 이괄 등 핵심 주동자들의 머리를 벤 후 투항하고자 한 것이다. 이괄의 부장 이수백과 기익헌은 이괄 부자와 한명련 등의 머리를 베어 인조의 행재소인 공주로 달려가 항복하였다. 도성을 버리고 공주로 피난 온 인조에게는 뜻밖의 횡재였다.

반면에, 승전보를 울리면서 출발하여 한양을 점령하고 국왕까지 피난시킨 이괄이 이끄는 반란군의 초기의 위세에 비하면 너무나 초라한 결말이었다. 하지만, 그 후유증은 상상할 수 없을 정도였다. 반란군의 주역인 한명련의 아들 한윤은 후금으로 들어가 인조 정권의 친명배금 정책을 낱낱이 알리면서 후금을 더욱 자극시켰다. 한윤은 1627년 정묘호란 때 후금의 앞잡이가 되어 돌아왔다. 민본(民本)은 개인의 이익을 위한 거창한 대의명분이 아니라, 진정으로 나라와 백성을 위하는 지속적이고 체계적인 행동이다. 이괄이 단지 인조만을 제거하려 하지 않고 민본주의를 실현하려 했다면 결과는 달라졌을 것이다.

계획을 세우고 그에 따라 일하라

우리가 먼저 접근해야 한다

노무현이 대통령으로 재임 중에 미국과 관련된 정책으로 그의 전통적 지지자들과 크게 등진 것은 이라크 파병만은 아니다. 또 하나가 있는데 그게 바로 한미 FTA이다. 그는 왜 대다수의 지지 자들이 반대하는 한미 FTA를 추진했을까? 더군다나, 한미 FTA는 일반 지지자들뿐만 아니라, 여권 내의 반발도 적지 않았다.

대체로, 그들의 생각은 한미 FTA를 졸속으로 추진하면 한국 경제를 위기에 빠뜨릴 수 있다는 내용이었다.

하지만, 노무현은 2007년 4월에 미국과 한미 FTA 협상을 최종 타결하였다. 그의 말을 들어보자.

> 전체적으로 FTA가 필요하다, 이것은 내가 대통령에 취임하고 반년이 지나지 않아서 이미 결정하고 있었습니다. 그러나 집권 초기에는 한·

칠레 FTA 때문에 한미 FTA를 생각할 겨를이 없었습니다. 현실적으로는 한·칠레 FTA 비준 준비 때문에 굉장히 시달리고 있어서 더 추가적인 FTA를 논의할 여유가 없었습니다.

그 후에, 우선 좀 편하고 쉬운 상대들하고 FTA를 먼저 추진했습니다. 일본하고의 FTA를 시작하고 좀 더 깊이 들어가면서 협상을 해 보니까 일본이 내놓은 조건이 우리에게 너무 맞지 않았습니다. 우리가 그 위험부담을 하는 만큼의 대가를 받을 수 없기 때문에 도중에 중단을 하였습니다. 그러는 동안에 한·캐나다 FTA를 하게 되었는데, 그때 통상본부장이 한·캐나다 FTA를 통해서 미국을 끌고 오겠다고 말했습니다. **그때부터 한미 FTA를 본격적으로 연구하기 시작했습니다. 연구 끝에 결국 해볼 만하다고 결론을 내렸던 것입니다. 그리고 해보되, 이왕이면 우리가 먼저 접근해야 한다고 결론이 내려졌기 때문에 추진을 하게 된 것입니다.**

참여정부는 2003년 9월 FTA 추진 로드맵을 확정하고 동시다발적으로 협상을 추진했다. 그 결과 2007년 가을까지 16개국과 FTA를 체결하고 추가로 40여 개국과 사전협상을 진행할 수 있었다.

노무현은 '우리가 먼저 접근해야 한다'는 점을 강조하였다. 이는 이라크 파병과는 사뭇 다른 양상으로 접근한 것이다. 똑같이 상대방이 미국이었지만 관계를 맺는 방식은 달랐던 것이다. 이라크 파병 문제 때 미국은 그에게 내키지 않는, 회피하고 싶은 결정을 하게 하는 강대국이었다. 하지만, 한미 FTA를 추진할 때의 미국은 그에게 압력을 넣은 강대국이 아니라, 우리가 선제적으로 개척해야 할 시장이었던 것이다.

하나의 훌륭한 아이디어가 1,000원의 가치가 있다면 그러한 아이디어를 실현시키는 계획은 10억 원의 가치를 지닌다는 말이 있다.

이처럼, 우리는 수많은 아이디어를 가지지만, 그 아이디어를 구체적으로 실행시킬 계획을 짜는 데는 무척 인색하다. 아이디어가 현실에 적용될지를 걱정하기 때문이다. 또한, 리더에게는 당연히 계획이 있어야 한다. 세세한 것까지는 염두에 두지 않더라도 큰 청사진이라도 가지고 있어야 한다. 계획이 없는데 어찌 결과가 있을 수 있겠는가. 하지만, 이를 실제로 적용하는 리더는 그리 많지 않다. 우리 주변에 성공하는 사람이 적은 이유가 바로 그것이다.

노무현은 연구하고, 계획을 짜고 실행하였다. 그것도 먼저 접근하였다. 그런데도, 아무런 공부도 하지 않고 반대만을 하는 것은 그다지 온당하지 않다. 노무현을 새롭게 봐야 하는 이유가 여기에 있다.

👥 임기응변으로 대처하면 화를 자초한다

오와 촉 사이의 갈등은 날로 격화되고 대규모 전쟁이 일촉즉발의 상황으로 치닫고 있을 때, 위는 삼각투쟁의 구도에서 가장 유리한 위치에 서 있었다. 위는 이 틈에 한중을 기습할 수도 있었고 촉과 손잡고 오를 공격해 손권을 사지로 몰아넣을 수도 있었다. 하지만 이제 막 황제에 오른 조비는 중대한 전략을 결정할 때면 실책이 속출하여 이러한 절호의 기회를 잡지 못하고 그대로 놓쳐버리고 말았다.

손권이 허도로 사자를 파견해 신하로 받아달라는 표를 올렸을 때, 대부 유엽이 조비에게 이렇게 건의했다.

노무현을 위한 변명

- 촉과 오의 싸움은 하늘이 그들을 망하게 하려는 것이니 이때를 놓치지 마시고 상장을 뽑아 군사 수만을 이끌고 강을 건너 오를 치도록 하십시오. 촉이 밖에서 치고 위가 안에서 치면 오나라는 열흘을 넘기지 못하고 망할 것입니다. 그리하여 오가 망하면 촉도 어려워질 것이며 이는 하늘이 우리에게 내린 절호의 기회입니다.

유엽의 말은 정세를 잘 살핀 정확한 의견이었다. 그러나 조비는 유엽이 제안한 의견을 받아들이지 않았다.

- 손권이 이미 예를 갖추어 짐에게 항복하였는데 그를 내친다면, 천하 사람들이 짐에게 항복하는 것을 막는 격이 될 것이오. 그대로 항복을 받아들이는 게 낫겠소. 짐은 오나라도 돕지 않고 촉나라도 돕지 않을 것이오.

위·촉·오 삼국의 갈등을 분석해 보면, 유업은 전략의 관점에서 조조의 관점을 따랐다. 조조는 생전에 천하통일의 대업을 이루기 위해서는 오와 촉의 동맹을 깨뜨린 후 각개격파해야 한다고 생각했다. 조조가 통일의 대업을 이루지 못한 것은 오와 촉이 급할 때마다 서로 도우며 조조를 공공의 적으로 생각했기 때문이다.

그러나, 조비가 황제로 등극했을 때는 촉오동맹이 이미 완전히 결렬되고 두 나라는 서로 원수를 대하듯 하고 있었다. 그러자 유엽은 기회가 왔음을 직감하고 촉이 멀고 오가 가까운 지리적 조건에 근거해 촉과 연합해 오를 공격하는 전략을 제시한 것이다. 만약, 조비가 그의 말에 따랐다면 오는 열흘을 넘기지 못하고 망했을 것이고, 오가 망하고 촉이 외로워져서 촉도 도모하기 쉬울 것이니 천하통일도 시간문제였다.

처음부터 계획을 가지고 행동하는 리더는 상황을 대국적으로 관찰하고 각 방면의 역량을 자세하게 분석할 수 있기 때문에, 기회나 틈이 오면 곧바로 이를 깨닫고 신속하게 행동할 수 있다. 형세에 따라 그때그때에 임기응변식으로 대처하는 리더는 상황을 분석할 힘이 없고, 대국을 관망하는 능력이 부족하기 때문에 어리석고 고집스러운 성격을 그대로 드러내며 기회나 틈을 오히려 '환난'으로 바꾸는 경우가 많다.

인물은 많지만, 위대한 인물이 적은 이유가 바로 이 때문이다.

때를 기다리고 적절하게 행동하면 역전한다

푸세는 프랑스 신학학교의 별 볼 일 없는 교사였다. 1780년대 대부분은 이 마을 저 마을을 떠돌아다니며 어린아이들에게 수학을 가르쳤다. 하지만 그는 교회 일에만 매달리지 않았고, 사제 서약을 하지도 않았다. 1789년 프랑스 혁명이 일어났을 때, 푸세는 더 이상 기다리지 않았다. 성직복을 벗어 던지고 머리를 길게 기른 혁명가가 되었다.

그는 혁명파 지도자 로베스피에르와 친분을 쌓아 반란군에서 금세 높은 지위에 올랐다. 1792년 낭트 시는 푸세를 대표로 선출해, 프랑스 공화국의 새 헌법을 기초하기 위해 구성된 국민회의에 보냈을 정도였다.

그가 파리에 도착했을 때 혁명세력은 온건파와 급진파로 분열되어 있었다. 푸세는 장기적으로는 그 어느 쪽도 승리하지 못할 것을 알았다. 권력은 혁명을 시작한 자의 손이나, 심지어 혁명을 가속화한 사람들 손에 들어가는 법이 거의 없다는 것을 깨달은 것이다. 권력은 혁명을 끝맺는 자에게 붙는 법이라는 것을 알아차린 그는 바로 그 편에 서 있었다. 그는 모든 것을 계획했고, 그대로 행동했다.

처음에 푸세는 온건파로 시작했다. 온건파가 다수였기 때문이었다. 하지만 루이 10세의 처형여부를 결정할 때에는 시민들이 왕의 머리를 열렬히 원한다는 것을 알고 결정적인 표를 던져 루이 16세를 단두대에 올렸다. 이제 그는 급진파가 되었다. 하지만 파리에 불황이 들끓자 어느 한편에 너무 가까이 붙으면 위험하다고 판단해 한동안 시골의 한직으로 물러나 버렸다.

그리고 몇 달 후, 리옹의 총독에 임명되어 귀족 수십 명의 처형을 지휘했다. 하지만, 그는 어느 순간 살육을 잠시 멈추었다. 분위기의 변화를 감지했기 때문이었다. 리옹 시민들은 그가 이미 살육에 가담한 전력이 있는데도 공포정치에서 사람을 구했다며 그를 칭송했다.

그때까지 푸세는 아주 적절하게 행동했다. 하지만 1794년 그의 오랜 친구 로베스피에르가 푸세에게 리옹에서 벌인 일의 책임을 물어 파리로 소환했다. 공포정치를 추진한 인물이 바로 로베스피에르였고, 그에게는 푸세가 단두대에 오를 다음 타자로 보였다. 그 후 몇 주 동안 팽팽한 싸움이 전개되었다. 로베스피에르는 푸세가 위험한 야심을 품은 자라고 공개적으로 비방하며 체포를 명한 반면, 푸세는 보다 우회적인 방법을 써서 로베스피에르의 독재에 염증을 내는 사람들 사이에서 조용히 지지를 확보해 나갔다.

푸세는 때를 기다리고 있었다. 그는 자신이 오래 살아남아야 로베스피에르에게 불만을 품은 사람들을 더 많이 끌어 모을 수 있다는 것을 알았다. 막강한 지도자에게 대항하려면 폭넓은 지지가 필요했다. 푸세는 사람들 사이에서 널리 퍼져 있던 로베스피에르의 공포심을 이용해 온건파와 급진파 모두의 지지를 결집했다. 모두가 다음번에는 자신이 단두대에 오르지 않을까 하고 두려워하고 있었던 것이다.

그의 이런 노력은 얼마 지나지 않아서 결실을 맺었다. 로베스피에르는 얼마 후 체포되었고, 목이 달아난 것은 푸세가 아니라 로베스피에르였다.

그는 면밀한 계획을 세웠고, 그 계획대로 행동했다. 끝없이 상황을 분석하고 그것을 완성하는 데 집중했기 때문에, 그는 살아남을 수 있었던 것이다.

노무현을 위한 변명

조선 후기에, 이미 조선은 정도전과 이성계가 의기투합하여 썩을 대로 썩어서 시체 냄새가 나는 고려를 무너뜨리고 진정으로 백성을 위하는 나라를 만들고자 했던 때처럼 완전히 썩어 문드러져 좀 세게 만지면 그대로 폭삭 주저앉아 버릴 정도로 아무런 힘도 없는 나라가 되어 버렸다. 그런 즈음에 홍경래의 난이 일어난 것이다.

당시는 신분제도가 붕괴되면서 양반이 기하급수적으로 늘어났던 때였다. 하지만 양반이라고 해서 누구나 권력의 중심이 될 수는 없었다. 몇 사람만 권력의 중심으로 이동할 수 있었고, 그들이 부를 모두 가져가 버려 양반이라고 해도 입에 풀칠하기 힘든 사람들이 많았다. 더군다나 상업과 기술이 발달하여 부유한 상인층과 중농이 출현하기 시작했다. 그들은 자신들의 부를 터무니없는 방법으로 착취해가는 권력층의 횡포에 크게 분노하고 있었다.

특히 조선시대 내내 일관되게 견지해 오던 평안도와 함경도에 대한 지역차별 때문에 북도민들의 불만은 폭발하기 직전이었다. 이런 요인들이 홍경래가 난을 일으킨 원인이 되었다. 자연스럽게 홍경래의 난에 적극 가담한 계층은 몰락한 양반과 부를 축적한 신흥상인들, 그리고 일부 농민들이었다.

홍경래는 평안도 용강 출신의 몰락한 양반집의 아들이다. 그는 여러 번 과거에 응시하였으나, 계속 낙방했고, 늦게나마 자신이 낙방한 원인이 자신의 실력이 모자라서가 아니란 것을 알았다. 평안도민에 대한 지역차별이 문제였다. 그때 당시의 과거합격자들은 모두 몇몇 문벌에서만 나왔다. 병신이거나 아주 머리가 나빠도 과거에 합격할 수 있었다. 사람을 시켜서 답안을 써내면 그냥 진사니 한림이 되는 세상이었다. 시골 출신이나 아무 연줄도 없는 사람은 아무리 학문이 뛰어나도 합격할 수 없었다.

입신출세하겠다는 꿈을 버린 홍경래는 사회체제의 모순에 분노를 느끼고, 자신과 비슷한 처지인 양반의 서자 우군칙과 의기투합하여 10년간에 걸쳐서 봉기를 준비했다. 10년 동안 국내를 돌아다니면서 인정과 풍속, 산천과 도로 등을 면밀하게 살피고 동지들을 규합해 나갔다. 하루아침에 일으킨 난이 아니었다.

홍경래가 우군칙을 만난 것은 가산군 청룡사였다. 둘은 얘기를 나누기 시작하자마자 의기가 투합하여 취하도록 마시면서 세상에 대한 불평불만을 털어놓았다. 다음으로 홍경래는 부를 축적하여 도내에서도 갑부로 유명한 이희저를 끌어들여 자금을 준비한 후 천연의 요새인 다복동을 근거지로 삼았다.

다음으로는 선비 김창시를 포섭하였다. 김창시는 곽산 김진사로 통하는 인물이었다. 문장이 뛰어나서 당시 평안도 선비 중에서는 제일로 쳤다. 술만 취하면 소동파의 「적벽부」를 읊는 것을 낙으로 삼으며 평안도의 이태백을 자임하던 인물이었다. 홍경래는 다시 머슴 출신으로 장사인 홍총각을 가담시켰고, 재상 출신으로 당시의 세도정치에 불만이 많았던 김재천을 비롯하여 평안도의 실력자와 지방 관리들, 그리고 유랑농민들과 상인계층까지 광범위하게 지지세력을 끌어 모았다.

마지막으로, 홍경래는 다복동에서 금점을 한다는 소문을 내서 대량으로 장정을 모집했다. 그 때 농촌에서는 내리 3년 동안 흉년이 들어서 길바닥에 내앉거나 빚에 쪼들려서 야반도주하는 집들이 무수했는데, 금점 인부를 모집한다고 광고하자 힘깨나 쓴다는 장정들이 떼거리로 다복동으로 몰려들었다.

　이렇게 준비를 하는 동안 말이 새어나가지 않을 수 없었다. 광산을 한다는 것은 둘러댄 것인데다, 모인 장정들을 면회 오는 식구들, 그리고 도망치는 사람들 때문에 도저히 비밀을 지킬 수 없었다. 그래서 예정보다 빠른 1811년 12월 20일을 거사 일로 정했다.

　홍경래는 병력을 평양, 한양을 향해 남진하는 남군과 의주를 향해 북행하는 북군 등 두 부대로 나누었다. 남군사령관은 평서대원수인 자신이 맡고, 북군 사령관은 부원수인 김사용이 맡아 지휘하게 했다. 모든 준비가 척척 진행되고 있었으나, 홍경래군은 처음부터 문제를 안고 있었다. 선봉장인 홍총각과 이제초의 급진파, 참모인 우군칙, 김창시의 신중파가 서로 의견이 대립되어 원수인 홍경래가 곤혹스런 장면을 여러 번 겪어야 했던 것이다. 즉, 내부의 화합에 처음부터 문제가 있었다.

　기산을 점령한 후에, 다음 목적지를 정하는 결정부터 혼란이 생겼다. 내부에서 목소리가 통일되지 않았다. 이처럼 내부에서 통일된 의견이 나오지 않자, 반란군은 몇 개의 성을 점령하는 동안에 강해지는 것이 아니라 오히려 약해졌다. 결국, 내부 반란에 의해 홍경래는 큰 부상을 입어 출입조차 할 수 없게 되어 버렸다. 하지만, 상황은 더 나아지지 않았다. 이처럼 홍경래의 반란군이 내부 분열에 시달리는 동안, 정부는 진압체제를 점차 완성하게 되었다. 홍경래는 송림전투에서 패배하여 정주성으로 도망갔다.

　그리고 무려 4개월 정도의 시간이 지난 다음에 정주성은 함락이 되었다. 성 안으로 몰린 홍경래 군과 농민들은 병력의 열세에도 불구하고 사력을 다해 지켰던 것이다. 홍경래의 난이 진압된 후에도 농민들에게 홍경래는 죽은 인물이 아니었다. 10년이 넘게 홍경래가 살아 있고, 자신들을 도우러 온다는 얘기가 농민들 사이에 떠돌았다. 농민들은 자신들의 꿈을 대신 실현하려 좌절한 한 영웅의 죽음을 받아들이고 싶지 않았던 것이다.

　나라가 백성을 버리면 백성들은 모든 것을 버리고 나라와 대치하게 된다. 민본(民本)은 조금도 소홀함이 없이 끊임없이 지속되어야 한다. 그렇지 않으면 배고픈 백성은 나라를 전복할 영웅을 기다리기 때문이다.

　　　　　　　　　　　　　　　　　노무현을 위한 변명

자신만의 요새를 짓지 마라

지배력에 대항하기 위해서 개방해야 한다

노무현은 2007년 6월 참여정부 평가포럼에서 연설을 하였다. 그의 연설내용은 요약하면 이렇다.

개방은 시장을 넓히는 전략입니다. FTA와 적극적인 해외 투자, 이런 것을 개방이라고 할 수 있습니다. 개방도 우리가 능동적으로 시장을 개척해나가는 전략이 필요하다고 생각합니다. 역사를 돌이켜보면 교류하지 않은 문명은 전부 쇠약하고 소멸했습니다. 세계의 역사, 이른바 물질적 측면에서의 세계 역사는 통상국가가 주도해 왔습니다. 또한, 물질문명을 주도하는 국가가 오늘날 세계를 지배하고 있습니다. 물론, 한국이 세계를 지배하고자 하는 것은 아닙니다만, **그러나 최소한 지배받지 않으려면, 지배력에 대항하려면 적어도 그 정도의 실력은 갖추고 있어야 합니다. 그래서 우리도 통상국가가 되어야 한다는 것입니다. 그것도 선진적 통상국가가 되어야 합니다. 그래서 개방하고, FTA 해야 합니다.**
세계 경제가 역동적으로 변하는 과정에서 우리가 FTA를 회피하여도 함께 갈 수 있느냐? 낙오할 수 있습니다. 불확실한 세계에 뛰어들어야 적어도 낙오하지 않습니다. 또, 경우에 따라서는 조금 일찍 뛰어들면 남들보다 앞서갈 수 있는 기회를 포착할 수도 있습니다.

여기에서 나는 한국의 진보주의자들에게 역사의 사실을 존중하라는 말을 전하고 싶습니다. 역사라는 것은 과거로부터 법칙을 배우고 그 법칙으로 현재를 이해하고 미래를 예측하는 것 아닙니까. 진보주의자 들이 개방 문제와 관련해서 그동안 주장했던 것들이 사실로 증명된 것이 하나도 없었습니다. 오히려, 전부 다 사실이 아닌 것으로 증명이 되었습니다.

객관적인 사실을 알아야 미래를 예측할 수 있다

노무현은 정치하는 사람은 역사적 사실을 인정하는 과학적인 자세를 가져야 한다고 생각했다. 현실이나 역사적 사실을 제대로 돌아보지 않는 자세는 정치하는 사람들의 자세가 아니고, 공부하 는 사람들의 자세도 아니라는 생각을 가지고 있었다. 정치하는 사람들이야말로 정말 과학적인 자세를 가져야 한다는 것이다. 객 관적인 사실을 인정할 줄 알아야 오늘을 바로 해석할 수 있고 내 일을 예측할 수 있지 않겠는가.

그는 학자들이 미래를 예측하는 것 같아도 정치하는 사람들이 가장 과학적이어야 하고, 실제로 정책에 있어서도 학자들보다 한 걸음 앞서는 것이 정치라고 입장을 가지고 있었다. 그게 현실이라 는 것이다. 그는 정책은 반드시 현실 속에서 과학적인 검증을 거 쳐야 한다고 생각했다. 공허하게 교조적인 이론에 매몰되어서 흘 러간 노래만 불러서는 안 된다는 것이다. 어떻게든, 일부 고달프고 불평스러운 사람들을 선동해서 끌고 갈 수 있을지도 모르고, 일부 이른바 강단사회주의자라고 이야기하는 급진 지식인들은 뭉쳐 갈 수 있을지 모르지만 그게 결국 자신만의 요새를 짓는 것임을 스스로도 알 수 있을 것이라고 생각한 것이다.

용인술에 있어서는 조조가 제갈량보다 한 수 위다

『삼국지』 전체를 읽다 보면 조조가 인재등용만큼은 제갈량보다 한 수 위였음을 알 수 있다. 그의 휘하에 각지의 책사와 맹장들이 수두룩했던 것이 이를 증명한다. 조조는 매번 전투 때마다 책사와 장수들을 적재적소에 배치하였고, 이것이 그가 전쟁의 주도권을 쥐고 승리를 거머쥐는 데 지대한 공헌을 했음은 의심할 여지가 없다. 특히, 장요와 이전, 악진 세 명의 장수에게 합비를 지키도록 한 것은 조조의 뛰어난 용인술을 확인할 수 있는 전형적인 예이다.

손권은 환성을 손에 넣은 후 기세를 몰아 합비로 밀고 들어갔다. 그런데 원래부터 사이가 좋지 않아 툭하면 다투던 그들이 이번에도 어떤 전략을 가지고 격파할 것인가를 두고 의견이 엇갈렸다. 정세가 긴박하고 합비의 운명이 바람 앞의 등불과도 같던 이때, 한중에 있던 조조가 설제를 통해 나무 상자 하나를 전해왔다. 나무함 위에는 '적이 오거든 열어보라'고 적혀 있었고, 나중에 나무함을 열어보니 이런 글이 적혀 있었다.

> 손권이 쳐들어오거든 장요와 이전은 나가 싸우고, 악진은 안에서 성을 지키라.

조조가 보낸 나무함을 열어본 후, 장요는 공격으로써 방어하라는 조조의 명령에 따라 직접 출전해 결전을 벌이겠다고 나서며 넓은 도량과 호방한 기개를 드러냈다. 한편 이전은 처음에는 아무 말도 하지 않다가 나중에는 장요의 행동에 감명을 받아 사사로운 원한에 개의치 않고 그의 지휘를 따랐다.

악진은 본래 유유부단하고, 장요와 이전 그 누구에게도 미움을 사지 않으려고 하는 데다가 전쟁에 대해 두려움을 가지고 있는 인물이었다. 장요가 적극적으로 나서자 세 사람 사이의 반목이 사라졌고 서로 단합해 공동의 적에 대항하기 시작했다.

장요와 이전, 악진 세 사람이 비록 사이가 좋지는 않지만 그들의 성격이 상호보완적이기 때문에 일단 단합하기만 하면 최적의 지휘구도를 형성할 수 있었다. 조조는 팀을 결성하는 능력이 뛰어났던 것이다.

이런 의미에서 중국 송나라의 인종이 증공량 등에게 명하여 만들게 한 병서인 『무경총요』의 다음 구절을 음미해 볼 필요가 있다.

> 대장이 임무를 받으면 반드시 먼저 사람을 헤아려야 한다. 인재의 능력과 용감한지 겁이 많은지, 치밀한지 데면데면한지 알고, 그에 맞는 일을 시키면 군대를 잘 다스릴 수 있다.

아무리 훌륭한 사람도 혼자서는 큰일을 할 수 없으니 팀을 구성하는 일이 얼마나 중요한지 알 수 있다. 그래서 리더의 자질 중

노무현을 위한 변명

의 하나를 용인술에서 찾는 것이다.

👥 자신만의 요새에 갇히면 최후가 비참하다

진시황의 제국은 서양의 알렉산더 대왕의 제국보다 훨씬 크고 강력했다. 그는 주변의 나라들을 모두 정복하여 거대한 단일 영역, 중국으로 통합시켰다. 하지만 말년에는 극소수의 사람만이, 그것도 간신히 그의 모습을 볼 수 있었다.

황제는 수도 함양에 웅장한 궁전을 짓고 그 안에서 살았다. 궁전에는 270개의 전각이 있었고 모두 지하 비밀통로로 연결되어 있었다. 황제는 누구의 눈에도 띄지 않고 궁전 여기저기를 이동할 수 있었다. 그는 매일 방 숙소를 옮겨가며 잠을 잤으며, 우연하게라도 그를 본 자는 즉시 목을 베었다. 오로지 몇 사람만이 그의 거처를 알고 있었고, 혹이라도 그의 거처를 발설하는 이는 죽임을 당했다.

황제는 사람과 접촉하는 것을 너무나 두려워하게 된 나머지 궁을 나설 때는 철저하게 변장을 했다. 그는 지방을 시찰하던 중 갑자기 사망했다. 그의 시신은 황제의 어가에 실려 수도로 이송됐다. 시체 썩는 냄새를 감추기 위해 소금에 절인 생선을 실은 마차가 그 뒤를 따랐다. 그의 죽음을 알리지 않기 위해서였다.

처음에, 그는 끝없는 야망과 두려움을 모르는 용기를 지닌 전사였다. 대부분 그는 '아무 거리낌 없이' 사람을 죽었다. 책략과 폭력을 통해 그는 주변 제후국들을 정복해 중국을 통일함으로써 단일 국가와 단일문화를 형성하였다.

그는 봉건체제를 해체하고 다양한 제후국에 흩어져 있던 제후 가문의 가족들을 감시하기 위해 12만 명을 수도로 이주시켰으며, 수도 함양에는 거대한 궁전을 지어 중요한 조신들을 머물게 했다. 그는 변방의 많은 성벽들을 강화하여 만리장성을 쌓았다. 또 국가의 법령과 문자를 정비하고 수레바퀴의 규격을 통일시켰다.

이런 그가 멸망한 가장 큰 이유는 자신만의 요새를 만들었다는 점이다. 그는 국가의 이데올로기를 통합한다는 명분을 내세워서 공자의 저술과 사상을 불법으로 간주했다. 공자와 관련된 수천 권의 책을 불에 태우도록 명령했을 뿐만 아니라 공자를 언급하는 자는 누구를 막론하고 죽여 버렸다. 이런 조치로 인해 그에게는 많은 적이 생겼고, 그는 늘 암살을 당할지도 모른다고 두려워했는데 날이 갈수록 이 증세는 심해졌다. 때문에 처형을 당하는 사람의 숫자가 점점 늘어났다.

그는 궁궐 안으로 점점 더 깊숙이 모습을 감추었다. 이럴수록 제국에 대한 통제력은 서서히 잃어갔다. 그를 대신하여 내시와 간신들이 마음대로 국가정책을 집행했다. 그의 의사에 반대하는 음모를 꾸미기도 했다. 나중에 진시황은 이름뿐인 황제로 전락했다. 이처럼 너무 고립된 나머지 그의 죽음도 거의 알려지지 않았다.

중국을 최초로 통일한 황제답지 않은 최후였다. 마치 길거리의 거지의 죽음처럼 조용하게 죽었다. 이는 그가 자기만의 요새에 들어가서 꼭꼭 숨었기 때문이었다.

노무현을 위한 변명

조선후기에 일어난 민란은 삼정의 문란에 따른 탐관오리들의 횡포에 그 원인이 있다. 하지만, 더 깊이 분석해보면 국가 체계와 국가 운영 시스템이 완전히 붕괴되었다는 데 원인이 있다. 백성들은 굶어죽을 수가 없어서 당장 자신과 집안 식구들의 먹을 것을 빼앗아가는 지방 수령 또는 구실아치, 그리고 향원들에게 대들었던 것이다.

그런 와중에도 백성들은 나라의 임금은 하늘에서 내렸다는 의식을 가지고 있었다. 나라에서 보낸 안핵사에게는 저항하지 않았던 것이다. 자신의 주장조차 펴지 못해서 수렴청정을 하거나 척족들에게 시달려서 정사를 돌보지 않은 임금에게 자신의 미래를 맡겼다. 임금의 어진 정치만 있다면 다시 '광명'으로 들어갈 수 있다고 생각한 것이다. 더불어, 민중들은 차라리 이 조선이 망하고 새로운 나라가 도래하기를 학수고대하고 있었다. 개벽이라는 파랑새를 기다리고 있었지만, 파랑새를 찾기 위해서 움직이지는 않았던 것이다. 그만큼 지쳐 있었고 절망적인 상태였다.

삼정이라는 것은 군정, 전정, 환곡을 말하는 것이다. 군정은 군대행정이라는 말로서 당시 16세 이상 60세 이하의 모든 양민은 군대를 가는 대신에 무명이나 삼베로 세금을 내야 했다. 지방의 탐관오리들이 이 법을 악용하여 백성들을 착취했는데 그 무엇을 해도 상상 이상의 행동을 한 것이다.

애를 낳은 지 몇 달만 지나면 '황구첨정'이라 하여 어른과 마찬가지로 군포를 받았다. '백골징포'라 하여 죽은 자에게도 군포를 매겼으며, 살림이 어려워 군포를 내지 못하면 그 친척에게 대신 내도록 하는 '족징'이 있었다. 주위에서 도망하는 집이 있을 경우에 동네 사람이 물어야 하는 '인징'도 성행하였다. 심지어 임신만 해도 군포에 올리고, 계집아이를 사내아이로 둔갑시켜서 군포를 받아갔다.

전정은 토지세에 관한 행정이다. 당시 토지세는 한 결당 일정 분의 세금을 내도록 되어 있었다. 그런데 땅에 농사를 짓는 것도 아니고, 또 땅의 비옥도가 서로 다른 데다 관개 이용도에 따라서 생산에 차이가 있는데도 불구하고 이것이 전혀 고려가 되지 않았던 게 문제였다. 더군다나 양반들의 좋은 땅은 모조리 하급 땅으로 등급을 낮추고 소출을 줄여 보고하여 세금을 줄이는 대신에 뒤로 받아서 자신들이 챙겼다. 반면에 일반 백성들의 땅은 농사를 짓지 않는 묵혀둔 땅이거나 척박해 소출이 없는 땅이더라도 정상적인 소출을 하는 땅과 똑같이 세금을 매겼다.

더구나 홍수나 가뭄 그리고 병충해 등 자연재해를 입어 소출이 없으면 조세가 면제되는데, 이 규정을 지켜 면제받는 땅은 단 한 뙈기도 없었고 무조건 쓸어갔다. 이렇게 세금을 받아가니 어떻게 견디겠는가. 땅을 포기하고 도주하는 농민이 많게는 한 고을의 절반이 넘을 정도였다.

환곡은 원래 농민들이 곡식이 떨어졌을 때, 조정에서 곡식을 빌려주었다가 가을 추수 후에 받아들이는, 고려 때부터 시작된 빈민구호제도의 일종이다. 법으로 정해진 이자는 연 1할 정도로 아주 저렴했다. 하지만, 어디까지 제도가 그렇다는 말이었다. 지방수령들은 조정에 흉년이 들었다고 보고하고, 농민의 환곡탕감을 요청해서 탕감을 허가받은 후에, 농민에게는 그대로 받아들여서 자신들이 착복하거나 벼슬을 올리는 수단으로 권세가들에게 가져다 바쳤다. 그렇게라도 했으면 그나마 다행이다. 이자를 마음대로 올리기 일쑤였다.

가관인 것은 작년에 곡식을 빌려간 백성이 금년 작황이 양호한데도 빌려가지 않으면 관아에서 강제로 할당했던 것이다. 그 바람에 쌀이 있어도, 탐관오리들의 횡포가 보기 싫어서 어쩔 수 없이 환곡을 빌려야 했다. 기가 막히게도 환곡을 내어 줄 때에 곡식 속에 왕겨를 섞어서 양을 늘리거나 물에 불리는 등 악랄한 짓을 서슴지 않았다.

환곡을 강제로 안기면서 정부미를 주는 것이 아니라 쌀값이 싼 다른 지방에서 사다 주는 경우도 있었다. 받을 때는 이자 말고도 쌀값 차액에서도 뜯어갔다. 심한 경우에는 환곡을 주지 않고서도 주었다고 문서를 위조하여 강제로 이자를 받기도 하였다. 여기에서 그치지 않는다. 곡식을 내줄 때는 규격보다 작은 말을 사용하고, 받아들일 때는 큰 말을 사용하기도 하였다.

이러니 어떻게 견디겠는가. 죽기 아니면 까무러치기 식으로 유랑민이 되거나 반란군이 될 수밖에 없는 것이다. 배고파 죽으나 맞아 죽으나 똑같다, 는 말이 유행하게 된 것이다. **강화도에서 세상모르고 있다가 왕으로 등극하여 구중궁궐에서 여인네들의 지분 냄새만 맡다가 죽은 철종이 통치하는 나라가 이 모양이었던 것이다. 이러니 그에게 어찌 민본을 요구할 수 있겠는가. 민본은 임금에게나 요구할 수 있는 것이다. 그것도 '제대로 정신이 박혀 있는' 임금에게 말이라도 꺼내볼 수 있는 것이다. 그나마, 백성이 임금을 두려워했기에 목숨을 부지할 수 있었다는 것이 철종에게는 행운이라고 해야 할까?**

노무현을 위한 변명

다른 시각에서 바라보라

상황이 변하면 변화한 상황에서 검토해야 한다

노무현은 미국의 압력 때문에 FTA를 추진한다는 논리에 대해
서 다음과 같이 해명하였다.

> 여러 나라 사이에 상호 간 여러 가지 통상관계에서 요구하는 조건들
> 을 내걸고 여러 가지 주장을 하고 들어주지 않으면 우리도 상응하는
> 조치를 하겠다는 것이 국가 간의 보편적인 현상인데, 왜 하필이면 미
> 국 말만 나오면 압력이란 표현을 씁니까? 콤플렉스입니다. 미국 콤플
> 렉스. 미국 콤플렉스는 뒤집으면 사대주의적 사고입니다.

한미 통상장관들 사이에 2007년 4월 2일 체결된 한미 FTA는
그 후 2년이 지나서도 효력이 발휘되지 못하고 있었다. 미국 의회
와 대한민국 국회 양쪽에서 비준 동의를 해줘야 하는데, 그것이
이루어지지 않았기 때문이다. 그 사이, 세계는 물론 우리 사회에

서도 미국식 자본주의에 대한 인식의 변화가 있었다. 미국 경제의 핵심 플레이어였던 월가 사람들은 금융과 파생상품의 부실이 불거지면서 탐욕만 있고 윤리는 없다는 지탄을 받아야 했다.

리먼 브라더스 파산으로 상징되던 금융 부실은 제조업으로 파급되어 GM의 몰락까지 이어졌다. 미국식 자본주의는 따라 배워야 할 그 무엇이 아니라 극복되어야 할 대상이라는 인식이 확산되었다. 이런 변화 때문에, 2008년 11월 10일 퇴임하여 봉하마을에 머물고 있는 노무현은 그가 개설한 토론 사이트 '민주주의 2.0'에 '한미 FTA를 재협상해야 한다'는 글을 올렸다.

다음은 그 내용의 일부이다.

> 한미 FTA 안에서도 해당되는 내용이 있는지 점검해 보아야 할 것입니다. 그리고 고쳐 나가야 할 필요가 있는 것은 고쳐야 할 것입니다. 다행히 금융제도 부분에 그런 것이 없다 할지라도, 우리도 고치고 지난번 협상에서 우리의 입장을 관철하지 못하여 아쉬운 것들은 바꾸어 나가야 합니다.
> **이것은 한미 FTA에 대한 입장을 번복하는 것이 아닙니다. 나아가서 FTA를 죽이자고 하는 말이 아니라 제대로 살리자고 하는 말입니다.**

어느 한 가지를 보고 전체를 다 그렇다고 보면 안 된다

결국, 그가 걱정했던 대로 퇴임 후에 다시 한미 FTA에 대한, 그로서는 그다지 반갑지 않은 논쟁을 해야 했다. 진보신당의 심상정

노무현을 위한 변명

대표가 노무현의 글을 보고 '노무현 전 대통령의 결자해지를 촉구합니다'라는 제목으로 '본격 토론'을 제안했기 때문이다.

다음은 심상정 대표의 글이다.

> 무분별한 개방으로 벼랑 끝으로 내몰리고 경제위기로 공포에 떨고 있는 민초들이 노무현 전 대통령에게 기대했던 것은 이명박 정권에 대한 재협상 '훈수'가 아니라 한미 FTA 협정 체결에 대한 '고해성사'였을 것입니다.

노무현은 심상정 대표의 글에 대해 이틀에 걸쳐서 긴 반론을 썼다. 반론의 핵심은 '한미 FTA가 신자유주의의 전형인가'에 모아졌다. 그는 개방이나 한미 FTA가 곧 신자유주의로 귀결되는 것은 아니다, 라고 했다. 다음은 노무현의 답변 내용이다.

> 노무현 정부는 민영화는 중단했고, 나머지는 계승하고, 한미 FTA를 추진했습니다. 그리고 일부 감세를 받아들였으나 이건 대세에 밀린 것입니다.
> 그러나, 그밖에 전반적으로는 복지체제를 정비하고, 지출을 늘리고 사회적 약자를 위한 정부의 역할을 확대했습니다. 국내 총생산 대비 복지 지출과 재정에 의한 재분배 효과도 확대되었습니다. 또한, 노무현 정부는 부동산 투기 억제정책과 균형발전 정책을 강력하게 시행했습니다. 그리고 장래를 위해서 비전 2030도 내놓았습니다. 정말, 노무현 정부가 작은 정부를 지향한 신자유주의를 전형이었을까요? 대통령은 국가의 현재도 생각해야 하지만, 미래도 바라봐야 합니다. 대통령이 국가의 미래를 어떻게 바라보느냐에 따라 국가의 운명이 바뀔 수도 있습니다.

이처럼, 노무현은 다른 시각에서 바라보려고 애를 썼다.

🧑‍🤝‍🧑 어려움에 처할수록 다른 시각에서 바라봐야 한다

동관전투에서 승리에 조급한 마초는 단숨에 조조 군을 궤멸시키기 위해 마치 최후의 결전이라도 치르려는 사람처럼 서량에 주둔하고 있는 병력을 동관으로 속속 이동시켰다. 서량에서 병력이 눈덩이처럼 불어나자 조조 군의 장수와 병사들은 두려운 기색이 역력했다.

그런데 조조는 두려워하기는커녕 병력이 늘어났다는 전갈을 받을 때마다 기뻐하였다. 심지어 그는 마초군에 지원병이 도착했다는 전갈을 받은 후 진채에서 잔치를 열어 자축하기도 했다. 장수들은 모두 이런 조조의 행동을 이해하지 못해 어리둥절할 뿐이었다.

이 수수께끼는 동관전투가 승리로 끝난 후에야 풀렸다. 장수들이 그 이유를 묻자 조조가 다음과 같이 대답했다.

- 관중과 변두리 땅은 길이 멀어 적들이 험한 지세에 의지해 버티면 한두 해로는 궤멸시키기 어려울 것이다. 그런데 한곳으로 모인다고 하니 비록 머릿수는 많아도 마음이 제각각이라 이간질하기 쉬울 뿐 아니라 단번에 깨끗이 쓸어 버릴 수 있다. 그러니 기뻐하지 않을 수 있겠느냐.

조조는 다른 시각에서 볼 줄 아는 능력이 있었기 때문에 두려워하지 않고 오히려 기뻐했던 것이다.

조조의 이 말은 군사학적으로 분석하면 다음과 같은 세 가지 의미가 들어있다.

노무현을 위한 변명

첫째, 마초의 지원군이 많다고는 하나 모두 급조된 군대이기 때문에 오합지졸이고, 제각기 다른 생각을 품고 있어 단합되지 않으니 내분이 일어날 게 분명하다. 그러므로 조조군에게 그들은 제 발로 걸어 들어온 먹잇감이나 마찬가지이니 많으면 많을수록 좋다.

둘째, 설령 마초가 공격해오지 않는다고 해도 어차피 조조는 서쪽을 정벌해야 하므로 동관에서 서량의 군대까지 섬멸한다면 장차 수행해야 할 서량 정벌의 수고를 훨씬 덜 수 있다.

셋째, 서량에서 동관으로 오는 길이 멀고 험하여 마초의 병력이 많으면 많을수록 군량보급은 힘들어질 것이고, 시간이 갈수록 어려움이 가중되어 전세가 점점 조조에게 유리하게 돌아갈 것이다.

이처럼, 조조는 예리한 통찰력이 평범한 전술보다 훨씬 더 값지다는 사실을 실례로 증명해보였는데, 이는 전적으로 상황을 다른 시각으로 봤기 때문에 가능했던 것이다.

큰일을 이룬 사람들에게는 비범한 생각과 비범한 행동이 있음을 종종 보게 된다. 왜 그럴까. 그들에게는 모든 사물을 다른 각도에서 보는 시각, 자신에게 유리한 방향으로 해석하는 능력이 있기 때문이다.

대부분, 우리들의 실패는 앞에 있는 상황을 너무 어렵게 보거나 힘들게 생각해서 미리 포기하거나 아예 방법이 없다고 생각하는 데 있다. 어려움에 처할수록 다른 시각에서 바라보면서 해결책을 찾는 것, 개인이나 한 나라를 다스리는 대통령에게 모두 필요한 능력이다.

🧑‍🤝‍🧑 마오쩌뚱의 승리는 전쟁을 다른 시각에서 본 것

2차 세계대전이 끝나고 일본이 물러가자 장제스가 이끄는 국민당은 적수인 공산당을 완전히 섬멸시킬 때가 되었다고 판단했다. 국민당의 계획은 순탄하게 진행되어 공산당은 대장정에 내몰리고 수많은 이들이 고된 여정 중에 목숨을 잃었다.

그들은 퇴각하는 일본군을 뒤쫓아 만주지역을 차지한 것을 제외하고는 어떤 주요지역도 차지하지 못했다.

장제스는 최정예 부대를 만주에 파병하기로 결심했다. 만주의 주요도시를 점령하고 이를 근거지로 북부 산업 지역에 세력을 확장하고 공산당을 모두 몰아낼 생각이었다. 1945년과 1946년에 이러한 계획은 완벽하게 진행되었다. 국민당은 만주의 주요도시를 손쉽게 점령했다. 국민당이 압박을 가하자 공산당은 만주의 산간벽지로 흩어졌다. 그들은 마을을 점령한 후 몇 주 지나지 않아 물러가는 식이었다. 전위나 후위부대도 없이 한곳에 머물지도 않고 교묘하게 형체도 없이 움직였다. 국민당은 공산당이 이런 식으로 대응하는 것은 공산당이 국민당의 군사력에 겁을 먹고 전략도 미숙하기 때문이라고 해석했다.

그도 그럴 것이 공산당의 지도자 마오쩌뚱은 장군이라기보다는 기인이며 철학자였다. 반면 장제스는 서양에서 전술을 공부했으며 독일의 군사전략가인 클라우제비츠의 추종자였다. 객관적으로 비교해 봐도 둘 사이에는 엄청난 능력의 차이가 있었다.

그러나, 모든 것은 국민당의 오판이었다. 아무런 전략도 없이 도망가기에 급급하리라고 생각했던 공산당이 점차 그 공격 패턴을

노무현을 위한 변명

드러냈다. 국민당은 쓸모없는 땅을 공산당이 차지하도록 내버려두고 도시를 점령했는데, 공산당은 그들이 버린 쓸모없지만 넓은 지역의 공간을 활용하여 그 도시를 포위하기 시작했다.

장제스가 한 도시에서 다른 도시를 지원하기 위해 군대를 파병하면, 공산당은 지원병을 포위 공격했다. 이런 탓에 장제스의 군대는 소규모 단위로 쪼개져 고립된 채 서서히 허물어져 갔고, 보급로와 통신도 차단되었다.

국민당의 화력이 아무리 월등하다 해도 움직일 수 없다면 무슨 소용이겠는가. 이런 생각이 확산되면서 공포가 국민당 군대를 뒤덮었다. 지휘관들은 최전선 멀리서 편안하게 앉아 마오쩌둥을 비웃고 있었지만 병사들은 험한 산지에서 공산당과 싸우며 그들의 신출귀몰에 몸서리를 쳤다. 또한, 공산당들은 정치선전을 무차별로 퍼부어 국민당 병사들의 사기를 떨어뜨리고 정신을 황폐화시켰다.

마침내, 국민당은 정신적으로 굴복하기 시작했다. 이런 탓에 고립된 도시를 공산당이 공격하지 않아도 스스로 붕괴되었다.

1948년 11월, 국민당은 공산당에 만주를 넘겨주었다. 이것은 기술적으로 우세했던 국민당에게는 치욕적인 일이었으며 국민당이 패하게 되는 결정적인 계기가 되었다. 다음해에 공산당은 전 중국을 지배하게 되었다.

여기서 상황을 다른 시각으로 바라보았던 마오쩌둥의 다음과 같은 말을 되새겨 볼 필요가 있다.

당신들이 우리와 싸우고자 하여도 우리가 대응하지 않는다면 우리를 찾지 못한다. 하지만, 우리가 당신들과 싸우기를 원한다면 당신들은 우리를 피하지 못한다. 적이 진격해 오면 후퇴하고 적이 야영하면 습격한다. 적이 지치면 공격하고 적이 후퇴하면 추격한다.

마오쩌뚱은 장제스의 군대의 기술력과 대규모의 병력을 보고 겁을 내는 것이 아니라 전쟁을 전혀 다른 시각에서 바라보았고 주도적으로 대처하였다. 그리고 그는 기적처럼 승리하였던 것이다.

노무현을 위한 변명

정조 9년인 1785년 한양의 명례방의 역관 김범우의 집에서 조선최초의 신앙공동체가 생겼다. 그곳에서 천주교도들이 이벽의 주도로 집회를 이어가다 형조의 관원들에게 적발되어 참석자들이 모두 체포되는 일이 벌어졌다. 모인 인물들은 양반들이 중인보다 더 많았다. 대부분 남인들이었다. 관원들은 화상과 서적 등을 압수하여 형조에 바쳤으며, 형조에서는 천주교 서적 등을 불태우고 장소를 제공한 김범우를 충청도 단양으로 유배를 보냄으로써 사건을 일단락했다. 김범우는 유배되었다가 거기에서 세상을 떠남으로써 조선 최초의 순교자가 되었다.

정조는 천주교를 심하게 탄압하지 않고 교리서를 압수하여 태워 버리는 정도로 세력 확산을 금했다. 참석자 대부분이 남인이었으므로, 천주교 탄압으로 남인과 자신에게 해가 될 것을 염려한 탓이다. 그러면서 내세운 논리가 바로 '정학이 바로 서면 사학은 자연히 소멸한다'였다. 성리학자들의 처신이 바르지 않은 것을 타박하면서 천주교 탄압 기피의 명분으로 삼았던 것이다.

여기서 우리는 집회를 주도한 이벽이란 인물에 대해서 관심을 가져야 한다. 조선 천주교 개척자는 이승훈과 이벽이었다. 조선 최초로 세례를 받았던 이승훈은 북경으로 가서 그라망 신부에게 세례를 받았다. 그런데 이 이승훈을 북경으로 보내 세례를 받게 한 사람이 바로 이벽이었다. 이벽은 선교사가 없는 조선에서 스스로 천주교 서적을 읽고 천주교 신앙을 받아들인 후 천주교 조직을 만든 인물이었다.

이벽은 원래 무관의 집안에서 태어났다. 키가 8척에 장사였으며, 어려서부터 대단히 총명한 사람이었다. 그는 학문을 했으나 벼슬에는 뜻이 없었다. 여기저기 유람을 하거나 사람들과 만나 토론하는 것을 즐겼다. 이벽이 천주교를 접하게 된 계기는 그의 6대조 이경상이 소현세자를 모셨기 때문이다. 소현세자가 북경에서 귀국할 때, 천주교 선교사 아담 샬로부터 많은 천주교 서적을 받아 가지고 왔는데, 그중 일부가 이벽의 집안에 전해 내려왔던 것이다.

이벽이 천주교인이 되자 이벽의 아버지 이부만은 문중회의에 불려가서 번번이 모욕과 문책을 당했다. 아들을 잘 못 둔 덕을 톡톡히 치른 것이다. 이에 이부만은 이벽을 불러다가 야단도 쳤다가 회유도 하는 등 갖은 수를 다 썼으나 이벽이 까딱도 안 하자 집안의 대들보에 목을 매달았다. 목숨을 건지기는 했지만, 아버지의 행동에 놀란 이벽은 천주교를 끊겠다고 했다. 문중에서는 이를 믿지 못하고 글로 쓰라고 했고, 이벽은 거부했다. 하는 수 없이 이부만은 이벽을 별당에 가두고 못질까지 했다. 그리고 집 밖에는 새끼줄을 매어 이벽이 천주교를 믿다가 염병에 걸렸다고 소문을 내고 아무도 접근하지 못하게 했다. 이벽은 방 안에서 좌정하고 식음을 전폐한 뒤에 철야기도와 묵상에 전념하다가 단식 14일 만에 31세로 숨을 거두고야 만다.

반면에, 천주교가 지식인들 사이에서 논란의 대상이 되고 있을 때, 온몸을 던져서 천주교를 막은 인물도 있었다. 김범진이란 사람이었다. 조정의 지속적인 탄압에도 불구하고 천주교가 급속히 세력을 떨쳐나가는 것을 그는 이해할 수 없었다. 그는 관련 서적을 입수하여 천주교 교리에 대해서 자세히 연구하기 시작했다. 또 천주교인들과 함께 생활하면서 책으로는 알 수 없었던 여러 가지 사실에 대해서 알아낼 수 있었다. 이렇게 천주교에 대해서 끊임없이 연구하던 그는 천주교교리 반박서를 저술하기 시작했다. 그게 바로 『척사론』이었다.

조선의 백성들은 천주교 전래에 이르러 드디어 외국의 종교에 의해 무릉도원을 꿈꾸게 되었다. 그들이 박해로 인해서 죽을 때나, 혹은 다른 이들이 죽을 때나 죽은 자와 살아남은 자 모두 지긋지긋한 이 세상을 떠나는 홀가분한 마음이 있었을 것이다. 조상숭배라는 오랫동안 내려오던 전통을 무시하면서까지, 그로 인해서 목숨을 잃는 형벌을 당하면서까지도 천주교를 버리지 않았던 이유는 무엇일까.

그것이 진리라도 믿었던 것일까. 현실을 구제하는 강렬한 방법이라는 것을 믿고 싶었던 것일까. 중국에서 건너왔으니 당연히 조선도 믿어도 된다는 확신이 있어서였을까. 분명한 것은, 조선의 조정이 자신들을 고통에 몰아넣으니 천주(天主)의 품에 기대어 이 고통을 잊고 싶었다. 그런데, 조정의 왕과 관리들은 자신들이 천주를 믿는다는 이유로 목숨을 앗아가니 그들이 조선의 조정에게 무엇을 기대했겠는가. 그들은 어서 빨리 현세를 벗어나 무릉도원으로 가고 싶었다. 따스한 천주의 품이 있는 곳으로. 배고픔과 전염병도 없는 곳으로. 무엇보다 수탈과 핍박이 없는 천주 아래 모든 사람이 평등한 세상이 있는 곳으로 가고 싶었던 것이다.

천주교 박해로 죽어가는 그들에게는 이 세상을 떠난다는 슬픔과 죽음에 대한 공포가 차라리 별것 아닐 수도 있었다. 이처럼 바라보는 시각에 따라 죽음도 달라보이는 것이 사람 사는 세상일 것이다. 하물며, 국가를 경영하는 지도자가 자신이 바라보고 싶은 것만 바라본다면 민본(民本)은 어찌한다는 말인가.

노무현을 위한 변명

직관을 가지고 대담하게 행동하라

👥 공공재를 관리하는 사람은 바보여야 한다

2007년, 노무현은 어느 기자와의 인터뷰에서 '정치 지도자는 공공재를 관리하는 사람인데 그것을 잘하려면 바보가 되어야 한다'는 말을 하였다. 그는 그 이유를 이렇게 설명했다.

> 공공재 중에서 가장 중요한 것이 신뢰라고 얘기하는 것인데, 신뢰와 원칙을 위해서 자기 이익을 포기한 사람에게 붙여준 애칭이 바보일 것입니다. 그러므로 무릇 공동체 살림을 꾸려나가겠다고 하는 사람이면, 누구나 바보로 살아야 합니다.

그런 맥락에서인지, 노무현은 CEO 출신 정치지도자에 대해서 그다지 신뢰를 보내지 않았다. 그 인터뷰가 진행되고 있던 2007년 9월과 10월에는 17대 대선을 앞두고 한나라당 후보 이명박이 당선 가능성 1위로 거론되고 있었다. 이에 대해 노무현은 이렇게 우려를 표명하였다.

CEO라는 것은 자기 집에, 자기 호주머니에 부를 끌어 모으는 사람입

니다. 정치 지도자라는 것은 여러 사람의 호주머니에 대해 관심을 가져야 합니다. 경제 분야로 따진다면, 부자들이 호주머니에서 돈을 꺼내어 그들이 가난한 사람들과 더불어 사는 역할을 하는, 공공재 역할을 키워나가는 사람입니다.

그런 생각 때문이었을까. 2007년 대선정국에서 벌어지는 장면들을 보는 노무현은 답답하고 화가 났다. 자신도 모르게 자꾸 혀를 차는 버릇이 생기기도 했다. 정치 지도자의 역할과 시장 지배자의 역할은 분명 다른 것인데, 여야 후보들이 앞을 다투어 경제를 외치고 있었다. 1992년 미국 대선 때 빌 클린턴은 "문제는 경제야, 바보야(It's the economy, stupid)"라고 상대를 몰아붙여 톡톡히 재미를 봤다. 경제 실정 책임을 뒤집어쓴 조지 부시 대통령은 클린턴에게 져 연임에 실패했다. 문제는 여야 후보들이 자꾸 불가능한 것들을 내놓는다는 것이었다. 이에 대한 노무현은 이렇게 말했다.

이명박 후보가 경제를 잘 안다고 해서 시대의 요청과 이명박 후보가 어울리느냐, 하면 그것은 전혀 아닙니다. 이명박 후보는 구시대, 특권과 반칙 시대의 CEO입니다. 특권과 특혜로 돌아가던 그 시절에 유능했던 CEO이니까 공개경쟁이 요구되는 시대에는 맞지 않고, 약자를 배려하는 사회투자국가에도 어울리지 않습니다.

⚇ 그 사람의 삶과 행적이 감동을 주어야 한다

이명박 후보가 그런 약점이 있었는데도, 국민들은 왜 그것을 알아차리지 못하는 것일까? 또, 왜 여당인 민주당 후보는 힘을 발휘하지 못하는 것일까에 대한 의문이 남는다. 그에 대해서 노무현은 이렇게 설명한다.

> 정치를 기회주의적으로 한 사람이 여당 후보가 되니까 개혁 진영의 선거 열기가 완전히 죽어 버리는 것입니다. 기회주의자와 구닥다리 CEO가 붙으면, 그게 무슨 선거가 되겠습니까?

나중에, 여당에는 정동영, 야당에서 이명박이 대선 후보로 확정이 되었다. 이에 대해 노무현은 이렇게 평했다.

> 이명박 후보는 기대를 주는 데 성공했습니다. 모두가 안 된다던 청계천 등을 바꾼 사람이니까 나라도 그만큼 잘할 수 있을 거라는 기대를 심어주는 데 성공했습니다. 하지만, 그가 대통령이 되어서 국민의 기대를 충족시킬 수 있을지 여부는 여전히 회의적입니다.

2007년 가을, 대선이 무르익어 가던 시기에 대선은 한나라당 이명박 후보의 독주체제였다. 이변이 없는 한, 노무현은 정권교체를 허용할 수밖에 없었다. 그로서는 무척 답답한 상황이었다. 노무현이 이명박 대통령 시대의 도래를 마땅치 않아 한 것은 그가 구시대적 CEO 출신이기 때문만은 아니었다. 신뢰를 주지 못해서도 아니었다. 그는 당시 민주주의가 위기라는 인식을 가지고 있었다. 그런데, 과연 이명박이 해결할 수 있느냐고 질문을 던졌을 때 부정적인 답변이 나왔기 때문이었다.

그렇다면 노무현이 말한 '민주주의 위기'란 무엇일까. 시청광장이 경찰차벽으로 봉쇄되고, 미네르바가 구속되고, 임기 중인 대학총장이 쫓겨나는 사태가 일어났던 2009년이라면 그런 말을 이해

할 수 있을 텐데, 노무현이 민주주의 위기라고 말했던 2007년에
는 그런 일이 없었다. 그것도 참여정부인 2007년이었다. 자신이
대통령으로 있는 현재였다. 노무현의 말을 들어보자.

> 정치권력에 대한 시장권력의 강세가 민주주의의 위기입니다. 특히 기
> 업에 거의 무한대의 자유를 보장해주는 신자유주의가 득세하면서 시
> 장권력이 정치권력과 국가권력을 축소시키고 있습니다.

그때 당시, 노무현 대통령에 대해서 진보진영에서는 신자유주의
정책을 무비판적으로 따라가고 있다는 비판이 무성했다. 특히 한미
FTA를 적극 추진하면서 신자유주의 신봉자라는 비판을 많이 들었
다. 그런, 그가 신자유주의 득세에 따른 민주주의 위기를 걱정하고
있는 것은 아이러니에 속할 수도 있다. 노무현의 설명을 들어보자.

> 정치권력은 전 국민을 대표하는 권력이고, 시장 권력은 시장에서 승리
> 한 강자들의 권력입니다. 시장권력은 시장에서 패배한 사람들을 포함
> 하지 않습니다. 대변하지도 않습니다. 그래서 정치권력이 시장권력보
> 다 커야 한다는 것은 명백한 것입니다. 결국 궁극적인 권력은 정치권력
> 이라야 합니다. 정치권력은 이론상 국민주권이니까 전 국민의 권력이
> 거든요.

🫂 언론은 시장권력과 결탁할 수밖에 없다

그렇다면, 노무현이 오랜 시절 좋지 않은 인연을 맺어온 언론권

력은 무엇이고, 민주주의 위기라는 문제를 어떻게 영향을 미치는가에 대한 문제가 남아 있다. 이에 대해 노무현은 이렇게 말한다.

> 언론은 전통적으로 정치권력을 견제하면서 자라났습니다. 시장권력을 견제하는 데는 본래 별로 역할이 없었습니다. 정치권력에 맞서 견제하는 시민권력이 있었거든요. 언론은 민주주의 발전 과정에서 분명히 시민권력으로서 정치권력을 견제하는 데는 역사적 업적을 남겼는데, 지금 와서는 그들이 시장권력과 결탁해 버렸습니다. 왜냐하면, 옛날에는 광고 가지고 먹고 살았는데, 이제는 언론자체가 미디어 산업이 되어 버렸습니다. 그 엄청난 권력의 크기로 시장권력과 일체화되어서 그 스스로 선봉을 차지하고 있지 않습니까.

노무현은 다음 대통령으로 한나라당 이명박 후보를 선택하고 있는 국민들에게 이렇게 말했다.

> 지금 사람들이 위기감이 없어지고, 전부 관심을 가지지 않는 것은 권력이 저쪽으로 넘어가지 않았기 때문입니다. 저쪽으로 권력이 넘어가서야 민주주의 문제나 도덕적 가치에 대한 문제에 대해서 관심을 가지게 될 것입니다.

현상만을 쫓아가서는 어떤 조직이나 국가를 이끌 수 없다. 그것들은 범부들의 영역이지, 리더나 대통령의 영역이 아니기 때문이다. 그런데, 범부가 대통령을 맡으니 늘 문제가 생기는 것이다.

노무현은 이런 흐름에 직관을 가지고 대담하게 행동했다. 그리고, 노무현이 옳았다는 것이 요즘에 속속 들어나고 있다. CEO 출신 대통령이 자기 지갑만 채우느라 급급했던 사실이 드러나서 결국 구속되기에 이르지 않았는가.

👥 장비는 용감했지만 대담하지는 않았다

제갈량이 백망파와 신야에서 조조군을 물리치자 분노에 찬 조조가 몸소 백만 대군을 이끌고 천지를 뒤엎을 듯 폭발적인 기세로 쳐들어왔다. 유비는 싸우다 도망치기를 거듭하다 당양 일대에서 조조군에게 겹겹이 포위되었다. 한바탕 악전고투 끝에, 유비는 군사 1백여 기만을 데리고 포위를 뚫고 탈출했는데, 정신을 차리고 보니 조자룡 등이 보이지 않았다.

장비는 서둘러 군사 20여 기만 데리고 왔던 길을 되돌아가서 조조의 백만 대군 사이를 무인지경으로 휩쓸며 유비의 아들을 구한 조자룡을 찾을 수 있었다. 아무리 천하의 장비지만 군사 20여 기만 데리고 야수처럼 몰려드는 조조 군의 공세를 막아내는 것은 하늘의 별따기보다 더 어려웠다.

거칠지만 때로는 섬세한 장수인 장비는 장판교에 이르러서 다리 동쪽에 숲이 펼쳐진 것을 보고 한 가지 꾀를 생각해냈다. 장비는 곧 좌우 군사들에게 나뭇가지를 베어 말 꼬리에 매달고 숲속을 이리저리 내달려 먼지가 높이 치솟게 하라고 명했다. 군사가 많은 것처럼 보이려는 계책이었다.

얼마 후, 조조군이 조자룡을 추격해 장판교에 다다랐다. 조자룡

노무현을 위한 변명

이 다리를 건너자마자 어디선가 장비가 나타나더니 눈썹을 치켜세우고 성난 얼굴로 창을 휘두르며 다리 한가운데를 가로막고 섰다. 조조 군은 장비가 한 치의 두려움도 없이 살기 어린 표정으로 다리 위에 버티고 서 있고, 다리의 동쪽에 있는 숲에서 먼지가 뿌옇게 피어오르는 것을 보고 문득 의심이 일어 그 자리에 멈추어 섰다. 제갈량이 병사들을 매복시켜 놓은 것이라고 생각한 조조는 다리를 건너지 못하고 진채를 내렸다. 이때 장비가 불호령을 내렸다.

- 나는 연나라 사람 장익덕이다. 누가 나와 한판 죽기로 겨뤄보겠느냐!

조조 곁에 하우걸이라는 장수가 그 소리에 놀라 제 풀에 말에서 떨어졌다. 조조군이 두려워 떨며 돌아가자 장비는 군사를 시켜 다리를 끊게 하고 서둘러 유비의 뒤를 쫓아갔다. 장비가 다리를 끊었다는 소리를 들은 유비가 탄식하며 말했다.

- 내 아우가 용맹스럽기 그지없으나, 애석하게도 서툰 계획을 썼구나.

장비가 유비의 책망에 볼멘소리를 내자, 유비가 타이르듯이 말했다.

- 다리를 끊지 않았더라면 조조는 여전히 매복이 있을까 두려워 감히 추적을 하지 못할 것이다. 그런데 다리를 끊고 왔으니 조조는 우리가 군사가 없어 두려워서 그랬다는 것을 눈치 채고 곧바로 쫓아올 것이다. 조조의 군사가 백만이나 되는데 그 정도 강쯤은 얼마든지 메우고 건널 수 있을 것 아니냐?

유비의 말은 곧 사실로 드러났다. 장비가 다리를 끊었다는 보고를 들은 조조는 망설임 없이 1만의 군사를 동원해 부교 세 개를 놓아 그날 밤 대군이 지나갈 수 있게 하라고 명령했다.

장비는 용감하기는 했지만 직관을 가지고 대담하게 행동하지는 않았다. 용감한 것은 일시적으로 사태를 모면할 수는 있지만 근본적인 해결책은 되지 않는다. 또한, 대담하게 행동하기 위해서는 일련의 모든 사태를 직관할 수 있는 능력도 함께 있어야 한다.

이반은 직관을 가지고 대담하게 행동했다

1533년, 모스크바 대공이자 러시아의 수많은 독립공국을 통일한 바실리 3세가 임종하면서 자신의 세 살짜리 아들 이반 4세를 후계자로 선포했다. 또한 바실리 3세는 이반 4세가 성년이 될 때까지 자신의 젊은 아내 엘레나가 섭정을 하도록 명했다. 그동안 바실리 3세로부터 탄압을 받았던 귀족들은 은근히 기뻐했다. 후계자가 세 살짜리 코흘리개에 불과한 데다가 젊은 대공비가 통치권을 쥐었으니, 귀족들은 자신들이 왕실을 누르고 다시 권력을 되찾을 수 있을 것이라고 생각했다.

귀족들의 위협을 느낀 엘레나는 총애하는 신하인 이반 오블렌스키의 도움을 받아 나라를 통치했다. 그러나 섭정을 시작한 지 5년이 되는 해에 엘레나가 갑자기 죽었다. 가장 강력한 귀족인 슈이스키 가문 사람에게 독살을 당한 것이다. 슈이스키 가문은 정부를 장악하고 오블렌스키를 감옥에 보냈다. 오블렌스키는 감옥

노무현을 위한 변명

에서 굶어 죽었다. 여덟 살인 이반 4세는 냉대를 받는 고아가 되었고, 그에게 관심을 가지는 귀족은 추방당하거나 처형당했다. 이반은 남루한 옷차림을 하고 굶주린 채 궁전 여기저기를 배회하면서 슈이스키 가문 사람들의 눈을 피해 다녔다. 눈에 띄면 가차 없이 모욕을 당했기 때문이었다. 슈이스키 사람들은 가끔 이반을 잡아다가 왕실 가운을 입히고 홀을 쥐어준 채 왕좌에 앉혔다. 그를 조롱하기 위해 가짜로 의식을 거행하는 것이었다. 그렇게 실컷 놀리고 난 후에는 곧 쫓아 버렸다.

어느 날 저녁에는 러시아 정교 대주교가 슈이스키 사람들에게 쫓기다가 이반의 방에 숨어들어왔다. 잠시 후 슈이스키 사람들이 들어와 욕설을 퍼부으며 대주교에게 무참히 폭력을 행사했고, 어린 이반은 공포에 떨며 그 모습을 지켜봐야 했다.

이반에게는 믿을 수 있는 신하이자 귀족인 브론초프라는 사람이 있었다. 그는 이반을 위로하고 조언도 해 주었다. 하루는 이반과 브론초프, 새 대주교가 궁전 휴게실에서 이야기를 나누고 있는데, 슈이스키 사람들이 들어와서 브론초프를 마구 구타하고 대주교의 옷을 찢으며 모욕을 주었다. 그런 다음 브론초프를 모스크바에서 추방했다.

이 모든 일을 겪으면서도 이반은 침묵을 지켰다. 귀족들은 그런 이반을 보면서 자기들 계획대로 되어간다고 좋아했다. 이반이 잔뜩 겁을 먹고 말 잘 듣는 멍청이가 되었다고 생각한 것이다. 그들은 이반을 완전히 무시하고 내버려두었다.

그러나, 1543년 12월 29일, 열세 살의 이반은 안드레이 슈이스키를 자기 방으로 불렀다. 안드레이가 도착해 보니 많은 경비병들로 가득했다. 어린 이반 4세는 안드레이를 가리키면서 그를 체포한 뒤에 죽여서 시체를 사냥개들한테 던져주라고 명령했다.

그 후 며칠에 걸쳐 이반은 안드레이의 측근들은 모두 체포해서 추방해 버렸다. 방심하고 있다가 이반의 갑작스럽고 대담한 공격에 놀란 귀족들은 어린 왕을 두려워하게 되었다. 이반은 치밀하게 계획하며 5년을 기다렸다가 일거에 대담하게 나서서 권력을 공고히 했다. 이 소년이 훗날 러시아에서 가장 과감하게 개혁을 한 이반 뇌제이다. 이반이 대담하게 행동할 수 있었던 것은 사태를 직관하는 힘이 있었기 때문이다.

노무현을 위한 변명

조선초기의 복잡한 의료기관은 성종 대의 『경국대전』에서 체계적으로 정비하였다. 궁중에는 내의원(內醫院)이 있었다. 임금의 약을 조제하는 기관으로, 일반 백성과는 아무런 상관이 없다. 전의감(典醫監)이라 하여 대궐 내에 필요한 약재를 공급하거나 약재의 하사를 관장하는 곳도 있었으나 왕실에 속한 의약기관이었다.

그렇다면, 일반 백성들은 어디서 치료를 받았을까? 혜민서(惠民署)와 활인서(活人署)가 그것이다. 혜민서가 주로 일반 백성의 질병을 담당하는 관청이라면, 활인서는 주로 무의탁 병자를 수용하고 전염병이 돌 때 임시로 병막을 지어 환자의 간호를 담당했다. 이들 기관은 한양에 집중되어 있었다. 한양을 제외한 지방에는 이런 기관이 존재하지 않았다.

아무리 좋은 처방과 약이 있으면 무얼 하는가. 의원이 있어야 약을 쓸 수 있지 않은가. 또한, 양반 중심의 조선사회는 의원을 천시하였다. 의원을 맡는 집안이 따로 있었다. 의원은 중인에 속했다. 양반이 의술을 익히는 경우가 있었지만 양반 출신의 의원은 의원으로 치지 않았다.

정조 23년에 조선에는 전염병이 돌았다. 이해 사망자가 12만 8천여 명이었다고 기록하고 있다. 노론의 영수였던 김종수, 남인의 영수였던 채제공, 그리고 권력의 중심에 있었던 소론 서명응의 아들인 서호수가 전염병의 희생이 되었다. 그리고 1년 후에 정조가 종기로 죽었다.

또한, 1821년에서 1822년 사이 유행했던 콜레라로 인하여 평양에서 수만 명, 한양에서 13만 명이 죽었다. 전국적으로는 수십만의 피해자가 발생했다. 1859년에서 1860년에도 콜레라가 크게 유행하여 전국적으로 40만 명이나 목숨을 잃었다. 전염병이 돌면 조정은 바쁘게 움직였다. 국가의 의료기관인 내의원 등에서 약재를 공급하는가 하면, 병막을 짓고 병자를 모아 간호했다. 그러나 근본적인 대책은 없었다. 저절로 소멸되기를 기다릴 뿐이었다.

가끔, 민간인이 전염병 구제에 뛰어드는 경우도 있었다. 정조 15년과 16년 사이 전염병이 크게 유행했을 때 황해도 재령의 김경엽이란 사람이 가난한 백성을 구하고 전염병에 걸린 사람을 거의 1천 명이나 치료했다는 기록이 실록에 실려 있다. 반대로, 민중의가 임금을 치료한 일도 있었다.

유상은 숙종의 천연두를 치료한 것으로 유명하다. 숙종은 재위 9년에 천연두를 앓았는데, 유상의 약으로 수월하게 치료가 되었다. 유상은 숙종 25년에 세자(뒷날의 경종)의 천연두에도 능력을 발휘하였다. 정조는 종기로 고생을 하였다. 내의원에서 별별 방도를 다 썼지만 종기는 계속 번져 갔다. 정조가 마지막으로 찾은 이가 바로 피재길이었다. 그는 오만 가지 종기에 듣는 고약을 팔며 거리를 돌아다녔다. 그는 웅담을 주재료로 한 고약을 만들어서 바쳤다. 정조는 사흘이 지나서 종기가 나았다.

피재길 이외에 정조의 치료에 참여했던 민간의원이 또 있다. 이동이란 사람이다. 그는 낫 놓고 기억자도 모르는 까막눈이었으나 역시 종기를 치료하는 의원으로 이름이 높았다. 이동은 정조의 치질을 치료한 적이 있는데 '환부'를 들여다보느라 대머리가 되어 상투를 짤 수 없게 되었다고 한다.

이동과 관련하여 흥미로운 것은 그가 썼다는 약재이다. 그는 침과 뜸을 기본으로 썼지만, 약만은 독특했다. 그의 처방은 주로 손톱, 머리카락, 오줌, 똥, 때 같은 것이었다. 풀이나 나무, 벌레 물고기 따위를 처방하기도 했는데 도무지 돈을 쓸 필요가 없는 하찮은 것이었다. 그의 주장이 재미있다.

- 제 한 몸에 본디 좋은 약재를 갖추고 있거늘 무엇 때문에 다른 물건을 쓴다는 말인가?

충분한 돈도, 약재도 없이, 버텨야 했던 조선의 백성들은 그들의 주변에 있는 산이나 들판에서 치료하는 방법을 찾았다. 그리고 정통한 의약 지식은 없지만, 병을 잘 고쳤던 민중의(民衆醫)들의 도움을 받으면서 의료사각지대에서 벗어날 수 있었던 것이다.

그래서 풀뿌리 민주주의라고 하던가. 돌보지 않아도 저절로 자라나는 잡초 같은 게 백성들이기 때문에, 국가가 방치해도 된다는 의미일까. 아닐 것이다. 이 백성들이 화나면 무섭게 변한다. 얼마 전에 광화문을 밝혔던 촛불혁명을 기억할 것이다. 민본(民本)은 현상만을 보아서는 안 된다. 늘 정성을 가지고 들여다봐야 하는 것이다.

노무현을 위한 변명

13

장기적인 안목을 가져라

👥 언론이 두 수 앞을 보지 못한다

노무현은 2002년도 대선을 회고하면서 이길 수 없는 싸움을 이겼던 것은 노무현 자신의 독특한 인생사 때문이라고 말했다. 정몽준 후보와 극적인 단일화를 이룬 것도 그 이유가 아니고, 이회창 후보에 대한 '아들의 병역비리' 의혹도 아니라고 했다. 더군다나, 시대의 흐름이나 시대의 정신도 아니라고 한다. 그의 말을 들어보자.

> 나는 부산에서 입신해서, 호남의 표를 얻을 수 있는 위치에 있었습니다. 즉, 영남과 호남을 어느 정도 아우를 수 있는 정치적 기반이 있었습니다. 청문회 스타라는 인지도도 있었습니다. 그리고 내가 고집스러운 원칙을 가지고 있었던 것도 하나의 요인이었습니다. 이런 여러 가지 요소들이 결합이 되어 우리가 승리할 수 있었습니다. 결론적으로 우리는 특수한 이벤트를 통해서 이길 수 있었던 것입니다.

노무현은 늘 진보진영의 취약성을 걱정하였다. 대통령 선거에서는 특수한 이벤트를 통해서 승리할 수 있었지만, 정치지형이나 한

국사회의 경제적 기반은 진보진영이 절대적으로 취약하다고 생각한 것이다. 또한, 그는 진보진영의 취약성은 진보 언론에도 마찬가지로 나타나고 있다고 보았다. 그래서 그의 눈에는 진보진영의 언론들에 장기적인 안목은 고사하고 '두 수 앞을 내다보지 못하는 즉자적인' 보도들이 적지 않았다고 생각했다. 그의 말을 들어보자.

> 언론이 기본적으로 정권을 비판하는 것은 어쩔 수 없습니다. 그런데 깊이 들여다보지를 않아요. 두 수 앞을 내다보는 것도 없고, 즉자적입니다

어린 나무에 열매가 너무 많으면 나무가 죽는다

> 진보진영이 너무 순진합니다. 내가 대통령이 되었으니까 좋은 세상이 올 거라고 생각했던 순진함을 가지고 있습니다. 막강한 권력의 파워들은 다 저쪽에서 가지고 있는데, 어린 나무 가지에 그 많은 열매를 솎아내지 않고 놔두는 형국입니다.

생각해보면, 서로는 닮았다. 2002년 대선에서 노무현을 지지한 사람들과 그 지지를 받고 당선된 노무현은 양쪽 다 서로 지지하는 마음과 섭섭함을 동시에 가지고 있었던 것이다. 노무현은 지지자와 진보 진영의 과도한 요구, 순진함에 섭섭해 하면서도 그들과 함께 만들어낸 2002년 대선 승리를 가장 보람 있는 일로 여기고 있었고, 그만큼 그들에게 미안해하고 있었다. 하지만, 그는 다시

노무현을 위한 변명

시작해야 한다는 생각을 가지고 있었다. 그의 말을 들어보자.

> 다시 말하지만, 내가 승리한 것은 이례적인 사건, 특수한 조건들이 결합되어서 승리한 것입니다. 그 당시에 무슨 밑천이 있었습니까? 2007년 대선은 진보진영에서 어려워지고 있는데 나는 생각을 정리해서 다시 시작해야 한다고 생각합니다.

그가 생각을 정리하자고 한 주장에는 이런 뜻이 포함되어 있다. 먼저, 조급주의를 버리고 장기적인 안목으로 바라보아야 하고, 당장의 이해관계에 따른 유리함과 불리함을 떠나서 견해 차이를 인정하고 대의 앞에 하나가 되어야 한다는 생각이다. 또한, 국민에게 어디로 갈 것인지 방향성을 제시해주는 역량, 즉 미디어 역량을 길러야 한다는 생각도 들어 있다. 무엇보다도, 황산벌의 계백 장군처럼 혼신의 힘을 다해야만 대중이 감동한다는 판단한 것이다. 그런 사고의 바탕에서 처음부터 다시 시작하지 않으면 진보에게 미래는 없다고 본 것이다.

노무현은 정치를 하면서 늘 장기적인 안목으로 바라보았다. 그의 혜안이 그립다.

유비는 장기적인 안목이 없어 실패하였다

관우가 맥성에서 패배함으로써 동오와 촉의 형양전투는 촉의 처참한 패배로 끝이 났다. 이 전투는 삼국의 천하분할이라는 전체 구도에는 큰 영향을 미치지 못했지만, 위·촉·오 삼국이 자국의 전략을 새롭게 검토하는 계기를 만들어주었다. 특히 조조가 병사한 후, 조비가 헌제를 하야시키고 제위를 찬탈해 천하에 뜻있는 사람들의 반발을 사고 황숙을 자처하던 유비는 군신들에 의해 성도에서 황제로 옹립되었다.

형세가 급박하게 변화하면서 유비에게 매우 유리한 국면이 되자 유비는 이 기회를 이용하여 우선 위를 정벌하기로 했다. 이렇게 하면 출사의 뚜렷한 명분을 찾고 민심을 아우르면서 정치적으로 주도권을 찾을 수 있을 뿐만 아니라, 동오와 촉이 다시 결합해 위를 궁지에 몰 수 있기 때문이었다.

하지만, 유비는 절대적으로 유리한 상황에서 장기적인 안목으로 상황을 보는 것이 아니라 의형제의 죽음에 대한 원한에 집착하였다. 결국, 유비는 황제에 즉위하자마자 직접 대군을 이끌고 손권을 토벌해 관우의 원한을 갚기로 결정하고야 만다. 이에 제갈량이 군신들을 이끌고 유비에게 가서 말했다.

- 이 모두 폐하께 돌아오겠지만, 만약 사사로운 원한을 갚기에 급급하여 손권을 먼저 치시면 어지러운 민심을 무엇으로 수습하겠습니까? 손권을 치는 일만은 뒤로 미루어주소서.

조자룡 역시 유비를 말렸다.

- 한 나라를 빼앗은 원수는 공의며 형제의 원수는 사사로운 것입니다. 원컨대 천하의 일을 더욱 무겁게 여겨주십시오.

노무현을 위한 변명

나중에 동오의 사자인 제갈근도 죽음을 무릅쓰고 진언했다.

> - 폐하께서는 한조의 황숙이십니다. 그런데 한제를 이미 조비에게 빼앗겼는데도 그 역적을 없앨 생각은 하지 않으시고, 성도 다른 형제들을 위하여 존귀하신 몸을 힘들게 하고 계십니다. 이는 곧 큰 의를 버리시고 작은 의를 따르신 것이라 할 수 있습니다. 또한 중원은 천하의 가운데며 허창과 낙양은 모두 한나라를 일으켜 세운 곳인데 폐하께서는 그곳을 버려두시고 형주 하나만을 다투려 하십니다. 이는 곧 무거운 것을 버리시고 가벼운 것을 택하시는 것이옵니다. 천하의 모든 사람들이 폐하께서 제위에 오르시면 반드시 한실을 일으켜 잃었던 강산을 되찾을 줄 알고 있습니다. 그런데 이제 조비의 큰 죄는 묻지 않으시고 오히려 오를 치려고 하시니 참으로 안타까운 일입니다.

그러나 유비는 주변의 만류를 뿌리치고 대군을 이끌고 동으로 진격하였다. 그 결과 형양전투 이후 또 다시 촉군을 크게 무너뜨리는 효정전투의 비극을 초래하고 말았다.

이처럼 유비는 장기적인 안목을 가지지 못했기에, 삼국을 통일할 수 있는 기회를 잃어버리고 궁벽한 산골에 의지하여 겨우 나라를 유지하다가 결국에는 멸망하는 원인을 제공하고 말았다. 유비가 동오로 가지 않고 위를 정벌하였더라면 그가 삼국을 통일하는 주역이 되지 않았을까. 리더는 어떤 상황에서도 감정을 드러내지 않고 침착하게 장기적인 안목으로 모든 상황에 대처하는 이유가 여기에 있다.

👥 단기적인 안목 때문에 비참한 최후를 맞다

1520년대 초반, 영국 왕 헨리 8세는 캐서린 왕비와 이혼하기로 결심했다. 그녀가 아들을 낳지 못한 데다 젊고 아름다운 앤 불린과 사랑에 빠졌기 때문이었다. 교황 클레멘스 7세는 왕을 파문하겠다고 위협하며 이혼을 반대했다. 가장 막강한 영향력을 행사했던 헨리 8세의 성직자인 울지 추기경 또한 이혼을 반대했다. 그는 결국 왕의 미움을 사 지위와 목숨을 잃었다.

헨리의 각료 가운데 크롬웰은 왕의 이혼을 지지했을 뿐만 아니라 그것을 실현시키는 데 필요한 방책도 제시했는데 그것은 과거와 완전히 결별하는 것이었다. 그는 로마교회와 관계를 단절하고 새로운 영국교회를 설립한 뒤 왕이 직접 교회의 수장이 되라고 조언했다. 그러면 캐서린과 이혼하고 앤 불린과 결혼할 수 있다는 것이다.

헨리 8세도 크롬웰의 방법이 유일한 해결책이라고 생각했다. 그는 크롬웰의 단순하지만 뛰어난 아이디어에 대한 보상으로 추밀고문관으로 승진시켰다가 왕의 비서로 임명하였다. 이에 크롬웰은 왕의 막후 실력자로 강력한 권력을 행사했다.

로마교회와의 단절은 그에게 여러 가지 의미가 있었다. 크롬웰은 영국에 새로운 신교도 종파를 꿈꾸며 가톨릭교회의 힘을 분쇄하고 그들이 가진 막대한 재산을 왕실과 정부에 귀속시키려고 하였다. 그는 영국의 교회와 수도원에 대한 전면적 조사에 착수했다. 조사 결과 수세기에 걸쳐 축적한 보물과 재산은 상상을 초월했다.

　　　　　　　　　　　　노무현을 위한 변명

크롬웰은 자신의 계획을 정당화하기 위해 영국 수도원의 부패와 권력남용, 원래는 그들이 봉사해야 하는 평민들에 대한 수탈 등의 소문을 퍼뜨렸다. 의회도 수도원을 폐쇄하라고 지지하고 나서자, 그는 수도원의 재산을 압류하고 수도원을 하나씩 없앴다. 동시에 신교 신앙을 강요하며 종교의식을 바꾸고 가톨릭을 고수하는 사람들을 탄압했다. 급기야 가톨릭이 이단으로 몰리고 영국은 신교로 개종하였다.

온 나라가 공포에 휩싸였다. 사람들은 오랫동안 가톨릭교회 아래에서 신음했지만, 가톨릭 교리와 의식은 영국인들의 마음속에 깊이 뿌리 박혀 있었다. 그러기에 크롬웰의 명령에 따라 성모 마리아와 성인들의 성상이 부서지고 스테인드글라스 창문이 산산조각 나며 교회의 재산이 몰수되는 것을 지켜보며 공포에 떨었다.

더군다나 가난한 사람들을 지원하던 수도원이 파괴되자 거리에는 걸인들이 넘쳐났다. 심지어 수도사들도 걸인으로 전락하였다. 이 모든 사태의 정점에서 크롬웰은 높은 세금을 부과해 종교개혁의 자금을 마련하였다.

도망칠 곳이 없는 백성들은 가만히 있지 않았다. 잉글랜드 북부에서 강력한 민란이 일어나서 헨리의 왕좌를 위협했다. 가까스로 민란은 진압되었지만 왕은 크롬웰의 개혁이 엄청난 비용을 초래한다는 사실을 깨달았다. 왕은 이렇게까지 개혁을 추진할 마음이 없었다. 그는 단지 앤 불린과 결혼하기 위해 캐서린과의 이혼을 원했을 뿐이었다.

시간이 지날수록 크롬웰은 왕의 총애를 잃었고 그는 불안에 떨면서 상황을 지켜봐야 했다. 헨리 왕은 서서히 크롬웰의 개혁을 폐기하며 그가 금지시킨 가톨릭의 상징과 기타의식을 원상태로 복귀시켰다. 오래지 않아 크롬웰은 신교 극단주의자이자 이단자라는 혐의로 런던탑에 감금되었다가 비밀리에 처형되었다. 그의 참수는 도끼로 무려 세 번이나 내리침으로써 고통스럽게 끝이 났다. 잘려진 그의 머리는 삶겨진 후, 런던 브리지 위 대못에 걸렸다.

크롬웰은 대장장이 아들로 태어나 출세가도를 달리다가 왕 다음의 실권자가 되어 영국을 휘두르는 것까지는 성공했으나 너무 단기적인 안목으로 사태 해결에 급급하다가 결국 가장 비참한 종말을 맞이하고 말았다.

때로 단기적인 성공은 치명적인 유혹으로 다가온다. 하지만 장기적인 안목으로 바라보지 않으면 모든 것이 수포로 돌아갈 수 있다는 것을 우리는 크롬웰을 통해서 알 수 있다.

노무현을 위한 변명

1937년 수사대가 앵정정(중구 인현동) 백백교의 교주인 전용해의 집에 도착했을 때, 전용해는 이미 도망치고 없었다. 형사대는 백백교의 총 참모격인 2인자 이경득과 이순문, 장서오 등 간부 세 명을 체포하는 데 만족해야 했다. 전용해의 행방을 찾기 위한 신문과정에서 이외의 사실이 밝혀졌다. 백백교는 교도들의 재산을 갈취하고 정조를 유린했을 뿐만 아니라, 교단의 비밀 유지를 위하여 수백 명의 교도를 살해해서 암매장한 것이었다.

교도의 사체를 묻은 백백교의 비밀 아지트는 한두 곳이 아니었다. 수사 결과 양평, 연천, 봉산, 사리원, 세포, 유곡, 평강 등 전국에 산재한 20여 곳의 비밀 아지트에서 모두 314구의 사체가 발견되었다. 살인은 경성 한복판에서도 버젓이 자행되었다.

경찰은 전용해 검거에 총력을 기울였다. 전용해는 만일을 대비해 사진 한 장 남기지 않았고, '김두선'을 비롯한 열여섯 가지 가명을 쓰는 치밀함을 보였다. 전용해의 인상착의는 체포된 백백교의 핵심간부들의 진술에 온전히 의존할 수밖에 없었다. 오랫동안 동거하던 애첩들조차 그의 얼굴을 함부로 볼 수 없어 생김새를 정확히 알지 못했다. 그의 얼굴을 알고 있는 사람은 교단 2인자 이경득과 교주의 아들 전종기 정도였다. 경찰은 검거에 나선 지 50여 일만에 양평군 용문산에서 전용해로 추정되는 사체 한 구를 발견했다. 전종기는 코 아랫부분이 산 짐승에게 먹혀 버린 사체를 보자마자 대성통곡했다. 양복 주머니에서는 전용해가 차고 다니던 시계와 80여 원이 들어있는 지갑이 나왔다.

백백교는 과연 어떤 종교일까. 일단 백백교에 입교하면 교주의 명령에 따라 토지, 가옥, 가재도구 일체를 정리해 경성본부로 올라와야 했다. 교주는 신입 교도가 가지고 온 헌금을 교단에 바치게 했다. 데리고 온 가솔 중에서 미모의 처녀가 있으면 '시녀'로 바치게 했다. 교주는 앵정정 본부로 올라온 시녀에게 '신의 행사'를 빙자해서 욕정을 채웠다. 믿음이 약해서 교주에게 만족을 주지 못하는 여성은 심복 간부에게 넘겨줬다.

백백교 간부들은 평안도, 황해도, 강원도 등을 순회하면서 무지몽매하여 세상 물정에 어둡지만 자산이 조금 있는 사람들을 다음의 말로 은밀히 포섭했다.

　- 우리 백백교 교주님은 신비한 힘을 가지고 계신 분이다. 머지않은 장래에 천위
　에 등극할 인물이다. 지금 일본의 통치 아래 있지만 가까운 장래에 반드시 백백
　교 교주의 통솔 아래 독립이 될 것이다. 그때 각 교도는 헌성금의 다소와 인물의
　능력에 따라 대신, 참의, 도지사, 군수, 경찰서장 등에 임명될 것이다.

백백교 간부들은 『정감록』의 예언을 자기 멋대로 해석을 하여 정도령과 소리가 비슷한 교주 '전도령'이 후천개벽 세상의 주인이 될 것이라 호언했다. 관존민비의 봉건적 인습에 사로잡힌 사람에게는 관직을 주겠다는 말로 유혹했고, 투기심이 강한 사람에게는 '불로장생, 부귀영화'라는 말로 입교를 권유하기도 했다.

조선후기에는 수많은 종교가 탄생하였다. 세계사적으로 유례가 없을 정도였다. 너무나 많이 생기고, 은밀하게 퍼져서 일일이 집계하기조차 어려울 정도였다. 종교가 홍수처럼 쏟아져 나온 이유가 무엇일까. 그만큼 백성들의 삶이 고달팠기 때문이었다. 일본에 의해서 나라가 망하면서 새로운 왕조가 탄생하지 않았으니, 지배를 당하는 백성의 심리는 영원히 끝나지 않는 어두운 터널을 계속 가고 있다는 느낌이었던 것이다.

이런 백성들의 쫓기고 불안한 심리를 교묘하게 이용하는 무리들이 새로운 종교를 창시하였던 것이다. 몇 개의 종교를 제외하고는 유사한 교리를 주장하거나 그동안 백성들에게서 회자되었던 『정감록』 신앙에 동학 등을 배합하여 만들었다는 점에서 대동소이하였다. 어떤 것은 그것을 종교라고 불러야 할지 애매한 것도 있었다.

종교창시자들은 진인을 기다리는 백성들에게, 그들이 진인이라고 하면서, 혹은 모든 사람들이 진인이 될 수 있다고 주장하면서 또 하나의 지배계급이 되어 백성들의 재산을 빼앗는, 또 다른 탐관오리가 되었던 것이다. 아니, 그들보다 더 악행을 저질렀던 교주들도 있었다. 일부 종교에서는 헌금을 강요하여 교주가 착복하여 사기죄로 고소를 당하는가 하면, 어떤 종교는 교주가 지시하여 신도들을 죽이기까지 하였던 것이다. 백백교가 대표적인 종교 중의 하나였다.

백성들은 현실에서 도저히 삶을 이어갈 수 없을 만큼 피폐해져 있었기에, 『정감록』 신앙에 근거하여 새로운 진인이 나타나서 어렵고 기피하고만 싶은 참혹한 현실을 바꾸기를 바랐다. 그런데, 조선후기에 태동한 종교의 대다수가 백성들이 진액을 짜면서까지 지켜내고 싶었던 희망이라는 토양 위에서 백성들이 원하는 꽃을 피운 것이 아니라, 그들의 탐욕을 채우느라 급급했다는 것이다. 백성들이 바라는 진인은 끝내 나타나지 않았다. 아니, 진인을 가장한 새로운 착취자들이 나타나서, 더욱 곤고해진 백성들의 삶을 더 어렵게 했을 뿐이다.

임금이 민본(民本)을 포기하면, 이상한 세력이 그 틈을 비집고 들어온다. 결국, 백성들만 곤고할 뿐이다. 민본은 행하기는 쉽지 않지만, 포기하는 순간에는 엄청난 재앙이 따르기에 '타는 목마름으로' 지켜야 하는 것이다.

노무현을 위한 변명

때로는 정해진 방식을 무시하라

검찰과는 손을 잡지 않겠다

노무현은 대통령 취임 후, 얼마 지나지 않은 2003년 3월 9일에 평검사와의 대화를 시작하였다. 전에는 볼 수 없는 풍경이었다. 앞으로도 이런 광경은 볼 수 없을 것이다. 왜 이런 시도를 하였을까. 그의 설명을 들어보자.

> 평검사하고 대화는 작심하고 시작한 것입니다. 나는 절대로 검찰 신세를 안 지겠다고 결심했습니다. 왜냐하면 검찰이 내 살림을 맡아주면 검찰도 누리는 게 있어야 하지 않겠습니까? 세상에는 공짜 점심은 없는 것 아닙니까.

검사와의 대화는 법무부가 단행한 고검장 인사로부터 출발하였다. 검찰은 조직적으로 반발하였다. 언론은 '검란(檢亂)'이나 집단 항명이라는 단어로 표현하였다. 당시 검찰이 집단적으로 인사에 불만을 제기한 것은 터무니없었다. 그때까지 검찰의 전통은 후배 기수가 선배기수를 추월해서 승진하면 추월당한 선배들은 모두

옷을 벗는 것이었다. 동기 중에 한 사람이 검찰총장이 되는 경우에도 나머지 동기들은 모두 그만두고 나갔다. 그런 전통은 현재도 유지되고 있다. 노무현은 그런 문화가 바람직하지 않다고 보았다. 없어져야 할 군사문화라고 본 것이다. 노무현이 꿈꾸었던 검찰개혁과도 맞지 않았다.

노무현은 검찰의 중립성이 확보되려면, 검사들이 정치적으로 줄 세우기에 따르지 않아도 되도록 신분을 보장해주는 것이 필요하다는 생각을 하였다. 검찰의 신세를 지지 않겠다고 한 것도 이런 것들이 반영된 것이다. 하지만, 당시 검찰 고위급 간부들은 단단히 오해를 하고 피해의식에 젖어 있었다. 노무현 정부가 과거 식의 인사로 자신들을 밀어낼 것으로 생각한 것이다. 특히 고검장 인사에서 배제된 이들이 인사 불만을 부채질했다. 젊은 검사들까지도 오해를 가졌고, 집단적 반발에 가세했다. 그 당시에 여성으로 법무부 장관에 오른 강금실에 대한 거부감도 크게 작용하였다.

사실, 이런 사안은 으레 있는 일 중의 하나이고, 시간이 지나면 자연스레 해결될 일이었다. 더군다나, 법무부 장관이 해결할 일이었다. 하지만 노무현은 정면으로 돌파하려고 생각하였다. 나아가서 이것을 대통령과 젊은 검사들이 검찰 개혁에 대한 공감대를 이루는 전화위복의 계기로 삼고자 했다.

그렇게, 검사와의 대화가 마련되었다. 그 자리에서 노무현은 젊은 검사들이 제기하거나 건의하는 문제에 대해, 수용할 것은 수용하고 그렇지 않은 부분은 검토를 약속하려고 생각했다. 또 대

노무현을 위한 변명

통령이 젊은 검사들에게 정치적 중립을 확보하기 위한 검찰 내부의 의지와 노력을 당부하는 기회로 삼고자 했다.

하지만, 행사가 시작되자, 노무현의 생각과는 전혀 다른 광경이 펼쳐졌다. 젊은 검사들은 끊임없이 인사문제만 되풀이해 따지고 물었다. 한 사람이 인사 문제에 대해 질문해서 노무현이 충분히 설명했음에도, 다음 발언자가 이미 정리하고 넘어간 문제를 반복해서 질문하는 행태였다. 노무현은 같은 얘기를 계속 반복해야 했다. 인사 불만 외에, 검찰 개혁을 준비해 와서 말한 검사는 아무도 없었다. 오죽하면 노무현이 '검사스럽다'라는 말까지 하였을까.

어쨌든, 검사와의 대화는 상당히 이상한 모양으로 마무리되었다. 노무현의 잘못이 아니다. 검사들이 여전히 생각을 한 방향으로 고정시켜 버렸기 때문이다. 아니, 자신의 생각을 말한 것이 아니라, '위에서 시키는 대로' 떠들었기 때문이다. 하지만, 검사와의 대화와는 별개로 노무현은 자신이 생각하는 방향대로 검찰개혁을 추진했다. 그동안 민변이나 참여연대 등 시민사회단체에서 제기해왔던 개혁 방안들은 거의 대부분 실행했다. 노무현은 검찰개혁의 출발점을 검찰의 정치적 중립으로 보았다. 즉, '정치검찰'로부터 벗어나는 게 개혁의 핵심이라고 본 것이다. 사실 이 목표는 제도의 문제라기보다는 정치권력이 검찰을 정권의 목적에 활용하려는 욕망을 스스로 절제하고, 검찰 스스로 정권의 눈치 보기에서 벗어나는 '문화의 문제'였던 것이다. 노무현이 검찰과 손을 잡지 않겠다고 한 것은 바로 이런 의미였다.

노무현은 백성이 근본이라는 생각을 하였음과 동시에 스스로가 백성이라는 생각을 하였다. 뼛속까지 민본주의자였던 것이다.

그러기에 퇴임 후에 서울에 머물지 않고 고향인 봉하로 내려간 것이다.

👥 열린우리당이 해체되었을 때가 가장 고통스러웠다

2003년 11월에 일명 노무현 당으로 출발한 열린우리당이 여러 가지 문제를 겪다가 2007년 8월에 해체되었다. 만약에 당정을 분리하지 않고, 대통령이 실질적으로 당을 장악했더라면 어떻게 되었을까. 이에 대해 노무현은 다음과 같이 답변하였다.

> 당정분리는 처음부터 안 된다고 판단했습니다. 나 같은 정치인이 살려면, 동일한 정책적 가치를 갖고 그것을 지향하는 사람들이 뭉쳐서 당을 만들고, 그 이유 때문에 지지하는 사람들이 지지 세력을 형성해서, 국회의원들이 그 당을 떠나면 살지 못하게 되었을 때, 그때는 당정분리가 되더라도 그 안에서 이론을 가지고, 정책과 논리를 가지고 통제해나갈 수 있습니다. 그러나 열린우리당은 그게 안 되어 있었기 때문에 통제할 수가 없었습니다.

이러한 이유 때문인지, 노무현은 탄핵을 당했을 때보다 열린우리당이 해체되었을 때가 제일 고통스러웠다고 말했다. 그는 정해진 길을 가서는 국민이 원하는 정치를 할 수 없다고 생각했다. 다른 사람이 모두 옳다고 하여 정해진 길이라고 해도 그는 늘 정해진 방식을 무시하면서까지 더 좋은 길을 찾으려고 애를 썼다.

노무현을 위한 변명

🫂 담대함과 자신감으로 정해진 길을 무시하다

제갈량이 양평에 주둔하면서 위연으로 하여금 군대를 이끌고 동쪽으로 내려가도록 하고 홀로 성을 지켰다. 이때, 사마의가 20만 대군을 이끌고 위연이 간 곳과 다른 방향에서 쳐들어왔다. 사마의가 제갈량이 있는 성과 60리 떨어진 곳에서 정탐을 보내 알아보게 했더니, 제갈량은 성 안에 있고 수비 병력이 얼마 안된다고 했다.

제갈량도 사마의의 대군이 당도한 것을 알고 위연의 군사와 합류하려고 했으나, 떠난 지 오래되어 이미 때가 늦었다. 장졸들이 대경실색하여 어찌할 바를 모르고 허둥지둥했다.

그러나 제갈량은 홀로 태연히 전군에게 깃발과 장막을 거두고 맡은 위치를 떠나지 말라고 명했다. 게다가 사방의 성문을 활짝 열어 놓고 깨끗이 청소하라고 시켰다. 병사들은 걱정이 태산 같았을 것이다. 일부 병사들은 드디어 제갈량이 미쳤다고 흉보았을지도 모른다. 하지만 결과는 전혀 달랐다. 사마의는 제갈량의 지략이 뛰어났음을 알고 있었으므로 틀림없이 복병이 있을 것이라 믿고 군사를 근처에 있는 산속으로 후퇴시켰다.

기가 찰 노릇이다. 병력도 얼마 되지 않는 상황에서 성문을 굳게 닫아 놓고 지키는 것만이 목숨을 연장하는 수단인데 성문을 열어 놓으라니. 아예 적에게 목을 내놓겠다는 얘기가 아닌가. 그런데, 이 작전은 멋지게 성공했다.

성공의 요인은 무엇인가. 사마의가 제갈량에게 겁을 집어 먹고 스스로 도망친 것일까? 물론 그것도 이유가 되지만 더 중요한 것은 제갈량의 담대함과 자신감이라고 할 수 있다. 그는 누구보다도 반전의 카드를 사용할 줄 아는 사람이었다. 급박한 현실이지만, 주어진 조건을 그대로 받아들이지 않고 뒤집을 수 있는 용기가 그의 지혜와 결합되어 멋진 작품을 만든 것이다.

사마의가 성으로 들어가지 않고 산속으로 후퇴했다는 소식을 듣고 제갈량이 박장대소하면서 병사들에게 말했다.

- 사마의가 나를 신중한 사람으로 알고 있기 때문에 복병이 있는 줄 알고 산속으로 들어간 것이다.

사마의가 나중에 이 사실을 알고 땅을 치며 분개했다.

이것이 그 유명한 제갈량의 공성계이다. 이처럼 허함을 더욱 허하게 보이는 계책을 사용하기 위해서는 일정한 조건이 필요하다.

첫째, 가장 큰 위험을 무릅쓰고 가장 큰 효과를 노려야 하는 만큼 부득이한 상황이어야 한다. 둘째, 자신의 습관을 역이용해 적을 헷갈리게 만들어야 한다. 물론 이런 방법을 연속적으로 사용해서는 안 된다. 셋째, 상대의 심리적인 결점을 이용해야 한다. 보통 의심이 많은 상대에게 큰 효과를 발휘하며, 적군의 지휘관이 경솔하고 덜렁대는 인물이라면 사정은 달라진다.

정해진 방식을 무시하기 위해서는 오히려 정해진 방식을 깊이 연구해야 가능한 것이다. 무작정 정해진 방식을 거스른다고 성공할 수 있는 것은 아니다.

노무현을 위한 변명

현실을 면밀히 분석해야 정해진 길에서 벗어날 수 있다

보니파키우스 8세는 교황이 되자 신속하게 경쟁자들을 제거하고 교황령을 통일하였다. 그를 두려워한 유럽의 여러 나라들은 협상을 위한 사절단을 그에게 보냈다. 독일 왕 알브레히트 1세는 영토 일부를 보니파키우스에게 양보하기도 하였다. 모든 것이 교황의 계획에 따라 순조롭게 진행되고 있었다.

그러나 한 지역이 문제였다. 그 지역은 이탈리아에서 가장 부유한 지역인 토스카나였다. 토스카나의 강력한 도시인 피렌체만 정복하면, 보니파키우스는 토스카나 전체를 손에 넣을 수 있었던 것이다. 하지만 피렌체 사람들은 자부심이 강해서 정복하기가 쉽지 않았다.

교황은 피렌체의 상황을 면밀히 분석하였다. 당시 피렌체의 주요 세력은 흑파와 백파로 나뉘어져 있었다. 백파는 신흥계층의 상인으로, 흑파는 기존의 대상인들로 구성이 되어 있었다. 대중에게 인기가 있었던 백파는 상당한 권력을 가지고 있었고, 흑파는 그런 백파에 대해 상당한 적개심을 가지고 있었다. 두 세력 간의 갈등은 점점 악화되었다.

보니파키우스는 흑파가 권력을 잡도록 도와주면 손쉽게 피렌체를 손에 넣을 수 있다고 생각했다. 그는 상황을 면밀히 더 분석한 후에 단테에게 주목했다. 그가 핵심 인물이었던 것이다. 그는 백파의 자립정책을 신봉하였으며 뛰어난 대중연설가로 그 당시 피렌체의 핵심 고위관직인 '프리오레'에 선출되었다.

보니파키우스는 프랑스 왕의 형제인 샤를을 불러들인 뒤, 토스카나 정복을 도와달라고 요청했다. 샤를이 북부 이탈리아를 향해 전진하자 피렌체 사람들은 불안과 공포에 휩싸였다. 단테가 피렌체를 단결시키는 중심 인물로 등장했다. 그는 유화책에 넘어가서는 안 된다고 외치면서 시민들을 집결시키고 교황과 그의 꼭두각시인 프랑스 대공에 대항하기 위해 필사적으로 노력했다.

보니파키우스는 어떻게든 단테를 무력화시켜야만 했다. 그래서 그는 샤를의 군대로 피렌체를 위협하는 한편, 다른 한쪽에서는 협상을 제안하자고 하였다. 결국 피렌체는 로마에 사절단을 보내 협상을 시도해보기로 결정했다. 보니파키우스의 예상대로 그들은 단테를 사절단 대표에 합류시켰다.

단테는 샤를의 프랑스 군대가 피렌체 접경지역에 도착했을 즈음, 로마에 당도했다. 그는 유창한 언변과 화술로 교황을 설득할 수 있다고 자신했다. 그러나 교황은 피렌체 사절단을 만나자마자 위협적인 태도로 돌변하여 큰소리로 말했다.

- 당장 내 앞에 무릎을 꿇어라. 그리고 내 말에 복종하라. 나는 진정으로 당신들의 평화를 원하노라.

교황의 태도는 전혀 뜻밖이었다. 사절단은 그의 위압적인 태도에 무릎을 꿇은 채 자신들의 이익을 돌봐주겠다는 교황의 약속을 들었다. 교황은 협상을 계속할 사람을 한 명만 남겨두고 고향으로 돌아가라고 했다. 그러면서 단테를 남겨두라고 하였다. 그것은 명령에 가까웠다.

단테가 로마에 남아 교황과 대화를 하는 동안 피렌체는 무너져

노무현을 위한 변명

갔다. 핵심 인물이 빠진 데다가, 샤를은 교황이 준 돈으로 백파 사람들을 매수하고 분열을 조장했기 때문이었다. 백파는 서서히 붕괴되어 갔고 흑파는 몇 주 만에 그들을 장악하고 그들을 잔인하게 복수했다. 흑파의 권력이 확고해지자 교황은 마침내 단테를 로마에서 놔주었다.

정공법은 시대를 초월해서 여전히 유효하다. 하지만, 경우에 따라서는 정해진 길을 무시해야 할 때가 있다.

농민군과 일군·관군 사이에 벌어진 우금치 전투는 동학농민전쟁 전 기간에 걸쳐 있었던 전투 중에서 가장 치열한 전투였으며, 농민군의 희생이 가장 큰 전투였다. 이인리 전투에서 전봉준이 이끄는 농민군 10만은 서산 군구 성하영이 이끈 관군과 일본군을 맞아 싸워서 승리했다. 다음 날부터 공주성을 앞에 두고 우금치에서 쌍방 간에 치열한 공방전이 계속되었다.

새벽부터 우금치에 매복하고 있던 일본군은 해를 등지고 진을 쳐서 농민군보다 유리한 위치를 점하고 있었다. 일본군은 뒤쪽에서 해가 뜨기를 기다렸다가 진격해오는 농민군 쪽으로 햇빛이 비치기 시작하자, 일제 사격을 퍼부었다. 농민군은 눈이 부셔서 앞을 내다보지 못하고, 연신 죽어갔다.

또 일본군은 근처 민가를 뒤져 한복으로 갈아입은 다음, 어깨에 동학 깃발을 꽂아서 농민군으로 위장했다. 우군인 줄 알고 반가이 맞이하러 오는 농민군에게 일본군은 사정없이 총격을 가했다. 한낮이 지나자, 우금치 고개와 봉황산 마루에는 농민군의 시체가 산을 이루었다. 산 아래의 시엿골 개천은 여러 날 동안 줄곧 핏물이 흘렀다.

이 우금치 전투는 병력면에서 압도적으로 우세했던 농민군이 소수 정예 일본군에게 대패한 전투였다. 처음부터 정예병과 오합지졸의 싸움이었다. 게다가 화력의 차이가 엄청났다. 일본군의 주무기인 라이플 소총은 1초에 한 발씩 발사할 수 있었으나, 농민군이 가지고 있던 화승총은 한 발 쏘는 데 무려 30초나 걸리는 데다가 명중률이나 사정거리가 비교가 되지 않았다. 그나마 화승총으로 무장한 농민군은 전체의 1/3 수준이었고, 나머지는 칼과 죽창이었다.

일본군은 몇 정 되지는 않았지만 기관총도 보유하고 있었다. 능선 위에 설치해 놓고 기어 올라오는 농민군을 향해 쏘아대니 당해낼 재간이 어디 있었겠는가. 대포 또한 농민군이 보유한 대포에 비할 바가 아니었다.

통신장비는 어떠한가. 농민군은 파발마로 통신을 한 반면, 일본군은 전보와 망원경 등을 이용하여 신속하게 군대를 지휘할 수 있었다. 엄동설한 전투에서 일본군은 방한모에 방한 양말까지 갖추어 완전무장한 반면 농민군은 의복이 남루하기 그지없었다. 무명옷과 핫바지를 입고 버선발에 짚신을 신어서 눈이나 비가 오면 물이 들어왔다. 젖은 한복에 떨었고, 질퍽이는 짚신으로 감기와 동상에 걸리기 일쑤였다.

일본군이 농민군을 진압하기 위하여 투입한 병력은 총 8,000명에 달했다. 농민군의 병력 20~30만에 비하면 수적으로는 엄청 열세였지만 그게 전부는 아니었다. 19세기 군대와 20세기 군대가 싸움을 벌인 것이니 처음부터 승리는 정해진 것이나 다름이 없었다. 패잔병을 수습하여 논산으로 퇴각한 농민군은 다시 일본군의 추격에 밀려서 수많은 시체를 산야에 남겨 놓고 논산에서 퇴각해야 했다.

관군은 농민군을 쫓으면서 잔당들을 소탕하는 과정에서 수많은 동학교도들을 잔인하게 죽였다. 사지를 찢어 죽이는 것은 보통이고, 구덩이에 묻어 죽이고, 손발을 묶어서 강물에 던져 죽였으며, 심지어 간을 꺼내어 먹기까지 했다고 한다. 같은 동족으로서 너무한 처사가 아닌가 싶다. 반면에 일본군은 동학군들을 죽이지 않았고, 일반 여염집에도 폐를 끼치지 않아서 인심을 얻는 교활한 술책을 썼다.

동학농민군 총사령관인 전봉준은 접사 김경천의 밀고와 무지몽매한 장정들의 손에 체포되어 일제에 넘겨져서 처형을 당했다. 이로써 녹두장군은 「파랑새」라는 노래를 남기고 이 땅에서 사라졌다. 전봉준 체포에 공을 세운 김경천과 한인현은 전봉준의 목숨 대가로 상금 1,000냥씩을 받았다고 한다.

동학혁명으로 집강소가 설치되는 그 순간만큼은 조선의 어느 시기에도 존재하지 않았던, 백성들 스스로가 주인이 되는 세상이 되었으니 비로소 민본의 세상이 된 것이다. 하지만, 그들은 임금을 바꾸려거나 왕조를 다시 개창한다는 생각은 하지 않았다. 왕은 여전히 그들이 존경하고 따라야 할 부모의 존재였기 때문이다. 그들은 다시 임금이 정치를 잘하여 그들이 고통받고 있는 세상을 변화시키기를 원했다. 프랑스대혁명처럼 왕을 처형하고, 그 왕을 지탱하고 있던 각종 관리들과 제도를 바꾸려 물리적인 행사를 했더라면 역사는 바뀌었을 가능성이 많다. 백성들은 정해진 길을 무시하려고는 생각하지 않았던 것이다.

순진하거나 혹은 국왕에 대한 환상을 지우지 않았기에 지방의 아전이나 향원들의 이중적이고 비열한 태도와 심성을 예측하지 못했을 것이다. 가장 가까운 곳에서, 가장 심하게 자신들을 괴롭혔던 탐관오리들은, 농민들이 힘이 강할 때는 그들에게 복종하는 척하다가 외국의 힘을 빌려서라도 농민들을 제압할 힘만 있으면 언제든지 태도를 바꾸어 농민들의 재산을 빼앗거나 무고한 사람에게 혐의를 씌워서 이권을 탐했던 것이다.

때로는 백성들도 담대함과 자신감으로 정해진 길을 무시할 수 있어야 스스로를 근본으로 만드는 민본(民本)이 이루어지는 것인지 모른다. 이처럼 민본은 누구에게도 쉽게 허락되지 않는 비밀의 정원 같은 것일까?

더 좋은 비전을 제시하라

현실의 평가보다는 역사적 평가를 추구한다

노무현은 그 누구보다도 역사, 권력, 민주주의, 진보, 지도자, 시민이라는 키워드에 몰두하였다. 그만큼 그는 치열하게 한 대통령으로서, 아니 한 시민으로서 민본주의에 대해 고민하고 있었다. 그의 말을 들어보자.

> 그 시기의 여론이 역사적 의제와 같이 가고 있을 때, 그런 때는 현실의 영웅이 자연스럽게 역사의 영웅이 됩니다. 그런데, 그 둘이 반드시 같이 가느냐? 한순간에 같이 가다가도 어떤 순간이 되면 갈라집니다. **그렇다면 현실의 평가와 역사의 평가가 다를 때, 정치인들은 어느 것을 선택하느냐, 결국 역사의 평가를 선택하게 됩니다. 그럴 때 그것은 자기의 가치와 일치하게 됩니다.**

노무현은 정치인의 가치관은 역사에 대한 예측과 같이 간다고 보았다. 그 이유는 사람들은 역사에 대한 예측을 바탕으로 해서 가치관을 만들어나가기 때문이다. 그럴 때에는 현재의 평가, 혹은 현실의 민심을 포기하게 된다. 현재에 있어서의 대중적인 평가보다는 좀 더 자기 가치와 자기 전략에 기반한 역사적 평가를 더 추구하기 때문이다.

그런 이유로, 그는 항상 '역사는 진보한다. 그러나 완결은 없다'는 명제를 가지고 있었다. '진보'라는 것은 민주주의 가치에 내재되어 있고, 민주주의라는 개념 안에는 자유와 평등이 하나로 합쳐져 서로 균형을 이루고 있다고 생각한 것이다. 그는 이전에는 권력의 지배를 받던 사람이 스스로 권력을 행사하게 되는, 그러니까 형식적으로만 권력에 참여하는 것이 아니라 참여하는 자가 실질적으로 권력을 결정하고, 권력을 행사하게 되었을 때가 바로 자유와 평등의 상태라고 파악한 것이다. 다시 말하면, 진보라는 것은 왕의 권리가 대중에게까지 확산되어 나가는 과정이라고 본 것이다.

👥 지도자는 비전을 제시하는 것이다

노무현은 지도자는 비전이 있어야 한다고 말했다. 그러면서, 국가 지도자가 하는 일 중의 하나가 갈등조정이라고 보았다. 즉, 이해관계를 조정하는 것이다. 어떤 시스템에서도 이득을 보는 사람과 손해 보는 사람 사이의 이해가 복잡하게 얽혀 있기 때문에 그것을 조정하는 것이 필요하다. 큰 틀에서의 전선, 수많은 작은 이해관계의 전선에서 조정해나가는 것이 지도자의 일이라고 본 것이다.

그다음에 총체적으로 이 복잡한 것을 다 알 수 없기 때문에 큰 묶음으로서의 미래를 제시하는 것이다. 어느 구호를 만들든 비전을 제시하는 것이다. 비전이라는 것은 미래를 위한 선택이라고 할 수 있다. 그다음, 위기에서 결단하는 것이다. 위기에서 선택을 하는 것이다. 아프간에서 인질 사건이 났을 때 협상을 할 것이냐, 말 것이냐의 최종적인 결정은 대통령이 하는 것이기 때문이다.

링컨도 남북전쟁을 할 것이냐 말 것이냐, 나라를 쪼갤 것이냐, 통합할 것이냐를 놓고 마지막에 결단을 했다. 그때는 링컨이 스스로 최종 결단하는 것이지, 다른 누구도 그 결단을 대신하지 않는다. 지도자로서 개인적인 차이가 많이 나는 것이 비전이다. 비전과 전략을 제시하는 데, 개인적 차이가 제일 많이 난다. 물론 좋은 비전과 전략을 만들어내려면 판단력이 필요하다. 지혜, 지식, 통찰력, 그런 것들이 필요하다.

지도자에게 핵심은 비전이다. 비전이 무엇이냐. 미래가 어떻게 될 것이냐에 대한 방향을 제시하는 것이다. 그런데 이 비전이 자기의 단순한 희망사항이냐, 아니면 역사의 법칙과 맞닿아 있느냐, 이 점이 중요하다.

좋은 비전이라면 역사의 법칙에 서 있어야 하고, 그것을 전제로 선택 가능한 것 중에서 가장 가치 있는 것이어야 한다. 그런데 아무리 화려한 장밋빛 비전이라 할지라도, 오색무지개 비전이라 할지라도 역사의 법칙 위에 서 있지 않으면 제대로 현실화되지 않는다. 그래서 비전은 역사의 법칙 속에서, 그것을 실현해낼 수 있는 전략과 결합되어야 한다고, 노무현은 생각했다.

최근에, 남북정상회담과 북·미 정상회담을 성사시킨 문재인 대통령과 한국 정부가 국제사회에서 스포트라이트를 받고 있다. 문재인 대통령과 한국이 한반도를 넘어 새로운 '딜 메이커'로 떠오르고 있는 것이다. 이것은 갑자기 이루어진 게 아니다. 노무현의 비전이 역사의 법칙 속에서 전략과 결합되어 가치를 드러내고 있는 것이다.

👥 훌륭한 자질과 가문보다 더 중요한 것은 비전

막강한 권력과 넓은 땅을 가지고 일세를 풍미하던 원소는 관도대전에서 조조에게 패배한 후 멸망의 길로 들어섰다. 그는 조상 대대로 명문귀족 출신으로 18로 제후가 동탁을 토벌하기 위해 나섰을 때, 맹주로 추대된 후 천하의 인재들이 앞 다투어 찾아와 그에게 의탁했다.

그는 천하가 어지러운 틈을 타서 먼저 한복에게 기주를 빼앗고 공손찬을 몰락시킨 후, 청주와 유주, 병주를 차례로 손에 넣고 이를 근거지로 하여 수십만 대군을 거느린 북부 최대의 군벌을 형성했다.

하지만, 원소는 여러 가지로 일을 꾀하나 결단하는 일이 적어서 번번이 좋은 기회를 놓쳐 버렸다. 원소가 처음 조조 토벌에 실패하고 하북으로 퇴각했을 때, 조조가 기세를 몰아 유비에게 진격하느라 허도가 텅 비어 있었다. 전풍이 원소에게 다시 출격해 허도를 함락시킬 것을 건의했지만 원소는 아들의 병을 핑계로 출격하지 않았다.

절호의 기회를 눈앞에서 놓치게 되자 전풍은 지팡이로 땅을 치며 탄식했다.

- 실로 얻기 어려운 기회를 어린 아이의 병으로 놓쳐 버리다니! 이 기회를 잃으면 큰일은 이미 틀려 버린 노릇이다. 통탄스럽고 애석하구나.

관도대전에서 조조 군과 대치하고 있을 때도 허유가 조조의 글을 가지고 허도로 가던 사자를 잡아 조조가 군량보급을 독촉하는 서신을 빼앗았다. 허유가 곧장 원소에게 달려가 비책을 제시하였다.

- 조조의 군량과 마초가 다해 가고 있으니 지금 군대를 나누어 몰래 허창으로 진격하도록 하십시오. 그러면 조조가 반드시 진채를 거두고 돌아갈 것이니 그때 남은 군사로 들이친다면 조조를 잡을 수 있습니다.

그런데 원소는 허유가 내민 조조의 전갈을 보고도 심드렁한 표정으로 대답했다.

- 조조는 매우 꾀가 많은 자일세. 이 편지는 아마도 조조가 우리를 유인하려는 수작일 거야.

결국 원소는 허유의 건의를 묵살하는 바람에 승리할 수 있는 절호의 기회를 놓치고 말았다. 이처럼 일을 꾀하나 결단하는 일이 적으면 자연히 인재를 하찮게 생각한다. 일찍이 원소 곁에는 순욱, 곽가, 전풍, 허유, 저수 등 이른바 브레인 뱅크라고 할 수 있는 책사들이 포진해 있었다.

그러나 원소는 겉으로는 인재에게 관대한 척하나 속으로는 시기하여 그들이 내놓은 계책을 적극적으로 받아들이지 않았다. 결국 그들의 사기를 꺾어 놓았고, 그들은 하나둘씩 원소를 떠나 조조의 휘하로 들어갔다. 몇몇 충성스러운 책사들만이 원소 곁에 남아 있었지만, 그들도 결국에는 원소의 칼에 저승길로 가야 했다. 전풍과 저수가 하옥된 후, 허유 등이 떠나면서 군사력에도 치명적인 타격을 입고 말았다.

원소가 부하들의 능력을 시기하게 된 것은 그에게 비전을 제시할 수 있는 능력이 없기 때문이었다. 아니 스스로 어떤 비전도 갖고 있지 않았기 때문이다. 훌륭한 자질과 가문보다 더 중요한 것은 비전이다.

스파르타는 비전이 없어서 망했다

기원전 8세기경 부강해진 그리스 국가들은 팽창하는 인구를 감당하기 위해 바깥으로 진출했다. 그들은 바다로 나아가 소아시아, 시칠리아, 이탈리아 반도, 아프리카에까지 식민지를 건설했다.

하지만, 스파르타는 달랐다. 그 나라는 내륙에 위치하였고 산지로 둘러 싸여 있었다. 지중해와 교류가 빈번하지 않은 스파르타는 해양민족이 되지 못했다. 대신 그들은 주변도시들과 100년 이상 무자비하고 격렬하게 전쟁을 벌이며 자국 시민들에게 나눠줄 수 있을 정도의 땅을 정복했다.

그러나 이 해법은 '정복지역을 어떻게 유지하고 통치할 것인가?'라는 새로운 문제를 야기했다. 통치해야 할 대상들이 그들보다 10배나 더 많았던 것이다. 실제로 이들 대집단은 무시무시한 기세로 그들에게 복수할 태세였다.

스파르타가 선택한 대안은 전쟁기술로 똘똘 뭉친 사회를 만드는 것이었다. 스파르타인은 이웃보다 더 사납고, 더 강하고, 더 잔인해지로 했다. 이것만이 안정적으로 존속할 수 있는 유일한 길이었기 때문이었다. 스파르타에서 남자 아이는 일곱 살이 되면 어머니 곁을 떠나 군에 입대했다. 거기서 소년은 싸우는 법을 배우고 혹독한 훈련을 받았다.

갈대로 만든 침대에서 잠자고 외투 한 벌로 1년 내내 지냈다. 이들은 어떤 예술도 배우지 않았다. 실제로, 스파르타인은 음악을 배척하였으며 사회 유지에 필요한 기술은 노예들의 몫이었다. 스파르타인이 배운 유일한 기술은 전쟁기술이었다.

약해 보이는 아이는 산속 동굴에 버려졌다. 스파르타에는 어떤 화폐나 교역체계도 허용되지 않았다. 그들은 부는 이기심과 분쟁의 씨앗이며 전사규율을 약화시킨다고 믿었다. 스파르타인의 유일한 생계수단은 농경이었는데 대개 국유지에서 노예가 경작했다.

스파르타 보병은 세계에서 가장 강력했다. 그들은 완벽한 대형으로 진군해 용맹하게 싸웠다. 그들의 치밀한 밀집 방진은 테르모필라이 전투에서 페르시아 군을 물리칠 때 입증된 것처럼 10배가 넘는 적군도 이길 수 있었다. 스파르타의 일사불란한 행군 대형은 적군에게 공포의 대상이었다. 그러나 이처럼 강력한 전사였음에도, 그들은 제국건설에는 전혀 관심이 없었다. 그들은 오직 정복

노무현을 위한 변명

한 땅을 유지하고 침략자로부터 방어하는 것만 바랐을 뿐이었다. 수십 년 동안 스파르타 체제는 전혀 변하지 않았고 성공적으로 현상유지를 하였다.

스파르타가 호전적인 문화를 발전시키고 있던 시기에 아테네는 두드러지게 성장하고 있었다. 스파르타와는 달리 아테네는 바다로 나아갔다. 식민지 건설보다는 교역이 목적이었다. 아테네는 거상이 되었다. 그들의 유명한 화폐인 '올빼미 동전'은 지중해 전역에 퍼졌다.

완고한 스파르타인과 달리 아테네인은 탁월한 창의성으로 모든 문제에 대응하고 놀라운 속도로 새로운 사회 형태와 예술을 창조했다. 아테네가 강성해지자 방어 지향적인 스파르타는 위협을 느끼게 되었고, 기원전 431년 두 도시국가 사이에는 전쟁이 일어났다.

27년간 계속된 전쟁에서 스파르타가 이겼고 제국을 호령하게 되었다. 하지만, 거기까지였다. 전쟁이 끝난 후 아테네의 부가 스파르타로 쏟아져 들어왔다. 전쟁에서는 달인이었지만 정치나 경제는 그들의 영역이 아니었다. 한 번도 그런 꿈을 꾸지 않았으며, 왜 스파르타는 아테네처럼 되지 않을까, 하고 고민하지 않았다. 때문에, 아테네의 부와 생활방식이 스파르타인들의 영혼을 완전히 지배했다.

새로운 변화에 적응하지 못한 스파르타는 점차 쇠약해졌다. 아테네를 물리친 지 30여 년이 지난 후, 스파르타는 테베와의 전투에서 패배하였다. 막강한 권력을 휘둘렀던 이 국가는 하룻밤 사이에 붕괴되어 다시는 회복하지 못했다. 그들은 철저한 현상유지를 추구하였고, 비전 따위는 필요 없는 것이라 생각했기 때문이었다. 스파르타에게 비전이 있었더라면 세계역사는 엄청나게 달라졌을 것이다.

조선은 개국하면서 숭유억불정책을 취하여 불교를 억압하여 불교가 쇠퇴하였다. 그래도 민중들 사이에는 불교가 광범위하게 퍼져 있었다. 조선이 불교억압정책을 실시하면서 내놓은 카드가 바로 도첩제이다. 고려후기에 승려가 너무 많아져서 인력의 낭비가 상상을 초월했기 때문이었다. 도첩제는 승려가 될 때 국가에 세금을 미리 바치고 허가를 얻어야 하는 제도였다. 도첩제가 시행되면서 승려의 숫자는 현저히 줄어들었으며, 일반 승려들의 생활은 급속히 몰락했다. 일을 하고 품삯이나 제대로 받으면 다행일 정도로 승려의 신분이 천민으로 전락하고 말았다. 고려시대에 떵떵거리던 승려들이 조선시대에는 천민이 되어 버린 것이다.

그것이 조선시대 내내 이어졌다. 천민이 된 승려들은 조정에서 성 쌓는 부역을 명할 때 임금도 받지 못했다. 나라의 부역에 종사하는 일에는 임금을 지급하지 않았기 때문이다. 그렇게 몇 달 내지는 몇 년씩 성 쌓는 공사에 강제동원되었다. 이들은 도성 안으로 들어와 살지도 못했다. 조선은 승려들을 산으로 몰아내고 도성 출입을 금지했기 때문이다. 조선 조정에서는 이렇게 절들을 산으로 내쫓고 숫자를 줄이면서 재물을 엄청 챙겼다. 절들이 가지고 있던 땅이며 노비를 모조리 빼앗은 것이다. 절이 비어 있으니 자연히 도둑들의 소굴로 전락해 버릴 수밖에 없었다.

이렇게 불교를 탄압하게 된 빌미는 불교가 제공하였다. 불교는 고려를 구성하는 필수성분으로서 몽골과의 항쟁에서는 호국불교의 위상을 떨쳤다. 승려로만 구성된 항마군이 창설되어 영토를 수호하기 위한 전쟁에 참가할 정도였다. 그러나 말기로 가면서 불교는 극도로 타락하고 부패했다. 국가가 지급한 사전(寺田)이 방대한데도 백성들의 전답을 예사로 빼앗았으며 음란한 짓을 일삼아 지탄의 대상이 되었다.

세금을 내기는커녕 오히려 부당한 방법으로 토지와 노비를 늘려갔기 때문에 재정에 큰 부담을 주었다. 게다가 승려들이 병역과 세금을 면제받는 것을 이용하여 허위로 승적을 발부받는 사례가 빈발하였다. 세속적인 것을 초탈하고 가장 청량하게 처신하여 모범을 보여야 할 사찰이 온갖 나쁜 짓을 일삼자 백성들의 원성이 높아질 수밖에 없었다. 고려 말에 등장한 신진사대부들도 불교의 폐해를 강도 높게 비판했으니 새로운 국가가 들어선 뒤에 철퇴를 맞은 것은 당연한 결과인지도 모른다.

이런 탓인지 신윤복이 그린 '단오풍경' 가장 왼쪽에 배치된 두 명의 중은 흐뭇한 표정으로 목욕하는 기생을 훔쳐보고 있다. 승려들의 부정적인 모습이 반영된 것이리라. 이뿐만이 아니다. 대표적인 풍자극인 「봉산탈춤」과 「하회별신굿」 등에서도 중은 아주 음탕하게 묘사되었으며, 실생활에서도 중이 과부가 사는 집에 드나들면 엄벌에 처한다는 규정도 있다. 사실상 교양을 갖추지 못한 중들이 함부로 행동을 했던 때는 고려 말과 조선 초기의 일이었다.

그런데, 이렇게 천대를 받던 불교가 호기를 맞게 된다. 바로 문정왕후 덕분이다. 문정왕후는 윤원형의 누이로, 중종의 세 번째 왕비가 되어 명종을 낳게 된다. 문정왕후는 8년 동안이나 섭정을 하였다. 문정왕후는 섭정을 하면서 정무를 조정대신들에게 일임했는데 그 정무를 총괄한 자가 바로 그녀의 동생 윤원형이었다. 권력을 한 손에 쥔 윤원형은 사림 분열책을 써서 그들을 박해했으며, 문정왕후의 뜻에 따라 승려 보우를 중용해 선교양종을 부활시키고 과거에 승과를 설치했

노무현을 위한 변명

으며 거창하게 법회를 여는 등 천덕꾸러기로 전락한 불교에게 새로운 힘을 불어넣어주었다. 이때가 조선시대를 통틀어서 불교가 그나마 대접을 받던 시기였다. 도첩제의 실시로 도성 안에 들어오지도 못하던 승려였는데, 보우를 병조판서를 시킬 정도였으니 상전벽해나 다름이 없었다. 하지만, 이러한 것도 문정왕후가 죽자, 다 소용이 없어져 버렸다. 문정왕후가 죽은 뒤에 보우는 유생들에게 탄핵되어 병조판서직을 박탈당하고 제주도로 유배를 갔다가 거기서 죽었다.

종교 지도자이든, 정치지도자이든 그전보다. 더 나은 비전을 제시해야 한다. 비전이 없으면 현실에서 안주하게 되고, 현실에서 안주하면 반드시 부패하게 된다. 민본(民本)을 하려면 늘 자신을 돌아보고, 앞으로 나가기 위해 부단히 노력해야 한다. 그리고 미래를 볼 줄 알아야 한다. 미래를 보지 못한다면 민본은커녕 자신조차 지킬 수 없다.

집중해서 바라보라

보수에게는 적의 개념이 외부에 있다

노무현의 유서 중에 이런 대목이 있다.

화장해라.
그리고 집 가까운 곳에 아주 작은 비석 하나만 남겨라.
오래된 생각이다.

그의 유언대로 봉하 마을에 세워진 '작은 비석'에는 이렇게 적혀
있다.

민주주의 최후의 보루는 깨어 있는 시민의 조직된 힘입니다.

노무현은 생전에 보수와 진보에 대한 명확한 생각을 가지고 있
었다. 보수와 진보에 대해서 집중적으로 바라볼 수 있어야 그가
꿈꾸는 '사람 사는 세상'이 올 것이라고 믿었기 때문이다. 보수와
진보에 대해서 그는 이렇게 말했다.

보수는 우수한 사람, 잘난 사람, 힘센 사람이 구성하고 있습니다. 똑똑하지 못한 사람, 성공하지 못한 사람, 힘없는 사람은 시키는 대로 말 잘 듣고 있어라. 그러면 되는데 왜 자꾸 시끄럽게 구느냐, 이렇게 말하고 있습니다

반면에, 진보는 권력도 나누고, 지혜도 나누고 평등을 지향하는 것입니다. 그러니까 '강자에 맡겨라' 이 말은 보수가 지배세력을 유지하겠다는 것이고, 진보는 '지배하지 말고 합의해서 합시다' 이렇게 말하는 겁니다.

그래서, 역사적으로 보면, 보수 세력에게는 반드시 적이 있습니다. 그 적의 개념이 아주 강합니다. 진보 세력에게도 적의 개념이 있는데, 불행하게도 그 적의 개념이 내부에 있습니다. 외부에 있어야 하는데 말입니다. 보수 세력에게 적의 개념은 늘 외부에 있습니다.

결국, 역사, 비전, 가치 이것이 정치의 핵심이 되는 것입니다.

지도자의 차이는 역사를 바라보는 관점

이런 의미에서 노무현은 지도자에 따라서 가장 크게 차이가 나는 것이 역사를 바라보는 관점이라고 보았다. 그 시기 역사를 정체시키느냐, 후퇴시키느냐, 진보시키느냐 하는 지도자의 판단이 가장 중요하다고 본 것이다. 심지어는 지도자의 도덕성에 관한 문제도 역사에 관한 관점보다 더 중요한 것이 아니라고 볼 수 있다고 말했다.

예를 들면, 동방정책으로 노벨 평화상을 수상한 전 독일 총리 빌리 브란트가 지금 알아보니까 아이가 몇이 있고, 숨겨 놓은 여자가 있었고, 그렇게 가정한다 할지라도 그건 중요한 문제가 아니라는 것이다. 그의 선택이 역사를 진보시켰느냐, 후퇴시켰느냐,

정체시켰느냐의 관점에서 평가해야 된다는 것이다.

노무현은 특권구조의 해체를 자신이 물려받은 역사의 과제라고 파악했다. 전에도 조금 했고, 그 후에도 조금씩, 조금씩 해왔던 것이지만, 노무현에게는 거의 완결수준을 요구하고 있다고 판단했다. 그래서 권력과 권력이 유착해서 만들어져 온 특권의 구조를 해체하는 것, 이 구조 속에서 우선 권력기관 내부의 유착 구조를 해체하는 것, 정경유착을 해체하는 것, 그것이 자신이 물려받은 과제라는 것이다.

그런데, 여기서 언론이 양쪽에 모두 다리를 걸치고 있다고 보았다. 언론이 정치권력과 한 다리를 걸치고, 정경유착을 만들어내는 시장권력에다가 또 한 다리를 걸치고 있기 때문에, 그는 이 유착 구조를 해체하자고 말한 것이다. 큰 덩어리뿐만 아니라 작은 덩어리까지 모두 해체하자고.

그는 이것을 자신이 안 하면 다른 사람은 못 할 것이라는 생각을 가졌다. 그래서 기자실을 개혁하고 언론대응을 원칙적으로 한 것이다. 노무현은 한국의 정치현실에 놓여 있는 문제를 집중적으로 바라보았고, 그것을 해결하기 위해 부단히 노력한 것이다.

제갈량의 능력은 집중에 있었다

조조는 마등을 죽인 후 주유가 사망한 틈을 타 동오로 진격해 손권을 토벌하기로 하였다. 하지만 바로 이때 정탐병이 돌아와 유비가 군마를 훈련시키고 무기를 수습해 서천을 취하려한다고 급하게 보고하였다. 크게 놀란 조조는 정책결정의 갈림길에서 망설이기 시작했다. 손권을 치자니 유비에게 세력 확장의 기회를 제공하는 셈이고, 유비가 서천을 취하면 호랑이가 날개를 단 격이니 그를 도모하기 힘들 것이었다. 하지만 그렇다고 유비를 치자니 동오를 공격할 절호의 기회를 잃는 셈이었다. 조조가 주저하며 결정을 못하자, 진군이 말했다.

- 손권과 유비는 입술과 이 같은 사이로 맺어져 있습니다. 유비가 서천을 탐내고 있다면 승상께서는 곧 뛰어난 장수를 뽑아 군사들을 이끌고 합비로 가서 그곳 군사들과 합친 뒤 강남으로 처들어가게 하십시오. 그러면 손권은 반드시 유비에게 지원을 요청할 것입니다. 그러나 유비의 욕심은 서천에 있으니 손권을 구해줄 마음이 없을 것입니다.

진군의 말을 들은 조조는 유비의 서천 진격을 남진하는 좋은 기회로 생각하고, 곧장 군사 30만을 일으켜 강남으로 내려갔다.

조조 군이 맹렬한 기세로 국경을 압박하자 당황한 손권은 노숙에게 형주로 사람을 보내 급히 지원을 요청하라고 명령했다. 손권으로부터 급한 전갈을 받은 유비는 그야말로 진퇴양난이었다. 동오를 내버려두자니 촉오동맹이 와해되어 조조로부터 각개격파당할 위험이 있고, 동오를 지원하자니 서천을 얻을 기회를 놓치는 셈이 되었다. 좀처럼 묘안이 떠오르지 않았다. 하지만 남군에서 막 형주로 돌아온 제갈량은 노숙이 보낸 전갈을 보자마자 별로 대수롭지 않다는 투로 말했다.

- 강남의 군사를 움직일 필요도 없고 형주의 군사를 움직일 필요도 없습니다. 조조가 감히 동남쪽을 엿볼 수 없게 할 수 있는 계책이 있습니다.

제갈량은 조조가 마등을 죽인 후 그의 아들 마초가 틀림없이 조조에게 설욕하려고 벼르고 있을 것이기 때문에 유비가 글을 보내 마초와 동맹을 맺고, 그로 하여금 중원으로 넘어오게 하면 조조가 강남을 엿볼 겨를이 없음을 꿰뚫고 있었다.

유비가 그의 말대로 하니 과연 마초가 스스로 서량대군 20만을 이끌고 맹렬한 가세로 치고 내려와 장안과 동관을 연달아 함락시키니 조조가 황망히 군대를 서쪽으로 돌려 마초에게 대항했다. 그 바람에 유비는 서천을 취할 수 있었다. 이처럼 상황을 직시하는 능력은 위기를 기회로 바꾸는 놀라운 힘이 되는 것이다.

제갈량의 신출귀몰함은 『삼국지』 전체를 통해서 확인이 되고 있다. 그가 이런 능력을 가지게 된 것은 그가 사람이나 사물을 집중적으로 바라보았기 때문에 가능했던 것이었다. 그가 융중에 있을 때, 그를 찾아온 유비에게 제시한 천하를 세 개로 나누어 가지겠다는 계책은 그냥 나온 게 아니었다.

강한 것을 이기는 것이 집중이다

노무현을 위한 변명

기원전 483년, 페르시아 왕 크세르크세스는 그리스를 단번에 정복할 수 있을 것이라고 생각했다. 그래서 최대 규모의 대군을 이끌고 원정에 나섰다. 역사가 헤르도토스는 그 규모를 500만 명이 넘는 것으로 추정했다.

페르시아군은 헬레스폰트 해협에 교량을 구축해 그리스로 들어가고 엄청난 해군을 동원해 그리스 함선을 항구에 꽁꽁 묶어둘 계획이었다. 이 계획은 완벽해 보였다. 그러나 크세르크세스가 침공준비를 마쳤을 때, 그의 책사 아르타바누스는 크게 염려하여 다음과 같이 조언했다.

- 세상에서 가장 강력한 세력이 왕을 대적하고 있습니다.

크세르크세스는 비웃었다.

- 어떤 세력이 나의 대군과 맞설 수 있다는 말인가?

아르타바누스가 염려한 강적은 군대가 아닌 바로 '땅과 바다'라는 천연의 장애물이었다. 크세르크세스의 대규모 함대를 수용할 만큼 크고 안전한 항구가 그리스에는 없었다. 또한 페르시아가 영토를 정복하면 할수록 보급로가 길어져 군량조달이 어려울 것이 자명했다.

크세르크세스는 그를 겁쟁이라고 무시하고 침공을 강행했다. 그러나 모든 것은 아르타바누스가 예측한 대로 돌아갔다. 페르시아 함대는 악천후를 만나 대거 침몰했다. 대규모 함대를 정박할 곳이 없었기 때문이다. 한편 페르시아 육군은 가는 곳마다 초토화시켰는데, 군량미로 써야 할 곡식과 음식물도 함께 파괴되었다.

그뿐만 아니라, 움직임이 굼뜬 탓에 페르시아 대군은 손쉬운 목표물이 되었다. 그리스군은 온갖 교묘한 작전을 구사해 페르시아 군을 혼란에 빠뜨렸다. 페르시아 군은 결국 엄청난 피해를 입고 패했다.

상황을 직시하고 이에 따른 해결책을 도출하는 일이야말로 어떤 일에 있어서나 가장 중요한 일이다. 이는 항상 겉에 드러난 상황만을 가지고 분석하는 습관에서는 좀처럼 얻을 수 없다. 보이지 않는 것을 보려는 노력과 능력이 대세를 판가름하는 중요한 열쇠임은 아무리 강조해도 지나치지 않을 것이다.

때로는 모든 상황을 깨끗하게 정리한 다음에 바라볼 수 있는 능력이 필요하다. 역사의 중요한 순간에 실패한 사람은 능력이 없어서가 아니라 집중해서 바라보지 않았기 때문에, 정작 중요한 것을 보지 못한 이다.

크세르크세르도 마찬가지이다. 그래서 그는 실패했던 것이다.

노무현을 위한 변명

강화도조약의 체결로 조선에 대한 열국의 문호개방 요구가 거세지면서 개항은 조선의 내부 정치의 최대 이슈로 부상했다. 개항을 해야 하느냐 말아야 하느냐 하는 문제를 두고 찬반세력이 끊임없이 대립하였다. 개항이 곧 개화였던 것이다. 개화를 반대했던 위정척사파, 국제 질서에 합류하기 위해 일본의 메이지유신을 본받아 급진적인 개화를 추진하자는 개화파, 중국식의 모델을 따라 온건하게 개화를 추진하자는 동도서기(東道西器)파의 대립이 그것이었다.

최익현, 이항노, 기정진을 비롯한 위정척사파로 알려진 이들은 재야 유림집단과 더불어 척사위정을 명분으로 개항을 반대하였다. 위정척사파들은 상당히 보수적인 민족주의 입장을 가지고 있어 왜양일체론을 내세워 어떤 형태의 개국도 반대했다. 이들은 주로 친청 입장을 취하고 있었다. 이들은 조선의 전통문화가 어떤 서구의 문화와 비교해도 결코 손색이 없기 때문에 개항할 필요가 없다는 것이었다.

또한, 기독교를 오랑캐 종교라며 배척했다. 오랑캐는 오랫동안 한국인을 괴롭혀 온 상징적인 존재였기 때문에 기독교를 오랑캐 종교라고 한 것은 기독교가 반국가 종교라는 의미를 담고 있었다. 위정척사파가 가장 이상적인 종교로 삼았던 것은 유학이었다. 이들은 유학이야말로 가장 이상적이고 바람직한 종교체계라는 의미에서 유학을, 정학(正學)이라고 불렀다.

이들은 개화정책을 철저하게 반대했는데, 그 대표적인 것이 1881년 3월에 있었던 영남만인소 사건이다. 이 사건의 발단은 온건한 개화를 추진하던 김굉집(후에 김홍집으로 개명)이 1880년 2차 수신사 일행을 이끌고 일본에 건너가 당시 주일 참사관이었던 황준헌의 『조선책략』을 가지고 와서 고종에게 헌사하면서 비롯되었다.

당시 가장 위험한 국가였던 러시아를 견제하기 위해서는 조선, 청나라, 일본, 그리고 미국이 연대하여 친중국, 결일본, 연미방의 외교정책을 써야 하고, 유럽 여러 나라와 수호통상하여 산업과 무역의 진흥을 꾀하고 서양기술을 습득하여 부국강병책을 실시해야 한다는 것이 주장의 골자였다.

이런 주장은 강대국의 위협에 처하고 있던 당시 정부 지도자들에게 호소력이 있었다. 김굉집을 통해 이 책을 받은 고종이 이를 대신들에게 검토하라고 지시했고, 이 책을 읽어 본 대신들 중 상당수가 당시의 급변하는 주변국들과의 변화에 효율적으로 대처하기 위해서는 외교정책의 일대 전환이 있어야 한다고 판단하고 『조선책략』을 복사하여 전국의 유생들에게 배포하였다.

그러나 전국의 유생들이 강력하게 반발했다. 그들은 친중국, 결일본, 연미방의 외교정책이 외국과의 개항을 불가피하게 만들고 결국 그로 인해 조선이 망국의 길로 갈 것이라 판단했다.

김윤식, 김홍집, 어윤중을 비롯한 동도서기파들은 중국식 개화정책을 주창했다. 이들은 중국형 개화정책을 모델 삼아 전통 고유문화를 계승하면서 서구의 문물을 선별적으로 받아들이는 정책을 통해 자강을 꾀해야 한다고 생각했다. 전통적인 동양의 종교와 윤리는 고수하면서 근대적 서양의 기술문명은 받아들여야 한다는 주장이었다. 과거 개화를 반대했던 유생들 가운데서도 서양의 기술문명의 선별적인 수용, 국립은행의 설치, 화폐정책의 개혁 등을 주창하는 이들이 생겨났다.

김옥균, 박영호, 서광범, 홍영식, 서재필 등 급진 개화당 지도자들은 일본의 메이지 유신을 따라 급진적인 개화를 주장했다. 이들은 위정척사파가 친청의 입장을 취한 데 비해 친일의 입장을 취했다. 특히 박영효는 1881년 7월 수신사로 일본을 방문한 적이 있고, 김옥균과 서광범은 강화도 조약이 체결되기 1년 전인 1875년에 비밀리에 한국을 떠나 일본에 건너가 진보사상을 접하고 돌아와 그들이 본 것을 왕에게 전해주었다.

또한, 김옥균은 왕에게 일본식의 화폐제도와 우편제도를 설립하고 촉망받는 30명의 젊은이들을 해외에 유학시킬 것을 건의하였다. 김옥균은 이듬해 고종의 허락을 받아 우표를 인쇄하고, 화폐 주조를 위한 은을 구입하고, 젊은이들을 일본에 유학시킬 목적으로 일본을 다시 방문했다.

이들 개화파들은 일본의 메이지유신을 모델로 철저한 개화를 추진하기 위해서는 먼저 봉건질서의 재편이 있어야 한다고 보았다. 봉건질서를 근본적으로 변혁시키고 빠른 시일 내에 서구의 기술문명을 받아들이며, 서구문화의 근간이 된 기독교마저 주저할 것 없이 과감하게 받아들일 것을 주창했다.

또한 이들은 양반제도를 타파해야 한다고 보았다. 중인, 무인, 승려 등 신분의 구애를 받지 않는 광범위한 정치체제를 구축하고 계급을 초월한 인재를 등용하는 정책을 과감하게 추진해야 된다고 외쳤다. 지금 열강이 성장하는 가장 큰 이유 중의 하나가 지배층과 피지배층의 균형인데 유독 조선은 지배층과 피지배층의 균형이 붕괴되고 있다는 것이다. 양반의 세력들이 피지배층에 비해서 너무 많기 때문에 이것이 조선의 성장을 저해하는 요인이 된다고 보았다.

노무현의 말대로, 지도자는 역사를 바라보는 관점이 있어야 한다. 고종은 역사를 후퇴시킨 장본인이다. 그가 역사를 후퇴시킨 중요한 이유는 문제를 집중적으로 바라보지 않았기 때문이다. 임시방편으로 현실을 회피하기 위하는 생각이나 행동은 모두 백성을 고통으로 몰아가는 민본(民本)과는 거리가 먼 것이기 때문이다.

노무현을 위한 변명

개방적인 태도를 가져라

정치권력의 핵심은 정보이다

노무현의 재임 중에 계층 간, 지역 간 불균형 해소도 큰 과제 중의 하나였다. 더불어 도덕적으로 우수한 사회, 성숙한 사회도 노무현이 대통령으로 재직하던 시기에 부닥쳐 있는 역사적 과제 중의 하나였다. 이를 바라보는 노무현의 생각은 어땠을까. 그의 말을 들어보자.

지도자의 사명은 여러 가지 기능적인 요소도 잘해야겠지만 그 시기의 역사적 과제를 정확하게 짚고, 진보의 방향을 올바르게 설정하고, 그것을 위해서 전략을 가지고 노력해야 되는 것입니다. 대통령을 하던 5년을 돌아보니 역사적 과제의 측면에서 약간씩 진보하였지만, 특별히 대단하게 이룬 것은 없습니다. 그러나, 정확한 위치에 서 있다고 봅니다. 말하자면 주제를 정확하게, 의제를 정확하게 선택해서 역사적 과제에 정면으로 도전하고 있다고 생각합니다.

그는 이러한 것들이 민주주의를 한 단계 더 끌어올리는 것이라고 생각했다. 그리고 자신이 대통령으로서, 혹은 정치권력으로서 할 만큼 해 봤다고 보았다. 민주주의가 한 단계 더 발전하느냐,

아니냐는 결국 시민들의, 최종적으로 시민들의 선택에 의해 결정되는 것으로 파악했다.

그는 미래 정치 지도자가 내걸어야 할 비전은 경제가 아니고 도덕적으로 성숙한 사회, 민주적으로 성숙한 사회라고 보았다. 다시 말하면, 결국 시민이 최종 선택을 하기 때문에 '시민 사회를 재조직해보자'는 것이다. 지난날 노사모가 역사의 새로운 경험이었으니 그 경험을 되살려서 새로운 시민 사회를 조직해보는 것이다. 시민들이 조직이 되어서 정책의 인과관계를 정확하게, 현재의 이해관계와 미래의 이해관계 이런 것들을 정확하게 이해하고, 그래서 마침내 정확하게 선택해나가는 일종의 시민운동이라고 할 수 있다는 것이다.

그는 여기에 필요한 것이 정치학이라고 생각했다. 정치 메커니즘에 관한 올바른 이해, 정치 메커니즘의 이상과 현실에 대한 올바른 이해, 그것이 정치전략을 위해서 필요하다고 본 것이다. 그 다음에 민주주의에 대한 올바른 이해, 그 다음에는 지도자론, 크고 작은 범위에서의 지도자론, 이런 것들이 필요한 지식들이라는 것이다.

노무현은 권력의 3대 요소를 정보와 공권력, 그리고 돈으로 보았다. 정보와 돈과 권력 사이에 상호 연결고리들이 만들어졌을 때, 지배구조가 만들어진다는 것이다. 그런데, 이 정보가 통제되지 않을 때, 이 정보를 활용해 시민들이 시민적 논리로, 시민적 이론으로 무장하게 되었을 때, 권력은 시민사회로 이동해 온다는 것이다.

　　　　　　　　　　　　　　　　노무현을 위한 변명

👥 권력이 없이는 아무것도 안 된다

그의 말을 잠시 더 들어보자.

> 그래서 지배구조에 참여하고 권력에 참여하는 논리를 만들어야 합니다. 지금까지 피지배계층은 전부 다 권리를 거부하는 논리들을 주로 가지고 있었습니다. 하지만, 권력 없이는 아무것도 할 수 없습니다. 권력을 장악해야 합니다. 어떤 지배를 거부하기 위해서는 권력을 장악해야 합니다.

그는 권력을 변화시키기 위해서 권력에 참여하고, 권력을 장악하는 전략들을 새롭게 세워나가야 한다고 본다. 그러면서 권력은 위임하되 지배는 거부하는 그런 사회를 만들어야 한다는 것이다. 그러니까 권력을 향해서 한발 한발 나아가는 시민들이 조직되어야 하는 것이다.

그의 말을 더 들어보자.

> 진정한 의미에서의 권력은 시민들의 머릿속에 있습니다. 좀 더 개방적인 사고를 가지고 접근하면 권력은 시민들의 머릿속에 있다는 제 말을 이해할 수 있을 것입니다.

그는 새로운 연대도 필요하다고 말한다. 시장 권력에서 성공한 사람들, 즉 뒷거래 시대에 성공한 사람들이 아니라, 시장경제에서 성공한 새로운 시장의 주류들이 있는데, 그 사람들과 더불어서 새롭게 어떤 세력을 묶어보는 모색도 필요하다는 것이다.

세계 역사에서 영국의 신사계급이 영국의 민주주의 발전에 상당히 큰 역할을 했던 것처럼, 관용의 정신과 타협을 아는 사람들과의 연대가 필요하다는 것이다.

결국 민주주의는 시민들의 행동 속에 있다는 것이다. 다른 메커니즘으로는 진보가 보수를 도저히 이길 수 없다는 것이다. 그는 또한 국가 시스템을 운영하는 공무원들이 민주화되어야 한다고 말한다. 덧붙여서 아무리 좋은 민주주의 선거제도, 정당제도를 만들어 놓아도 정당을 운영하는 사람이, 선거제도에 참여하는 시민들이 제대로 하지 않으면 실패한다고 말한다.

노무현의 말은 민주주의 발전을 위해서 개방적인 태도를 가지라는 말로 요약할 수 있다. 노무현 스스로 개방적인 태도로 살았기에 이를 확신하고 있는 것이다.

🧑‍🤝‍🧑 성을 얻는 것보다 마음을 얻는 것이 중요하다

225년, 제갈량은 위기상황에 직면했다. 위나라가 북쪽에서 촉한을 향해 전면공격을 해오고 있었다. 게다가 위나라는 촉한의 남쪽에 있는 오랑캐들과 동맹을 맺고 있었다. 오랑캐들을 이끄는 우두머리는 맹획이었다. 제갈량은 북쪽에서 다가오는 위의 세력을 물리치기 전에 먼저 남쪽의 위협을 막아내야 했다.

제갈량이 오랑캐와 싸우기 위해 남으로 진군할 준비를 하자 한 지혜로운 신하가 조언을 했다. 오랑캐들을 힘으로 완전히 진압하는 것은 불가능하다는 얘기였다. 맹획을 물리칠 수 있을지 모르나 제갈량이 위의 세력을 막기 위해 북쪽으로 돌아서자마자 맹획이 다시 공격해올 것이라고 그 신하는 말했다.

- 성을 얻는 것보다 사람의 마음을 얻는 것이 더 현명합니다. 무기로 싸우는 것보다 마음으로 싸우는 것이 낫습니다. 부디 그자들의 마음을 얻으시길 바랍니다.

제갈량이 이렇게 말했다.

- 자네가 나의 생각을 읽었군.

제갈량의 예상대로 맹획은 거세게 공격해왔다. 그러나 제갈량은 꾀를 써서 맹획과 그의 병사들 대부분을 생포했다. 하지만 그는 포로들을 벌하거나 처형하지 않고 그들의 족쇄를 풀어준 뒤에 음식과 술을 융숭하게 대접하고 말했다.

- 너희는 모두 착한 사람들이다. 너희에게도 고향에서 기다리는 부모와 처자식이 있을 터, 너희가 죽으면 그들은 가슴을 치며 슬퍼할 것이다. 살려줄 테니 집으로 돌아가 가족들을 위로해주어라.

잠시 후, 제갈량은 맹획을 불러 말했다.

- 너는 살려주면 무엇을 하겠느냐?

- 군대를 다시 모아 당신의 군대와 싸우겠소. 그러나 나를 또다시 생
  포한다면 그때는 당신 이겼음을 인정하겠소.

제갈량은 맹획을 풀어주었고 말과 안장까지 선물로 주었다. 부
관들이 흥분하며 왜 풀어 주냐고 묻자 제갈량이 말했다.

- 나는 호주머니에서 물건을 꺼내는 것만큼이나 쉽게 저 자를 다시 생
  포할 수 있네. 나는 저 자의 마음을 얻으려고 하는 것이야. 그러면
  남쪽의 평화는 저절로 얻어지지 않겠는가.

맹획은 자신의 말대로 다시 공격을 해왔다. 그러나 제갈량에게
관대한 대우를 받았던 그의 부하들이 반란을 일으켜 맹획을 잡
아다가 제갈량에게 넘겼다. 제갈량은 지난번과 같은 질문을 맹획
에게 던졌다. 그러나 맹획은 자신이 공정하게 패한 것이 아니라
부하들의 배신 때문에 진 것이라면서 자신을 살려주면 또 싸울
것이고, 만일 세 번째 생포되면 그때는 제갈량의 승리를 인정하겠
다고 말했다.

그 후 몇 개월 동안 제갈량은 기지를 발휘해 세 번이나 더 맹획
을 잡았다.

그때마다 맹획의 병사들은 사기가 떨어졌다. 제갈량이 매번 훌
륭하게 대접했기 때문에 싸울 마음이 없어진 것이다. 그러나 제갈
량이 항복을 요구할 때마다 맹획은 핑계를 대면서 그럴 수 없다고
했다. 이번엔 당신이 속임수를 썼다. 이번엔 내게 운이 따르지 않
았다, 하는 식으로 말이다. 그는 언제나 다음에 또 잡히면 그때

노무현을 위한 변명

항복하겠다고 말했다. 그러면 제갈량은 풀어주었다.

제갈량에게 여섯 번째 붙잡혔을 때 맹획이 말했다.

- 당신이 나를 일곱 번째로 잡으면, 그때는 충성을 바치고 반항하지 않 겠소.

- 좋아, 하지만 그때는 절대로 풀어주지 않겠다.

풀려난 맹획은 부하들을 거느리고 오과국으로 향했다. 여러 번 패배를 당한 맹획에게 남은 희망은 이제 하나였다. 그는 막강한 군대를 거느린 오과국의 왕 올돌골에게 도움을 청하기로 했다. 올돌골의 군사들은 기름에 담갔다가 말려서 단단해진 등나무로 엮은 갑옷을 입고 있었다.

맹획과 올돌골의 군대는 제갈량을 향해 진군했다. 제갈량은 그 들의 군대를 좁은 계곡으로 유인하여 사방에 불을 놓았다. 불꽃 이 올돌골 병사들의 갑옷에 붙자 순식간에 군대 전체가 불길에 휩싸였다. 갑옷에 기름이 배어있어서 쉽게 불이 붙었던 것이다. 올돌골의 군대는 전멸했다.

제갈량은 아수라장이 된 계곡에서 살아남은 맹획과 그 측근들 을 잡아왔다. 이번이 일곱 번째였다. 상대방의 군대를 무참히 살 육한 뒤라 제갈량은 차마 맹획을 마주할 수가 없었다. 그는 대신 부하를 보냈다.

- 무후께서 당신을 풀어주라 하셨소.

맹획은 눈물을 흘리며 땅에 주저앉더니 양손과 무릎으로 제갈량이 있는 데까지 기어가서 항복을 표했다.

- 무후께서는 하늘같은 은혜를 베푸셨습니다. 우리 남쪽 사람들은 다시는 반항을 꾀하지 않겠습니다.

제갈량이 물었다.

- 이제 항복하겠소?

- 맹씨 일가는 자자손손 무후의 은혜를 가슴 깊이 새기겠습니다. 어찌 항복하지 않겠습니까?

제갈량은 성대한 연회를 열어 맹획을 먹이고 그를 다시 남방의 왕위에 앉혔으며, 빼앗은 땅도 되돌려주었다. 그리고 남쪽에 주둔군도 남겨두지 않은 채 군대를 이끌고 북으로 향했다. 제갈량은 다시 남쪽을 치려고 내려올 필요가 없었다. 맹획이 이미 충성스러운 동맹이 되어 있었기 때문이었다. 성을 얻는 것보다 마음을 얻는 것이 더 중요함을 제갈량은 알고 있었던 것이다. 또한, 마음을 얻으려면 개방적인 태도를 지녀야 함은 물론이다.

　　　　　　　　　　　　노무현을 위한 변명

🫂 무엇인가를 얻기 위해서는 변신이 필요하다

아테네의 야심만만한 정치가이자 군인인 알키비아데스는 누구를 만나든 상대의 기분과 취향을 금세 파악했고 상대의 내적인 욕구를 반영하는 말과 행동을 할 줄 알았다. 그는 상대방의 가치관에 동조하는 것처럼 보임으로써 상대를 유혹했다. 또한 자신의 목표는 상대를 본보기로 삼아 닮는 것이라거나 상대의 꿈을 실현하도록 돕는 것이라는 인상을 심어주었다. 그의 이러한 매력에 넘어가지 않는 사람은 거의 없었다.

그의 매력에 빠진 첫 번째 인물은 철학자 소크라테스였다. 알키비아데스는 소크라테스를 만날 때면 소크라테스와 같이 진지해지고, 적게 먹었으며, 소크라테스와 산책을 하면서 철학과 미덕을 논했다. 소크라테스도 알키비아데스가 호화로운 생활을 즐겼고 부도덕하다는 것을 알았지만, 자신과 함께 있을 때만은 자신의 정숙한 기운에 영향을 받아 감화되는 것이라고 믿었다. 자신이 그를 제압하는 힘을 가지고 있다고 느낀 것이다.

소크라테스는 이런 생각에 도취되어서 알키비아데스의 열렬한 지지자가 되었다. 전쟁터에서 목숨을 걸고 그를 구해주기까지 했다.

그는 대중의 소망을 겨냥하고 그들의 욕망을 거울처럼 반영하는 뛰어난 능력을 갖고 있었다. 그는 시칠리아 공격을 지지하는 연설을 할 때, 그 공격으로 인해 아테네가 큰 부를 얻고 자신 역시 무한한 영예를 얻을 것이라고 생각하고 있었다. 하지만 연설

내용에서는 조상들의 승리에 기대어 살기보다는 스스로 영토를 정복해나가고자 하는 아테네 젊은이들의 열망을 강조했다.

또 한편으로는 아테네가 페르시아를 공격하던 영광스런 시절에 대한 노인들의 향수를 반영하는 표현을 사용하였다. 모든 아테네인들이 이제 시칠리아 정복을 꿈꿨다. 알키비아데스의 계획은 시민들의 동의를 얻었고 그는 시칠리아 원정대의 지휘관으로 임명되었다.

그러나 시칠리아 원정에서 알키비아데스는 성상을 모욕했다는 누명을 쓰게 되었다. 그는 고향에 돌아가면 적들에게 처형당할 것을 알고 마지막 순간에 조국을 등지고 아테네의 적국인 스파르타로 도망쳤다. 스파르타인들은 그를 환영했지만 그에 대한 평판을 익히 들은 터라 한편으로는 경계심을 품었다. 알키비아데스는 사치를 좋아했지만 스파르타인들은 검소함과 엄격함을 중시하기 때문에, 알키비아데스가 젊은이들을 물들이지 않을까 우려했다.

그는 재빨리 수수한 머리스타일을 하고 찬물로 목욕을 했으며 거친 빵과 간소한 재료로 만든 묽은 수프를 먹었고 검소하게 옷을 입었다. 스파르타인들은 그가 스파르타 생활방식을 아테네보다 훨씬 우월하다고 여기는 것으로 믿었다. 고향을 버리고 스스로 스파르타인이 되기로 '선택'한 인물보다 더 환영을 받을 자가 어디 있겠는가. 하지만, 그는 스파르타 왕의 아내를 유혹하여 임신시키는 실수를 범했다. 이 사실이 알려지자 그는 다른 곳으로 도망가야 했다.

이번에는 페르시아로 갔다. 거기서는 스파르타의 소박함을 버리고 페르시아의 화려한 스타일을 따랐다. 물론 페르시아인들은 아

노무현을 위한 변명

테네 출신의 남자가 페르시아 문화를 그토록 사랑하는 것을 보고 큰 인상을 받았다. 그래서 그에게 명예와 권력을 주었다. 결국 알키비아데스는 아테네로 다시 돌아갈 수 있었다.

알키비아데스는 자신이 원하는 것을 얻을 수 있는 방법을 알았고 그것을 철저하게 행동에 옮겼다. 그는 프레임(Frame)에 갇히면 프리덤(Freedom)을 잃는다는 원칙을 잘 알고 있었던 것이다.

> 폐비할 때 참여한 재상과 궁궐에서 나갈 때 시위한 재상 및 사약을 내릴 때 참여한
> 재상들을 『승정원일기』를 조사하여 모두 아뢰어라.

피의 광풍이 몰아쳤던 갑자사화는 이렇게 시작된다. 연산군의 어머니 폐비 윤 씨에게 사약을 들고 간 이세좌의 가족과 친족들은 모조리 처형되었으며, 이극균, 윤필상이 사약을 받았고 이미 죽은 한명회, 정창손, 이재겸 등이 폐비 논의 때 찬성했다 하여 모조리 부관참시를 당했다. 거기다가 연산군은 무오사화 때 유배된 사람들에게도 당시의 형이 공평하지 않았다 하여, 유배지에 있던 사림파들을 모조리 사사했다.

이 갑자사화 때 등장한 형벌이 '쇄골표풍'이다. 쇄골표풍이란 시체의 뼈를 빻아 바람에 날려 버리는 형벌을 말한다. 조상 숭배를 중요한 덕목으로 삼던 당시에 쇄골표풍은 제사를 지낼 근거마저 없애 버리는 극악한 형벌이었다. 이미 효수한 이세좌와 윤필상이 죽은 후에 쇄골표풍의 형벌을 다시 받았다.

연산군의 어머니인 윤 씨는 어떠한가. 1479년 6월 13일 성종은 윤 씨를 왕비의 자리에서 퇴출시키는 파격적인 결정을 하고 이를 종묘에 고하였다. 교서에서는 투기죄와 궁인을 해치려 한 죄, 실덕(失德) 등이 언급되어 있지만 오래도록 성종과 성종의 어머니인 인수대비 한 씨와 갈등을 빚어 온 것이 원인이었다. 폐출된 왕비 윤 씨는 성종의 두 번째 왕비였다.

윤기견의 딸로서 1473년 숙의에 봉해졌던 윤씨는 1474년 8월 9일에 일약 왕비의 자리에 올랐다. 그리고 같은 해 11월에 연산군을 낳음으로써 아주 귀하신 몸이 되었다. 출생연도가 확실하지는 않지만, 아마도 성종보다는 나이가 많았던 것으로 추정된다. 그리고 실록의 기록을 토대로 보면 성격이 강했다는 것을 알 수 있다.

더구나 어린 성종은 누님뻘인 왕비보다는 후궁들을 더 좋아했다. 소용 정 씨와 엄 씨를 찾는 발길이 잦았고, 제헌왕후 윤 씨는 이를 바라만 보고 있지 않았다. 윤 씨는 연적들을 제거하기 위하여 민간요법을 쓰기도 했고, 후궁들이 자신과 세자를 죽이려 한다는 투서를 올려 정소용과 엄소용을 곤경에 몰아넣기도 하였다.

그러나 투서의 실질적인 작성자가 윤 씨로 밝혀지고, 윤 씨의 처소에서 비상이 발견되자 성종은 왕비의 폐출을 심각하게 고민하게 되었다. 이때마다 윤 씨를 변호한 수단은 '원자의 생모', 즉 차기 왕위 계승자 연산군의 어머니라는 확실한 무기였다.

그러나 이후에도 성종과 윤 씨의 갈등은 계속되었고, 성종이 후궁을 찾는 것에 반발하여 윤 씨가 성종의 얼굴에 손톱자국을 내는 사태까지 벌어지게 된다. 이제 두 사람의 파국은 시간문제였다. 거기에 시어머니 인수대비 한 씨가 가세하였다. 시어머니 한 씨에게는 조신한 며느리보다는 아들과 맞먹는 며느리의 이미지를 보이는 윤 씨가 마뜩치 않았을 것이다. 1475년, 인수대비는 『내훈』을 편찬하여 여성의 조신한 이미지를 거듭 강조하였다.

이러한 시기에 폐륜적인 이미지의 왕비는 왕실에서 하루 빨리 제거해야 할 대상이었다. 인수대비는 마침내 성종에게 윤 씨를 폐위할 것을 요구했고, 1479년 조선 역사상 처음으로 왕비가 사

노무현을 위한 변명

가에 쫓겨 가는 초유의 사태가 발생했다. 그리고 사가에 폐출되는 것으로 그치지 아니하고, 1482년 성종이 내려준 사약으로 인해 죽는 비극적인 최후를 맞이하게 된다.

갑자사화가 잠잠해지자 연산군은 전국에 운평을 두었다. 기생의 이름을 운평이라고 바꾸어 부른 것인데, 대궐로 뽑혀 들어온 운평을 흥청이라고 했다. 연산군이 흥청과 같은 기생을 끼고 노는 것을 한탄한 백성들은 연산군의 위세에 눌려 감히 그 앞에서 말을 하지는 못했지만 이를 조롱하고 비판하는 의미로 '흥청망청(興淸亡淸)'이라는 말이 민간에서 유행을 하였다. 흥청들과 놀면서 정사에 관심이 없는 연산군으로 말미암아 나라가 곧 망할 것이라는 생각에서였다.

연산군은 채홍사를 임명하여 각 지방에 파견했다. 운평은 처음에는 300명 정도였는데 나중에는 늘어나서 1,300명이나 되었다. 연산군이 총애했던 후궁 중에는 장녹수가 가장 유명했다. 장녹수는 원래 제안대군 집안의 여종이었다. 노래를 잘해서 입술을 움직이지 않아도 소리가 맑아서 들을 만하였으며, 나이는 30세였으나, 얼굴은 16세 아이와 같았다 한다.

연산군은 사냥을 좋아해서 봉순사란 관청을 새로 설치하고 말과 매를 기르기 위한 운구와 옹방을 두었다. 그뿐만 아니라, 양주, 파주, 고양 등 도성과 가까운 고을 인가 사방 100리를 허물어 사냥터를 만들었다. 이곳에 푯말을 세우고 통행을 금지시켰다. 이곳을 범한 백성은 사형에 처했다. 이것이 바로 금표(禁標)이다.

금표 안에는 공·사천을 구분하지 않고 모두 들어가게 하니, 사대부의 노비와 역리·관속들이 앞을 다투어 투입하고, 호활(豪猾)한 자는 떼를 지어 금표 밖에서 도둑질하다가 금표 안으로 달아나 백일하에 공공연히 약탈을 감행하니, 금표 안의 백 리가 모두 도둑의 소굴이 될 정도로 무법천지였다.

민본(民本)은 사사로운 감정이 개입되면 순식간에 어그러진다. 더군다나, 백성을 하나의 도구나 수단으로 삼았으니, 연산군이 쫓겨난 것은 당연한 것이다. 어느 시대를 막론하고 백성은 목적이 되어야 한다. 이순신이 무릇 군인은 충성을 다해야 하고, 그 충성의 대상은 임금이 아니라 백성이라고 한 말의 의미를 잘 새겨야 할 것이다.

재량권을 부여하라

나는 구시대의 마지막 청소부이다

노무현이 퇴임하기 직전인 2007년 가을, 정국은 그가 생각하는 대로 돌아가지 않았다. 그 때문에 그는 무척 심란하였다. 2002년 대선 때 자신에게 표를 주었던 지지자들이 주눅 들어 있고, 2007년 대선 판은 한나라당으로 기울고 있었다. 이미 기울어진 운동장을 어찌할 수 없는 상황이었다. 그때도 역사의 큰 흐름을 볼 때 세상은 점점 나아지고 있었을까? 그에 대해서 노무현은 이렇게 대답했다.

> 점점 나아지고 있다고 생각합니다. 지금은 느낌이 전혀 오지 않지만, 그럴 거라는 믿음을 가지고 있습니다. 지금 같아서는 전혀 그런 분위기가 아닌데, 세상은 진보할 수밖에 없다는 믿음에서 일을 하고 있습니다.

노무현을 위한 변명

노무현은 임기 초반, 2002년 대선 자금을 수사할 때 이런 말을 하였다.

> 새 시대를 여는 맏형이 되고 싶었는데 구시대의 막내 노릇을 할 수밖에 없다.

그 이유에 대해 노무현은 이렇게 말했다.

> 새로운 시대의 맏형이라는 뜻은 이전과는 다른, 이른바 불법과 합법의 대결 시대가 아니라 대화와 타협이라는 새로운 수준의 민주주의 시대를 여는 사람이 되겠다는 희망을 가지고 있었습니다. 그러나 막상 대통령을 시작해보니 야당은 나를 인정하지도 않고 여러 가지 노력을 해도 대화를 열어가기가 어려웠습니다.

그러는 사이에 대선자금 문제가 터져 버렸다. 대화와 타협의 문제가 아니라 대선 자금을 둘러싼, 노무현 스스로 자유롭지 않은, 약간은 남아 있지만 덮고 넘어가도 되겠다고 생각한 몇 가지 찌꺼기들을 다시 청소해야 하는 상황이 벌어진 것이다. 그래서 그는 어쩔 수 없이 구시대의 마지막 청소부가 되어 버린 것이다.

새 집에 들어와서 새 살림을 꾸리겠다고 생각했는데, 막상 새 집에 들어와서 보니 쓰레기들이 많았다. 그 쓰레기 대청소를 해나가는 과정이 결국 노무현도, 상대방도 자유롭지 못한 대선자금의 청산과정이었다. 그러면서 그는 대통령으로서의 정통성에 많은 상처를 입었고, 그가 할 몫을 다시 낮추어야 했다.

구시대의 막내 노릇, 마지막 청소부로, 그렇게 할 수밖에 없다는 심경을 담아서 그는 '구시대의 마지막 막차'라는 표현을 쓴 것이다. 그런 과정을 겪으면서 그는 이렇게 말했다.

> 투명성과 공정성, 그리고 원칙적인 법치주의, 이것만으로는 성숙한 민주주의가 이루어지지 않습니다. 여기에서 한발 더 나아가 상대를 인정하고, 존중하고, 그러면서 대화하고, 타협하고, 협상을 해서 결론을 하나로 모아가는 통합의 과정이 부드럽게 이루어질 때에야 비로소 민주주의의 통합적 기능이 제대로 발휘되는 것입니다.

참여정부는 실현 가능한 진보를 추구한다

노무현은 스스로 참여정부를 진보의 정부라고 하였다. 그러면서 참여정부가 보여주는 진보의 색깔을 여러 가지 각도로 분석했다. 가장 먼저 나온 색깔이, 노무현은 실현가능한 진보라고 규정하였다. 그의 말을 들어보자.

> 국민의 정부, 참여정부의 진보는 민주노동당의 진보와는 좀 다릅니다. 현실에서의 채택이 가능한 대안, 그리고 타협 가능한 수준으로 정책을 만들고 현실에 적용 가능한 대안을 만듭니다. 세상 돌아가는 이치에 맞는 정책이라야 그 정책이 성공할 수 있을 것입니다.

그가 말한 실현가능한 진보, 즉 실용적인 진보는 시장친화적인 진보와 연결이 된다. 재원 조달이 가능한 정책을 내야 한다. 예산의 구조조정도 한계가 있고, 세금을 함부로 만들고, 올릴 수도 없다. 현실에 적용 가능한 진보, 그러니까 실용적인 진보이다. 다시 말하면, 시장친화적인 진보이다. 시장주의의 본질에 반하는 정책은 실현되기도 어렵고 억지로 실현하려고 해도 오래가지 못하고 왜곡이 발생해서 실패한다고, 그는 강조하고 있다.

또, 그는 개방지향의 진보를 역설했다. 개방의 문제를 이념의 문제로 볼 이유가 없다. 그래서 능동적 개방주의를 채택하고 있다는 점이 기존의 진보와는 다르다는 것이다.

그는 배타하지 않는 자주도 중요한 가치라고 말한다. 그에 따르면, 반미, 이것은 또한 사대주의이다. 미국을 배타적으로 볼 이유는 없다. 바로 잡을 것만 냉정하게 바로 잡아가면서, 또 바로 잡고 고칠 것은 고치되, 한꺼번에 마음 상하게 해서는 좋은 일도 없고 다 성취할 수도 없다. 합리적으로 대응해나가는 자주의 노선이 필요하다.

이처럼, 노무현의 정치철학 속에는 엄연히 재량권을 부여하는 내용이 많이 들어 있다. 시민이 적극적으로 행동하고, 적극적으로 개입하고, 적극적으로 참여하기를 바라는 것이다. 그간의 정치인들과는 확연히 다른, 정치학자 같은 냄새가 많이 난다. 그만큼 그는 치열하게 토론하고 공부하면서 대통령직을 수행했던 것이다. 그가 구상하는 재량권은 참으로 통이 크고 심대하기까지 하다. 대통령이 모든 것을 다하지 아니하고, 정부가 모두 간섭하지 아니하고, 시민을 지렛대 삼아서 '사람 사는 세상'을 만들려고 했던 것이다. 시민에게 권력을 이양한다는 것은 우리가 알고 있는 재량권과는 차원이 다른, 궁극적인 재량권이라고 할 수 있다.

👥👥 제갈량, 재량권을 부여하여 네 갈래 적을 막다

유비가 백제성에서 유명을 달리했다는 소식이 전해지자 조비는 사마의의 계책에 따라 남만과 서번, 동오 등 다섯 개의 군마를 재물과 땅으로 매수하여 대군을 일으켜 촉으로 진군했다. 촉으로서는 절체절명의 위기라 하지 않을 수 없었다. 이제 막 왕 위에 오른 유선은 이 소식을 듣고 낯빛이 하얗게 질려 제갈량을 불렀다. 그런데 어찌된 일인지 제갈량이 병을 핑계로 사흘이나 두문불출하는 것이 아닌가. 촉의 관리들은 불안에 떨었다.

달리 뾰족한 계책을 찾지 못한 유선이 군사들을 이끌고 승상부로 찾아가보니 제갈량이 대나무 지팡이를 짚고 연못가에 서서 물고기 노니는 것을 구경하고 있는 것이 아닌가. 유선이 조비가 다섯 갈래로 쳐들어오고 있다고 말하니 제갈량은 시원스럽게 웃으면서 이렇게 말했다.

- 다섯 갈래로 길을 나눈 적의 대병이 오고 있음을 신이 어찌 모르겠습니까. 신은 한가로이 물고기가 노니는 것이나 구경하고 있는 것이 아니라 깊이 생각하고 있던 것입니다.

제갈량은 곧 의미심장하게 말을 이었다.

- 번왕 가비능과 만왕 맹획, 우리를 저버리고 간 맹달과 위의 장수 조진이 거느린 네 갈래 군마는 이미 신이 물리쳤습니다. 오직 손권이 보낸 한 갈래 군마만 남았으나 그것도 물리칠 계책이 이미 신에게 있습니다. 다만 언변이 유창한 사람을 써야 하는데, 그런 사람을 아직 구하지 못해 그걸 깊이 생각하고 있던 참입니다.

　　　　　　　　　　　　　　노무현을 위한 변명

과연 그에게는 어떤 비결이 있었던가? 그의 용병 전략은 현실에서 출발하여 다섯 갈래의 적의 약점을 간파하고 그 약점에 따라 일일이 대응책을 구사했던 데서 출발한다. 그가 가장 눈여겨 본 것은 바로 허술한 군사동맹이었다.

허술한 군사동맹은 내부적으로 각 구성원의 이해관계가 완전히 일치하지 않기 때문에 결속력도 약하고 행동방식도 통일되기 어렵다. 따라서 이런 동맹은 겉으로는 막강해 보이지만 각 구성원의 힘을 모두 합친 것에는 턱없이 모자라는 경우가 많다.

서번과 남만, 동오, 맹달, 조위 등 이 다섯 개의 세력은 얻으려는 바가 제각각이고, 모두 다른 속셈을 가졌기 때문에 이들의 연합군은 오합지졸에 불과했다. 제갈량은 예리한 통찰력으로 이 점을 간파하고 각각의 적을 겨냥해 대책을 구사했던 것이다.

우선 서번의 군마에 대해서는 마초의 부하 마대가 오랫동안 서량에 근거지를 두었던 인연으로 마초가 강족에게 신위천 장군이라 불릴 만큼 대단한 존경을 받고 있는 데 착안하여, 몰래 사람을 보내 마초에게 명을 내려 서평관을 굳게 지키게 하는 한편, 네 갈래 기병들을 숨겨두고 매일 그들을 바꿔가며 싸워 막게 했다. 과연 서번의 군사들이 서평관으로 나갔다가 마초를 보고는 싸워보지도 않고 자진해서 물러갔다.

또, 남만의 맹획에 대해서는 남만의 군사들이 용맹하기는 하나 의심이 많기에 위연을 보내 군사를 이끌고 동에 번쩍, 서에 번쩍 하면서 싸우게 하여 군사가 많은 것처럼 보이게 했다. 그러자 맹획은 감히 더 나오지 못하고 퇴각했다.

다음으로 맹달에 대해서는 그가 일찍이 이엄과 생사를 함께 하기로 맹세할 만큼 두터운 사이였던 터라 이엄의 글씨를 흉내 내어 맹달에게 보냈더니 반쯤 진격하다가 갑자기 병을 핑계로 더 이상 나오지 않았다.

양평관으로 밀고 들어온 조진에 대해서는 양평관의 땅이 험하고 산이 높아 지키기 쉬운 곳이기 때문에 조자룡에게 한 갈래 군사를 주어 험한 곳에서 굳게 지키되 싸우지는 말라고 했다. 그러자 조진은 사곡도에 머물러 있다가 설불리 공격하지 못하고 오래잖아 스스로 물러났다.

마지막으로 제갈량은 손권이 일찍이 조비가 세 갈래 군사를 일으켜 습격했던 사실에 원한을 품고 있기 때문에 이번에도 쉽게 군대를 일으키지 않을 것임을 헤아렸다. 이 때문에 말 잘하는 사람을 동으로 보내 손권을 설득시켜 연합공격에서 손을 떼도록 하려는 것이었다.

과연 제갈량의 예상은 빗나가지 않았다. 손권은 조비의 출정명령서를 받은 후 억지로 승낙하기는 했지만 출정을 차일피일 미루며 형세를 관망하고 있었던 것이다. 그런데 네 갈래 군대가 공격도 해 보지도 못하고 퇴각한 데다가 제갈량이 보낸 사자가 설득하니 위를 버리고 서촉과 다시 손을 잡았다.

일반적으로 병가에서는 적이 여러 방향에서 공격하여 올 때는 군대를 나누어 대응하는 것을 가장 금기시한다. 하지만 제갈량은 적들의 상황을 자세히 알고 있기 때문에 각각 다른 방향에 대한 대응책을 마련하고 재량권을 부여하여 적의 공격을 무력화시켰다. 그는 또 관흥과 장포로 하여금 각각 군사 3만을 이끌고 적당한 곳에 주둔하고 있다가 네 갈래 어디서든 일이 생기면 곧 달려

노무현을 위한 변명

가 구할 수 있도록 했다.

👥 모든 것을 자신이 통제하면 재앙을 피할 수 없다

1800년 나폴레옹은 마렝고 전투에서 오스트리아를 무찌르고 이탈리아 북부를 장악했다. 이 패배로 오스트리아는 강제조약을 맺어 프랑스의 오스트리아 및 벨기에 지방에서의 영토 확장을 승인해야 했다. 이후 5년 동안 불안정한 평화상태가 유지되었다. 그러다 나폴레옹이 스스로 황제의 자리에 오르자 유럽에서는 코르시카 섬 출신인 이 신출내기의 야심이 끝도 없는 것 아니냐는 의구심으로 긴장감이 팽배해졌다.

당시 오스트리아의 병참감이자 군대의 원로 실세였던 마크는 대규모 군대를 확보해 프랑스를 선제 공격하자는 주장을 펼쳤다. 그는 "전쟁의 목적은 적을 격파하는 것이지, 단순히 패배를 피하는 것이 아니다"라고 말하며 동료들을 설득했다.

그와 뜻을 같이하는 장교들이 늘어나 그의 주장이 서서히 힘을 얻으면서 1805년 4월 오스트리아, 영국, 러시아 3국은 동맹조약을 체결하였다. 프랑스와 전쟁을 하여 나폴레옹에게 빼앗긴 영토를 모두 회복하자는 내용이었다. 그해 여름, 3국은 전쟁계획안을 만들었다.

9월 중순 마크는 작전에서 자신이 맡은 역할을 따라 도나우 강을 따라 바이에른 왕국의 중심지인 울름으로 진격해 들어갔다. 울름에서 진영을 갖춘 그는 크게 만족했다. 혼란과 불확실성은 질색이었다. 그는 사전에 모든 것을 고려하고 명확한 계획을 마련한 다음 그대로 이행해야 직성이 풀리는 스타일이었다.

이탈리아의 프랑스 군대가 공격을 받으면 나폴레옹은 라인 강 건너의 독일과 바이에른 지방에 7만 이상의 군대를 보내지는 못할 것이다. 게다가 나폴레옹이 라인 강을 건너려는 순간, 오스트리아가 그들의 행군을 늦추려는 조치를 취할 것이다. 그렇게 되면, 나폴레옹의 군대가 울름과 도나우 강에 도착하는 데는 적어도 두 달 이상이 걸릴 것이다. 그때쯤이면 오스트리아군은 이미 러시아군과 연합하여 알자스 지방 및 프랑스를 완전히 장악하고 있을 것이다. 이것은 마크가 아는 한 결코 실패할 수 없는 전략이었다.

하지만 얼마 후에, 그는 극도의 혼란에 빠졌다. 마크에게 돌아오는 보고들은 도대체 앞뒤가 맞지 않았다. 어떤 병사는 프랑스 군대가 울름에서 북서쪽으로 슈투트가르트에 있다고 보고하는가 하면, 누군가는 그보다 더 동쪽에 있다고 하고, 또 누구는 그보다 더 북쪽에 있다고 했다. 심지어는 울름에서 아주 가까운 도나우 강 근처에 있다는 보고도 있었다. 마크는 믿을 만한 정보를 얻을 수 없었다.

자신이 가장 두려워하는 '불확실성'에 직면한 이 오스트리아 장군은 명확한 것을 좋아하는 그의 사고능력을 전혀 발휘할 수 없었다. 마침내 그는 전 부대에 울름으로 돌아오라는 명령을 내렸다. 그는 울름에 병력을 집중할 작정이었다. 나폴레옹이 울름에서 전투를 할 심산이라면 적어도 같은 병력을 가지고 싸워야 했던 것이다.

오스트리아 정찰병들은 10월 초에 이르러서야 사태를 파악할 수 있었다. 악몽 같은 일이 일어나고 있었다. 프랑스 군은 도나우 강을 건너 울름 동쪽으로 이동해 마크의 군대가 오스트리아로 돌아가는

노무현을 위한 변명

길을 차단하는 동시에 러시아 군의 이동도 막고 있었다. 또 부대 일부는 남부에 자리를 잡고 이탈리아로 가는 길을 봉쇄하고 있었다.

어떻게 7만의 프랑스 병사가 동시에 그렇게 많은 곳에 나타날 수 있다는 말인가? 또, 어떻게 그렇게 빠른 속도로 이동할 수 있었을까? 완전히 겁에 질린 마크는 이리저리 탈출구를 모색했다.

결국, 마크는 러시아가 원군을 보내지 않기로 했다는 소식을 듣고 프랑스 군에 항복했다. 6만 명이 넘는 오스트리아 병사가 총한 번 제대로 쏘지 못하고 포로가 된 것이다. 피를 거의 흘리지 않고 대규모의 군사적 승리를 거두는 보기 드문 광경이 연출되는 순간이었다. 모든 것을 자신이 통제하고 싶어서 재량권을 주지 않은 마크에게는 피할 수 없는 자가당착이었다.

1866년 제너럴셔먼호 사건을 계기로 조선에는 외국과의 개항 문제가 조선의 의사와는 상관없이 줄기차게 제기되었다. 제너럴셔먼호의 행방을 찾기 위해 미국은 청을 통해 한국에 압력을 가하며 한국과의 수교 기회를 찾고 있었고, 한반도를 둘러싼 주변국들 역시 조선에 자신들의 영향력을 확대할 수 있는 기회를 노리고 있었다.

제너럴셔먼호를 추적하려는 미국의 노력은 한시도 멈추지 않았다. 조선인들과의 인터뷰를 통해서 아무 정보도 얻을 수 없었지만, 수소문 끝에, 셔먼호의 선원들이 살해당했다는 사실을 확인했다. 이처럼 미국은 동원할 수 있는 온갖 채널을 동원해 셔먼호의 행방을 추적했고, 얻을 수 있는 정보는 모두 얻어내려고 했다. 그러나 이와 같은 정보는 공식적으로 얻어진 정보가 아니라 조선인들과의 비밀리에 이루어진 인터뷰나 다른 루트를 통해 얻어진 것으로 확실한 정보가 아니었다.

당시 미국은 셔먼호에 대한 진상규명을 요구하기는 했지만, 남북전쟁의 수습으로 국내문제에 신경 쓰느라 셔먼호의 행방을 찾으려는 노력을 잠시 보류하지 않을 수 없었다. 그러다 남북전쟁이 수습되어 어느 정도 자국 내 정치가 안정을 회복하자 1871년 미국의 아시아 함대 사령관 로저스가 주청 미국 공사 프레드릭과 상의해 강화도 공격을 계획하고 청국에 이를 통보했고, 청국은 다시 이 사실을 조선에 알려주었다.

5척의 함대를 이끌고 강화도에 온 로저스는 3명의 전사자와 9명의 부상자를 낸 후 40여 일만에 중국으로 돌아갔다. 이것이 신미양요였다. 비록 53명의 전사자와 24명의 부상자를 내기는 했지만 끈질기고 완강한 저항을 통해 미국 군함을 물리쳤다는 사실로 대원군의 사기는 하늘 높은 줄 모르고 치솟았다.

그러나 대원군의 쇄국정책은 오래가지 못하고 종식되고 말았다. 외척 김 씨 세력의 배제, 양반세력의 탄압, 천주교도의 박해, 경복궁 중건과 강제노역 등 대원군의 전제적인 강압 정치는 척족 양반은 물론 백성들에게서까지 적지 않은 반발을 초래했다. 그런 대원군에 대한 반감은 며느리 민비의 세력에 의해 권좌에서 물러나는 사태로까지 발전되었다.

대원군이 주선해서 고종의 비로 맞아들인 민치록의 딸은 일찍 부모를 여읜 고아였으며, 따라서 왕비가 되더라도 외척의 전횡이나 권력에의 충동은 장차 없으리라고 예상했다. 더구나 민비는 자기 부인 민 씨의 친척 중에서 선택된 여인이었기 때문에 며느리가 장차 자기를 권좌에서 물러나게 만드는 장본인이 되리라고는 전혀 예측하지 못했던 일이었다.

하지만, 민비는 자신의 수양오빠 민승호와 연합해 반대원군 세력을 규합하는 한편 반대원군 정서를 널리 유포시켜 나갔다. 민비는 자신이 낳은 아들이 요절하자 대원군이 궁녀 이 씨 소생을 세자로 책립하려는 사실을 확인하고 더욱 대원군에 반기를 들었다. 이제 고종이 22세가 되었으니 친정해도 된다는 명분을 내세웠다. 그러다가, 1873년 최익현이 일개 유생의 신분으로 대원군의 실정을 통박하고 나서자 국민들 사이에 팽배한 반대원군 정서는 극에 달했다. 이로 인해 대원군은 10년간의 섭정을 청산하고 권좌에서 물러나지 않을 수 없었다.

대원군의 하야는 조선에 개항을 요구하며 과감하게 문호를 열 것을 주장해 온 열국들과 일본에 적지 않은 용기를 주었다. 국가 운영에 확고한 정책과 전망이 없는 친족정권의 허점을 여실히 파악한 일본은, 20여 년 전에 자신들이 미국에게 당한 똑같은 방식으로 6척의 군함을 이끌고 조선에 개항을 요구했다.

조선 정부의 중신회의에서 쇄국양이를 내세우며 개항을 결사반대하는 주장도 있었으나, 국제 관계의 대세에 따라 외국과 수호통상조약을 체결할 수밖에 없다는 여론에 따라 1876년 2월에 일본과 강화도 조약을 체결하기에 이르렀다. 이 조약에는 '대일본(Dai Nippon)'과 '대조선(Dai Chosen)' 이라는 용어가 등장하지만 실제로 그 내용은 국가 대 국가 간에 맺어진 평등조약이 아니라 강대국과 약소국 사이에 맺어진 불평등 조약이었다.

또한, 조약의 내용 제1조에는 조선이 자주국으로서 일본과 평등한 권리를 보유한다고 규정되어 조선이 자주국임을 인정하는 것 같지만, 실상은 일본 정부가 조선이 자주국이라는 명분을 내세워 청나라의 조선에 대한 간섭을 막고 장차 청나라 세력을 제거한 후 자신들이 조선을 식민지화하려는 깊은 의도가 숨겨져 있었다. 또한, 조선의 근대화나 발전을 염두에 둔 조약과도 거리가 멀었다.

이처럼, 백성을 향한 정치를 하는 게 아니라, 자신들의 명분과 권력을 위해서 정치를 했던 대원군은 재량권을 부여하기는커녕, 자신이 받은 재량권을 남용하면서 개방에 반대하다가 가장 좋지 않은 개방을 허용한 것이다. 민본은 자기를 비우는 데서부터 출발하기 때문이다.

공동체의식을 갖게 하라

균형발전정책덕분에 수도권 규제 완화가 가능했다

참여정부가 국정 최우선 순위에 놓고 추진한 '국가균형발전정책'은 노무현 대통령 임기 내내 '수도권 죽이기 시도'로 잘못 인식이 되었다. 어떤 일간지에서는 성장의 견인차 역할을 해 온 수도권이 온갖 규제로 발목을 잡혀 그나마 있던 경쟁력조차 잃어가고 있다고 비판하면서 국토균형개발이론을 시대착오적인 발상이라고 보도하기도 했다.

균형발전 반대론의 논리는 일자리가 없으니까 투자를 해야 하고, 투자를 촉진하려면 수도권 규제를 완화해야 한다는 것이다. 그들은 균형발전 정책을 수도권 발목 잡기 또는 국가경쟁력 하향 평준화나 나눠 먹기라고 주장한다. 하지만, 참여정부의 균형발전은 반대론자들이 주장하는 것과 달랐다.

참여정부의 균형발전은 모든 지역을 동일하게 성장시키자는 게 아니었다. 동일하게 나눠 갖자는 것도 더욱 아니었다. 지역이 자생력을 갖추고 자립할 수 있도록 전략산업을 육성하고, 투자를 유치하여 일자리를 창출한다는 의미가 담겨 있었다.

이에 대해, 2007년에 노무현은 이렇게 말했다.

> 오히려 균형발전 덕분에 1997년도에 잠시 규제를 완화한 이후 처음으로 수도권 규제를 완화했습니다. 2004년 삼성전자 기흥 반도체 공장 증설, 2005년 LG 필립스 파주 공장 신축, 2006년 LG 전자·팬택 등 4개 대기업 공장 증설 그리고 주한미군 이전 지역에 대한 61개 업종에 대한 공장 신·증설 허용이 이루어졌습니다.

노무현의 이 말은 강력한 균형발전 추진 덕분에 수도권 규제완화가 가능했다는 말로 이해할 수 있다. 경제협력개발기구(OECD)는 좋은 생활 여건과 경제적인 활력을 동시에 가질 수 있는 도시의 최적·최대 인구 규모를 735만 명으로 분석하고 있다. 이 수준을 넘어서면 집적에 들어가는 비용이 이익을 초과한다는 말이다. 이에 대해 노무현은 2007년에 이렇게 말했다.

> 집적의 비효율이 시작되는 한계수치가 735만 명입니다. 서울이 앞으로 발전하기 위해서는 비워야 합니다. 수도권을 비워야 합니다.

수도권의 교통혼잡비용은 1991년 1조 7,000억 원에서 2002년 12조 4,000억 원으로 늘었다. 그 결과 어떤 보고서에서는 215개국 국제도시를 대상으로 한 '삶의 질' 평가에서 서울은 87위에 머물렀다. 그동안 철칙처럼 믿어왔던 '수도권이 경쟁력을 갖추면 지방은 그 파급효과를 통해 균형을 이루게 된다'는 주장은 갈수록 설득력을 잃어가고 있었다. 40여 년간 누적된 수도권 과밀의 폐해는 정권의 명운을 건 '결단'과 '강수' 없이는 해결이 묘연해 보였던 것이다.

역대정부의 균형발전정책은 수도권을 규제하는 데 집중했다. 또 중앙정부가 주도하는 방식이었다. 막대한 예산을 투입했지만 지방의 경쟁력은 뒷걸음치는 결과를 낳았다. 참여정부 들어서도 초기 반응은 시큰둥했다. 하지만 국가발전위원회의 설치(2003년 4월), 균형발전특별법제정(2003년 12월), 균형발전특별회계신설(2004년 11월) 등 법과 제도적 인프라가 갖추어지면서 상황이 달라졌다. 균형발전에 대한 접근방식도 중앙 의존형에서 '자립형 지방화'로 전면 수정이 되었다. 지방의 호응이 뒤따르기 시작했다.

👥 전국이 개성 있게 골고루 잘 사는 사회를 건설한다

참여정부가 추진한 균형발전정책은 기계적 평등이나 균형을 의미하는 것이 아니었다. 각 지역이 가장 잘할 수 있는 것, 비교 우위에 있는 점을 살리다 보면 특성 있는 균형, 차별화된 균형을 자연스럽게 이루게 하려는 의도였다. 또한, 서울과 수도권은 양적 팽창을 중단하고, 질적 발전을 모색해야 한다는 것이다. 다시 말하면, 서울과 수도권의 경쟁력을 높이는 방법은 더 많은 공장을 짓는 데 있는 게 아니라 더 많은 나무와 숲, 더 맑은 공기와 물을 확보하는 데 있고, 참여정부 균형발전의 최종 목표는 전 국가의 성

노무현을 위한 변명

장잠재력을 극대화하려는 데 있었던 것이다.

2003년 노무현은 이런 말을 하였다.

> **내 목표는 30년 동안 내리막길을 걸어온 지방이 내 임기 어느 때인가
> 부터 바닥을 치고 다시 상승하는 곡선으로 발전시킨다는 것입니다.**
> 정부 역량을 총집결하여 균형발전을 이루겠습니다. 통합된 국가, 경쟁
> 력 있는 나라를 만들기 위해서는 지방화라는 국가 목표를 반드시 이루
> 어나가야 합니다. 참여정부는 전국이 개성 있게 골고루 잘사는 사회를
> 건설하기 위해 강력한 지방화정책을 추진해 나갈 것입니다.

국가균형발전 실현을 위한 초기 정책은 행정중심복합도시(행복도
시)와 혁신도시를 중심으로 추진되었다. 지금의 '세종시'가 된 행복
도시는 그 전신계획이었던 '신행정수도특별법'이 헌법재판소의 위
헌결정을 받으면서 2004년 한 해를 뜨겁게 달구었다. 신행정수도
특별법은 결국 2005년 4월 '행정중심복합도시특별법'으로 수정 통
과되어, 지금의 세종시가 만들어진 것이다.

혁신도시는 175개 공공기관을 수도권과 대전권을 제외한 10개
지방도시에 분산함으로써 지역의 전략 산업과 연계된 공공기관을
중심으로 지방대학과 산업이 결합하는 '혁신 클러스터'를 만든다
는 내용이었다. 참여정부가 추진한 정책들이 대체로 쉬운 것이 없
었지만, 균형발전정책만큼 숱한 역풍을 맞으며 여러 차례 고비를
맞은 정책도 없을 것이다.

이에 대해 노무현은 2007년에 이런 말을 하였다.

균형발전정책은 나와 함께 참여정부에게는 특별히 귀한 자식입니다. 힘 있고, 출세하고, 돈을 많이 벌어서 귀한 자식이 아니라, 재능도 의지도 있는데 아직 빛을 보지 못해 고생하고 있는 자식입니다. 어미 새에게서 독립해 막 날갯짓을 하고 있는 새를 보는 심정입니다.

국민소득이 2만 5,000달러 이상 되는 나라 중에서 단핵(單核)으로 집중된 나라는 없다. 동네 축구에서는 스타플레이어 한 명만 있어도 되지만, 큰 무대에서는 스타플레이어가 서너 명 정도는 있어야 경기를 이길 수 있는 것이다.

이처럼 노무현은 국민들에게 공동체의식을 부여했던 것이다.

노무현을 위한 변명

곁에 있다고 모두 동료는 아니다

조조가 하비를 공격해 백문루 위에 다다라 여포와 진궁 등 포로 잡힌 이들을 심판했다. 포로들이 줄줄이 오랏줄에 묶여 끌려오자 조조는 득의양양하게 말했다.

- 공은 스스로 지모가 깊은 사람이라 했소. 그런데 어찌하여 이 꼴이 되었소?

그 말에 진궁이 원망어린 눈초리로 여포를 돌아본 뒤 대답했다.

- 저 자가 내 말을 따라주지 않은 것이 한이다. 내 말대로 했다면 오늘처럼 사로잡히는 욕을 보지는 않았을 것이다.

진궁의 말은 진심이었다. 고금에 통달한 진궁이 총명하기는 했으나 "좋은 새는 나무를 가려서 둥지를 틀고 지혜로운 신하는 훌륭한 군주를 섬겨야 한다"는 선인들의 교훈을 잠시 잊었던 모양이다. 그가 여포의 휘하로 들어간 후 수많은 양책과 묘계를 내놓은 것은 사실이었다.

여포는 조조, 유비 등과 벌인 여러 번의 전쟁에서 진궁의 계책을 따랐을 때는 승리를 거두었고 따르지 않았을 때는 패했다. 여포가 하비성에서 조조가 이끄는 대군의 공격으로 곤경에 처했을 때 진궁은 여포를 위해 세 가지 계책을 내놓았다.

여포가 하비로 후퇴해 성문을 단단히 닫아걸고 지키는데 조조가 추적해오자 진궁이 첫 번째 계책을 내놓았다.

- 조조 군은 멀리서 오느라 몹시 지쳐 있습니다. 수가 많고 지친 군대는 반드시 초장에 섬멸을 해야 합니다. 때를 늦추어 원기를 회복하는 시간을 주어서는 안 됩니다.

하지만, 여포는 고개를 절레절레 저었다.

- 우리는 이미 여러 번이나 졌기 때문에 섣불리 나가서 싸울 수가 없소. 적이 공격해 오기를 기다렸다가 되받아치면 깨끗이 사수로 쓸어 넣을 수 있을 것이오.

여포는 소극적인 태도로 적을 기다리는 쪽을 택했고 그 결과 조조의 군대는 진지를 모두 갖추고 충분히 휴식을 취할 수 있었다. 여포는 좋은 기회를 흘려보냈다. 나중에 조조가 하비성 밑에 진을 치고 여포와 대치하고 있었을 때도 진궁은 여포를 위해 두 번째 계책을 내놓았다.

- 조조가 멀리서 온 탓에 기세가 오래가지 못할 것입니다. 보병과 기병을 이끌고 성을 나가 진채를 세우십시오. 저는 나머지 군사들과 함께 성문을 닫아걸고 굳게 지키겠습니다. 조조가 장군을 공격하면 제가 군사를 내어 그 등을 치고, 반대로 성을 공격하면 장군께서 뒤에서 그의 군대를 치십시오. 그러면 열흘도 넘기지 못하고 조조 군대의 군량이 바닥 날 것이니, 그때는 단숨에 조조 군대를 물리칠 수 있을 것입니다.

그런데 여포가 진궁 앞에서는 "공의 말이 옳소"라고 대답해 놓고 처첩의 만류로 얼른 결정을 내리지 못하고 머뭇거리는 사이 사흘이 지나갔다. 진궁이 재차 여포를 재촉하자, 여포는 태연스럽게 말했다.

노무현을 위한 변명

- 다시 생각해보니 멀리 나가는 것보다는 굳게 지키는 편이 낫겠소.

군대가 패배하고 성을 잃는 비참한 결과가 초래되는 것을 차마 볼 수 없었던 진궁은 신중하게 조조 군대의 정황을 분석한 후 여포에게 마지막 계책을 내놓았다.

- 듣자 하니, 조조의 군사들이 군량이 모자라 허도로 사람을 보내 곡식을 거둬들이게 하고 있다고 합니다. 장군께서 군사들을 이끌고 나가 보급로를 차단하신다면 실로 묘한 계책이 될 것입니다.

그러나 여포는 이번에도 처첩의 만류와 자신의 의심 많은 성정 때문에 오히려 진궁에게 이렇게 말했다.

- 조조의 군량이 다했다는 것은 속임수요. 조조는 워낙 꾀가 많은 자라 가볍게 움직일 수 없소.

진궁은 더 이상 여포를 설득할 수 없다고 생각하고 긴 한숨을 쉬며 물러났고 전쟁은 패했다. 여포는 진궁을 책사로 두었지만 물리적으로만 가까이 있었을 뿐, 전혀 동료의식을 느끼지 못했다.
곁에 있다고 모두 동료는 아니다. 공동체 의식으로 서로를 바라보고 존중하는 마음이 있어야 동료이고, 이런 사람들 사이에서 진정한 동료의식이 싹틀 수 있는 것이다.

🐾 공동체 의식이 기적을 만든다

기원전 218년 카르타고의 명장 한니발은 대담한 계획을 실행에 옮기기 시작했다. 그는 부대를 이끌고 스페인과 갈리아를 지나 알프스 산맥을 넘어 이탈리아 북부로 들어갈 작정이었다.

알프스 산맥은 거대한 장애물이었다. 군대가 이 험준한 산맥을 행군한 것은 당시까지 전례가 없던 일이었다. 그해 12월 한니발이 수많은 곤란과 역경을 헤치고 이탈리아 북부에 도착했을 때 로마 군대는 무방비 상태였다. 하지만 한니발 역시 큰 대가를 치른 상태였다. 처음 출발할 때 10만 2천 명에 달했던 병력 중 살아남은 숫자는 2만 6천 명에 불과했으며 녹초가 되고 굶주린 병사들의 사기는 완전히 꺾여 있었다. 설상가상으로 휴식을 취할 시간도 전혀 없었다. 이동 중인 카르타고 군의 막사에서 불과 몇 킬로미터 떨어진 포강을 이미 건넌 상태였다.

무시무시한 로마군과의 첫 전투를 하루 앞둔 한니발은 녹초가 된 병사들의 사기를 진작시켜야만 했다. 이때 그가 택한 방법은 병사들에게 검투사 경기를 보여주는 것이었다. 그는 병사들을 모두 모아 놓고 죄수들을 데려왔다. 그리고 죄수들에게 검투시합에서 살아남아 이긴 자는 자유로운 신분이 되어 카르타고 군대에 들어올 수 있다는 조건을 내걸었다. 죄수들은 이 조건에 동의했고 한니발의 군사들은 몇 시간 동안 유혈이 낭자한 검투 경기를 즐기면서 자신의 고초를 잊을 수 있었다.

경기 후 한니발은 병사들에게 이렇게 말했다.

노무현을 위한 변명

- 온갖 위험이 도사리는 적지에 들어선 여러분들은 방금 싸운 죄수들과 크게 다르지 않다. 죄수들이 죽느냐, 아니면 싸워 이겨서 자유를 얻느냐의 경우와 여러분들이 싸워서 이기느냐 아니면 죽느냐 하는 것과 너무 똑같은 것이다. 오늘 이들이 패배는 곧 죽음이라는 생각으로 사력을 다해 싸운 것처럼만 여러분도 로마군과 싸워 준다면 우리는 승리를 거둘 것이다.

다음날 이들은 죽을힘을 다해 싸워 로마군대를 무찔렀다. 이후에도 규모가 훨씬 더 큰 로마군단을 상대로 연이어 승전보를 올렸다. 동료의식의 힘이 얼마나 무서운 것인지 보여준 대표적인 사례라고 할 수 있다.

이뿐만이 아니다. 한니발은 자신이 장군이라는 이유로 절대로 병사들보다 더 나은 잠자리나 더 나은 먹을 것을 원하지 않았다. 그는 병사들과 똑같이 잤고, 똑같이 먹었다. 오히려, 병사들이 자는 순간에도 그는 다음 날 치룰 전투에 대해서 고민하느라 잠을 설치는 경우가 많았다.

이렇게 한니발은 동료의식을 불어넣어서 도무지 불가능했던 일들을 이루어 낼 수 있었던 것이다. 죄수들을 동원해서 검투경기를 펼치게 함으로써 병사들이 곧 죄수들과 다름이 없다는 것을 보여주는가 하면, 병사들과 똑같이 자고 먹었다. 그동안에 병사들과 한니발은 어느새 한 몸이 되었던 것이다.

동료의식, 공동체 의식이 로마군을 무찌르는 기적을 만들어낸 것이다.

흔히, 당쟁이라고 부르는 현상은 조선 후기 사림정치에서 파생된 정치현상 중의 하나이다. 조선의 정치를 담당한 계층은 양반이다. 문반과 무반으로 구성되어 있기 때문에 양반이라고 했다. 처음에는 문·무 관료라는 의미를 가지던 양반이 뒤에는 그 가족·친족까지를 포괄하는 신분개념으로 쓰였다. 그러나 양반 중에서도 특히 어떤 정치세력이 정치를 주도했는가가 무엇보다도 중요하다. 이런 의미에서 조선의 정치사를 집권한 세력을 중심으로 사대부정치기, 훈신정치기, 권신정치기, 사림정치기, 탕평정치기, 외척세도정치기로 구분하기도 한다.

사대부정치기는 고려 말 조선초기의 유학적 소양을 지닌 문관 관료인 신흥사대부들이 집권한 시기를 말한다. 12세기부터 원나라를 통해 주자학이 전래되었다. 이에 무신 정권하에서 새로이 진출하기 시작한 신흥 사대부들이 예의와 염치를 숭상하는 주자학 이념을 무기로 하여 귀족·사원의 부정부패를 공격하기 시작했다. 원래 사대부는 문관 5품 이하인 사(士), 4품 이상인 대부(大夫) 등 문관관료를 통칭하는 용어였다. 그러나 문관 관료뿐만 아니라 무관 관료를 포괄하는 개념으로 쓰이기도 했다. 과전법(科田法)의 토지 분배 규정이 그 예라고 할 수 있다. 고려 말에는 문관 관료인 신흥 사대부 이외에도 새로운 정치세력으로서 신흥 무장(武將) 세력이 있었다. 그러나 이들도 조선 왕조의 건국과정에서의 넓은 의미의 사대부에 포괄되었으며, 그 주도 세력은 역시 문신, 즉 문관 관료들이었다. 문(文)을 높이고 무(武)를 낮게 보는 유교적 문치주의하에서는 어쩔 수 없는 일이었다.

문신들은 무신들이 정치적 주도권을 잡는 것을 억제했을 뿐만 아니라 왕실의 정치참여도 철저하게 제한했다. 사대부들은 행정실무인 아전과 여자, 그리고 환관의 정치 참여도 봉쇄했다. 거기다가, 조선건국초기에는 지방의 반독립세력인 향리를 타도하기 위해 이들을 행정실무자인 중인으로 격하시키고, 지방사족의 지배적 지위를 확고히 해 주어 이들을 왕조의 정치적 기반으로 삼았다.

새 왕조는 왕조의 기반을 튼튼히 하기 위해서도 비교적 공정하게 인재를 선발했다. 그리하여 세종 때에는 집현전을 중심으로 많은 인재들이 모여들어, 중국과는 다른 독자적인 정치제도가 마련되는 등 그야말로 황금문화가 창출될 수 있었던 것이다. 사대부정권이 확립되자, 이들의 기득권이 강화되어 사대부 독주의 정국이 전개되었다. 신흥 사대부들이 이미 새로운 귀족으로 부상한 것이다. 왕권은 철저히 제약을 받았고, 국가의 법제는 이들의 권익보호 때문에 기형적으로 운영되었다. 그리고 새롭게 정계에 진출하고자 하는 지방 사림들의 불만도 이만저만이 아니었다.

이러한 문제점들을 바로잡기 위해서 1453년(단종 원년)에 수양대군(세조)의 쿠데타가 일어났는데, 이를 계유정난이라 부른다. 비상수단에 의해 사대부 정권을 타도한 것이다. 이 때 세조의 정란공신이 생긴 이래 성종 때까지 8차례에 걸쳐서 250명의 공신이 등장하고, 이들을 중심으로 하는 훈구파가 정국을 주도하게 되었다. 한편 세조는 자기를 지지하지 않는 집현전 학사들 대신에 김종직을 비롯한 젊고 야심 있는 사림을 지방으로부터 정계에 불러들였고, 이들은 공신 세력을 견제하려는 국왕들의 비호를 받아서 사림파를 구성하게 되었다.

16세기에 이르러 훈신 세력은 네 번에 걸친 사화를 통해 사림 세력의 성장을 저지하려고 했다.

그러나 역사적인 대세로 밀려오는 사림파의 진출을 결코 막을 수는 없었다. 결국, 사림은 정권을 장악하는 데 성공한다.

사림 세력의 승리를 단적으로 보여 주는 대표적인 사례가 바로 조광조의 추증과 남곤의 관작 삭탈이라고 할 수 있다. 조광조의 추증이나 남곤의 추죄는 모두 중종 말년부터 오랫동안 주장되어 온 사안이었다. 역사의 대세를 타고 성장한 사림은 이 시기에 이른바 '사림정치'라는 새로운 정치 형태를 연출하며 역사의 주체로 부상했다.

그러나 훈구세력과 권신들이 정치 무대에서 사라지면서 더 이상 적대세력이 없게 되자, 사림은 스스로 세포분열하기 시작했다. 선조 원년에 명조 때에 권신 정권하에서 심의겸의 도움으로 관계에 진출했던 선배 사림과 사림정치하에서 새로이 정계에 진출한 후배 사림들 사이에 갈등구조가 형성되었다.

선배 사림에 대한 후배 사림들의 불만은 선배 사림들이 개혁에 적극적이지 않다는 것으로 표출되었다. 후배 사림들은 선배 사림들을 소인으로 몰아세우고 스스로는 군자라 자처했다. 양자 간의 대립은 점차 심화되어 마침내 동인과 서인으로 분당되는 사태로 발전되었다.

동서분당의 기폭제는 이조정랑 자리를 둘러싼 심의겸과 김효원의 알력에서 비롯되었다. 이때 김효원의 집은 한양 동쪽의 건천방에 있었고, 심의겸의 집은 서쪽인 정릉동에 있었다. 이에 김효원을 따르는 이들에게는 동인, 심의겸을 따르는 이들에게는 서인이란 명칭이 붙게 되었다.

이후에도 사림은 계속 세포분열을 하여 4색 당파라는 현상을 연출하였다. 주장하는 바가 조금만 달라도, 정치적인 이해관계에 따라 계속 분열을 했다. 우리가 알지 못하는 당파도 엄청나게 많았다.

당파는 민본(民本)과는 거리가 먼 개념이다. 도대체 그들은 누구를 위해서 학문을 쌓았고, 정치를 한다는 말인가. 그들 속에 만약 진심으로 백성을 위한 마음이 없다면, 그들의 주장은 공허할 수밖에 없다. 노무현도 이를 알았기에, 그는 진정으로 백성을 위한 정치를 하려고 했던 것이다. 그의 마음이 진심이었기에 많은 어려움이 있었던 것이다.

섬겨야 할 대상에게 수고하라

실태를 제대로 알아야 올바른 진단법이 나온다

　노무현이 대통령으로 재임하던 시절인 2003년에서 2004년은 자영업자에게 시련의 시기였다. 신용카드 사태 등 가계부채 위기로 내수가 얼어붙었다. 2001~2002년 경제성장 중 내수는 70%를 차지했으나, 2003년 30%로 내려앉았다. 경제성장률도 2003년 7.0%에서 반 토막이 난 3.1%였다.

　게다가 '공급과잉'이라는 구조적인 문제를 안고 있었다. 2004년 우리나라 자영업자 종사자 비중은 경제협력개발기구(OECD) 평균의 2배 수준이었다. 일본은 인구 140명당 음식점 1곳, 미국은 419명당 1곳이었지만 우리는 식당 하나가 인구 80여 명을 상대로 밥벌이를 하고 있었다. 또, 대형화·전문화한 자영업이 대거 등장하면서 영세자영업자들은 더욱 설자리를 잃었다.

　임금근로자보다 높았던 자영업자의 실질소득은 2000년 이후 계속 줄어 2003년엔 임금근로자보다 낮았다. 1년 이내 폐점률도

20~30%대였다. 결국, 음식점 종사자들은 2004년 11월에 여의도 한강 둔치에서 400여 개의 솥단지를 행사장 무대 앞에 던지는 '솥단지 시위'를 벌였다. 이들이 주장하는 내용은 이렇다.

'계속된 불황으로 음식점이 최악의 경영난을 겪고 있다. 정부는 음식점 업을 긴급재난업종으로 선포하고 세재혜택 등을 통해 생존권을 보장하라.'

당시까지 정부는 자영업을 실업해소 수단으로 바라보고 있었다. 정부는 IMF 외환위기 때 발생한 대량실업을 해소하기 위하여 1998년 9월 자영업 창업 지원을 시작했다. 이후에도 노동유연화로 노동시장에서 퇴출당한 국민과 노동시장에 진입하지 못한 국민들을 흡수하기 위해 자영업 창업을 적극 지원하였다.

그 결과, 시장에서 자영업자의 공급이 과잉되기에 이르렀다. 거기에 내수부진까지 이어지자, 자영업자들은 벼랑 끝에 몰리기 시작한 것이다. 정부가 어떤 대책을 내놓아도 한계가 있었다. 경제구조의 변화 때문이었다. 대기업과 중소기업, 수출과 내수, IT와 비IT, 정규직과 비정규직, 수도권과 비수도권의 양극화가 심해지고 있었다. 그 결과, 대기업의 호황이 중소기업과 일반 서민에게 미치지 못했다. 수출과 IT 부문의 호황이 내수와 비IT 부문에 영향을 끼치지 못했던 것이다.

경제성장이 내수로 흐르지 않으면 고용이 늘지 않는다. 그러면 자영업자가 더욱 늘어나면서 양극화를 심화시키게 되는 것이다. 한정된 시장에서 과당경쟁을 하면 소득이 점점 줄 수밖에 없기 때문이다. 자영업자 문제를 해결하려면 양극화 구조를 개선해야

한다. 또, 양극화 문제를 해결하려면 자영업자 문제를 해결해야
한다.

자영업자 문제는 지금까지 방치해왔다. 스스로 살아남는 구조
를 만들어야 한다는 생각이 지배적이었다. 그래서 관계부처가 적
극적으로 동참하지 않았다. 주관문제도 서로 다른 부처에 넘기려
고 하였다. 한두 개의 부처가 협력하여 해결할 수 없을 만큼 복잡
한 처리과정을 거쳐야 해결책이 나오는 구조이기 때문이다.

민생이란 말은 송곳이다

노무현은 현상을 알아야 진단법이 나온다는 원칙적이고 근본적
인 생각으로 실태조사를 지시했다. 조사결과, 자영업자가 큰 애로
사항으로 꼽은 것은 역시 과잉전입(65.7%)이었다. 이어 소비위축
(49.3%), 자금부족(21.9%), 대형점포 개장(21.6%) 등이 뒤를 이었다.
자영업자들은 자영업을 실업해결 또는 생계수단으로 인식하고 사
전준비 없이 뛰어들고 있었다. 매년 약 50만 개가 새로 창업하고
40만 개가 폐업하는 다산다사형의 구조였다.

여러 차례 논의 끝에, 영세자영업자 대책을 본격 추진했다. 상
권정보시스템을 만들어 예비창업자가 원하는 지역에서 원하는 업
종을 검색하면 경쟁업체가 몇 군데 있는지 등 창업관련 정보를 파
악할 수 있도록 했다. 정부는 또 전국의 소상공인 지원센터에서
컨설팅서비스를 실시하고 컨설팅 비용 지원을 강화했다.

영세자영업자를 '반실업상태'로 보고 재취업훈련프로그램을 실시

노무현을 위한 변명

했다. 자영업자도 고용보험에 가입할 수 있도록 했다. 하지만, 자영업자의 참여는 많지 않았다. 이들이 갈 만한 일자리가 많지 않다는데 근본적인 문제가 있었다. 일자리가 늘면 자영업이 줄어들 텐데, 일자리가 늘지 않으니 영세자영업 퇴출 유도는 어려웠다.

노무현은 2007년 11월에 이런 말을 하였다.

> **문제는 민생이다. 민생이라는 말은 송곳이다. 지난 4년 동안 가슴을 아프게 찌르고 있다. 민생이 어렵다. 4년 내내 어렵다. 보통 사람들의 살림이 어려워지고, 어려운 사람들은 숫자가 늘어나고 있다. 후보시절 국민 여러분께 '서민 대통령'이 되겠다고 약속했다. 지금 많은 국민들은 나를 '서민을 위해 일한 대통령'으로 인정하지 않는 것 같다. 민생이 풀리지 않았기 때문이다. 국민 여러분께 송구스럽다.**

노무현이 민생을 포기한 것은 결코 아니었다. 자영업자 문제를 풀기 위해, 민생을 풀기 위해, '함께 가는 희망 한국 비전 2030'을 내놓았다. 양극화를 해소해야 민생이 풀리기 때문이다. 그리고 양극화 해결은 단기간에 풀리지 않고, 많은 시간을 필요로 한다. 경제 전반, 일자리, 동반성장, 균형발전, 사회안전망, 고용지원, 비정규직 등 모든 정책이 성공해야 해결이 가능한 문제이다.

노무현은 영세자영업자 문제를 정면으로 응시하는 최초의 대통령이었다. 시장논리에 맡겨주었던 부분에 눈을 돌려 근본적인 대책을 마련하려고 애를 썼다. 기초생활보장대상자가 수급금 압류 걱정에서 벗어날 수 있도록 해 주었고, 영세자영업자가 더 많은 카드 수수료를 부담하는 불합리를 없앴다. 이동통신요금 부담을 줄이고 통신사 요금 경쟁을 촉진시키는 대책도 세웠다.

대포통장 등 대포물건으로 인한 서민의 피해를 줄이기 위한 대책, 과다위약금 요구 등으로 인한 상조업 소비자 피해를 줄이기 위한 대책, 중소기업 비정규직 근로자의 정규직 전환과 고용안정을 촉진하기 위한 대책 등이 그것이다.

노무현은 자신이 섬겨야 할 대상이 국민임을 똑똑히 알고 있었던 것이다.

🔴 마음을 먼저 얻어야 원하는 것을 얻을 수 있다

유장이 한중의 장로가 서천을 취한다는 소식을 듣고 크게 걱정하며 수하를 불러 논의했다. 이때, 별가 장송이 조조에게 지원군을 요청하는 계책을 내놓았고, 유장은 즉시 장송을 자사로 보내 조조에게 지원을 요청토록 했다. 그러나 때마침 마초를 이기고 교만함이 하늘을 찌르던 조조는 장송을 보자마자 그의 외모가 변변치 못한 데다가 자신을 비아냥거리는 태도에 화가 나서 그를 몽둥이로 다스려 내쫓아 버렸다.

허도에서 쫓겨난 장송이 찾아간 곳은 유비였다. 유비의 행동은 조조와 판이하게 달랐다. 장송이 형주로 가던 중에 영주 어귀에 다다르자 조자룡이 직접 나와 그를 영접하고, 형주로 들어가서 처음 도착한 역관에는 관우가 한 무리의 인마를 몰고 문밖에서 기다리고 있다가 반가이 맞이했다.

또 장송이 형주성 밑에 이르자 유비가 제갈량과 방통을 데리고 몸소 성 밖으로 나와 맞이하는 것이 아닌가. 허도에서 조조에게

　　　　　　　　　　　　노무현을 위한 변명

괄시를 받고 쫓겨난 장송은 예상치 못한 환대에 깊이 감격했다.

유비가 천하를 다투기 위해서는 먼저 세력이 약한 서천을 차지해 기틀을 다진 후, 중원을 도모하는 것이 순서였다. 그런데 촉으로 가는 길은 험난했다. 그러기에 서천의 복잡한 지형을 안다면 서천을 얻기 위한 매우 유리한 조건을 확보하는 셈이었다. 그러므로 서천 진격을 계획하고 있는 유비에게 장송이 찾아온 것은 가뭄의 단비와도 같았다.

그런데 재미있는 것은 유비가 장송을 환대하고 극진하게 대접하기는 했지만, 연회에서는 그저 환담만 나눌 뿐 서천에 대한 이야기는 일언반구도 비치지 않았다는 사실이다. 유비는 사흘 동안 매일같이 연회를 열어 장송을 대접하였으나 우정과 의리에 관한 이야기만 늘어놓을 뿐, 서천에 대한 이야기는 일체 언급하지 않았다.

심지어 장송을 배웅할 때도 서천 이야기를 입 밖에 내지 않았다. 유비를 한 번 떠보려던 장송은 유비의 이런 행동에 어리둥절하면서도 그의 환대에 심히 감격하여 자진해서 지도를 바치고 유비에게 투항하기로 결심했다.

유비에게는 서천의 지도를 얻는 것도 중요했지만, 더 중요한 것은 서천 지식인들의 마음을 얻는 것이었다. 하지만 예로부터 뜻을 품은 지식인들은 채찍이 아니라 당근으로 공략해야만 하는 괴이한 성질이 있었다. 상대가 거만할수록 상대를 멸시하고, 재물을 따질수록 몸값을 높이는 반면, 상대가 몸을 낮춰 공경하면 더욱 고개를 숙이고 존경하는 것이 그들의 특징이었다.

유비가 성문 밖에 나가 장송을 영접하면서 그를 보자마자 대뜸

"어떻게 하면 서천을 얻을 수 있겠소?"라고 물었다면, 또는 연회에서 술이 세 순배쯤 돌았을 때 서천의 지도를 달라고 요구했다면, 장송의 인식 속에서 유비의 이미지가 추락했을 것이다. 그렇게 됐다면 장송은 아마도 지도를 찢어 버리고 절대 자기 손으로 바치는 일 따위는 하지 않았을 것이다. 유비는 섬겨야 할 대상에게 먼저 수고함으로써 서천 땅을 얻을 수 있었던 것이다.

👥 국민과 소통하지 않으면 목숨까지 잃을 수 있다

루이 15세의 통치가 끝나갈 무렵, 프랑스 국민들은 변화를 간절히 원하고 있었다. 루이 15세의 후계자로 예정된 사람은 그의 손자 루이 16세였다. 루이 16세가 열다섯 살의 나이로 오스트리아 황녀 마리 앙투아네트와 결혼했을 때, 국민들은 희망적인 미래에 대한 막연한 기대를 품었다.

마리 앙투아네트는 빼어난 미모에 생기가 넘쳤다. 그녀는 루이 15세의 방탕한 생활로 침체되어 있는 궁정 분위기를 단번에 변화시켰다. 심지어 그녀를 만나본 적이 없는 일반 국민들도 흥분한 태도로 마리 앙투아네트에 관해 이야기를 나누었다.

루이 15세를 쥐락펴락하던 후궁들에게 신물이 난 프랑스인들은 이제 진정한 왕비를 섬길 수 있게 되기를 기대했다. 1733년, 그녀가 처음으로 파리 거리에 모습을 드러냈을 때 국민들은 열렬하게 환호하며 그녀의 마차 주위에 모여들었다.

루이 15세가 죽자, 루이 16세가 왕좌에 앉았다. 하지만, 마리 앙

　　　　　　　　노무현을 위한 변명

투아네트는 왕비가 된 후 쾌락과 사치에 전념했다. 값비싼 옷과 보석을 몸에 걸치고, 역사상 가장 복잡하고 화려한 헤어스타일을 하며 1미터에 가까운 머리장식을 붙이고 다녔으며, 가면무도회와 파티를 열곤 하였다. 거기에 들어가는 비용 따위는 신경 쓰지 않았다.

마리 앙투아네트가 가장 즐긴 일은 프티 트리아농(베르사유 궁전 한쪽에 있는 작은 성)에 자기만의 에덴동산을 꾸미는 일이었다. 이 정원은 가급적 '자연 그대로'의 모습으로 꾸며졌다. 이를 위해 일꾼들이 손으로 나무와 돌들에 이끼를 입혔다. 또 전원의 풍광을 만들어내기 위해 농부의 아낙네들을 데려다가 멋진 소들의 젖을 짜게 했는데, 그들은 소젖을 고급스러운 단지에 받았다.

마리 앙투아네트의 기분이 바뀔 때마다 프티 트리아농에 들어가는 비용도 급격하게 늘어났다. 그러는 동안 프랑스의 상황은 악화되고 있었다. 기근이 찾아와 굶주리는 사람들이 늘어났고 국민들의 원성이 드높았다. 거기다가 마리 앙투아네트가 신하들을 어린아이 대하듯 하자 신하들의 불만도 쌓였다. 그녀는 자기가 좋아하는 사람만 챙겼고, 그런 사람의 수는 갈수록 적어졌다. 그럼에도 마리 앙투아네트는 이런 상황에 대한 문제의식을 느끼지 못했다.

그녀는 신하가 건네는 보고서를 한 번도 읽어보지 않았고, 국민들을 만나러 밖으로 나가지 않았으며, 그들의 마음을 열려고 노력하지 않았다. 파리 시민들과 한 번도 어울리지 않았고, 시민 대표단을 맞은 적도 없었다. 그녀는 국민들이 당연히 왕비인 자신한테 애정을 주어야 한다고 생각했다. 그러면서도 사랑을 되돌려주지는 않았다.

1784년, 마리 앙투아네트는 스캔들에 휘말렸다. 한 사기꾼이 사기극을 꾸며 그녀가 유럽에서 가장 값비싼 다이아몬드 목걸이를 구입한 것처럼 되어 버렸고, 나중에 그 사기꾼의 재판을 진행하는 과정에서 마리 앙투아네트의 사치스런 생활이 세상에 낱낱이 드러난 것이다. 국민들은 그녀가 평소 보석과 옷과 가면무도회에 어마어마한 돈을 쓴다는 것을 알게 되었다. 그녀에게는 '적자왕비'라는 별명이 붙었고, 국민들의 분노와 적개심은 점점 커져갔다.

1789년에 프랑스 혁명이 일어났다. 마리 앙투아네트는 걱정하지 않았다. 한낱 평범한 시민들이 반항한들 뭐 그리 대단하겠느냐고, 곧 세상은 다시 잠잠해지고 자신은 예전의 즐거운 삶을 되찾을 것이라고 생각하는 듯했다. 그해 시민들은 베르사유까지 행진해 들어갔고, 왕실 사람들에게 궁전을 떠나 파리로 가자고 압력을 넣었다. 이는 혁명세력의 승리를 의미하는 순간이었지만, 한편으로는 그간 마리 앙투아네트가 국민에게 준 상처를 달래주고 그들과 소통할 수 있는 기회이기도 했다.

그러나 그녀는 아무것도 깨닫지 못했다. 그녀는 파리에 있는 궁에 머무는 동안 한 발자국도 밖으로 나가지 않았다. 왕비의 낭비벽 때문에 백성들이 고통을 겪는데도 말이다. 1792년, 왕과 왕비는 감옥에 갇혔고 혁명세력은 왕정폐지를 공식적으로 선언했다. 다음해 루이 16세는 유죄판결을 받고 처형당했다. 1793년, 그녀는 단두대에 서는 순간까지도 뉘우치지 않는 거만한 태도를 보였다. 그때까지도 그녀는 섬겨야 할 대상에게 수고해야 한다는 사실을 깨닫지 못한 것이다.

노무현을 위한 변명

1894년 7월, 우리에게 종두법으로 유명한 지석영이 고종에게 목숨을 걸고 상소를 올렸다. 상소에서 지석영이 언급한 사람은 두 명이다. 하나는 조선 최고의 갑부이자 수탈과 부패의 상징으로 꼽혔던 민영휘이고, 다른 하나는 '진령군'이라는 무당이었다. 그의 상소 내용은 이렇다.

- 신이 억만 백성의 입을 대신해 자세히 아룁니다. 정사를 전횡하고 임금의 총명을 가리며, 신령의 힘을 빙자해 임금을 현혹시키고 기도한다는 구실로 재물을 축내며 요직을 차지하고 농간을 부린 요사스러운 무당에 대해 세상 사람들이 그의 살점을 씹어 먹으려고 하고 있습니다. 저 극악한 행위가 큰데도 문책하지 않으며 아끼고 비호하는 것처럼 하니 백성들의 마음이 어찌 풀리겠습니까. 삼가 바라건대 어서 빨리 상방검으로 죄인을 주륙하고 머리를 도성문에 달아 매도록 명하신다면 민심이 비로소 상쾌하게 여길 것입니다.

도대체 진령군이 어떤 인물이기에 격동의 시기였던 19세기 말, 민영휘와 나란히 저렇게 극단적인 내용의 지탄까지 받았던 것일까? 진령군은 임오군란을 맞아 혼란과 공포에 빠져 충주까지 도피했던, 명성황후에게 접근해 앞날을 예언하는 능력을 보여주면서 명성왕후를 홀렸던 무당이다. 이후 명성황후는 그에게 크게 의지해 국가적인 사안을 비롯한 모든 의사결정에서 그의 의견을 주로 참고했다.

무당에게 '진령군'이라는 군호가 내려졌다는 정식 기록은 없지만 당대 조선인들은 무당을 가리켜 진령군이라고 불렀다. 무당이 스스로를 진령군으로 칭했으며 왕과 왕비가 그것을 묵인했던 것이다. 당시 천민으로 취급받던 무당은 물론이고 여성이 수양대군이나 안평대군과 같이 왕족이나 받을 수 있었던 군호를 자칭했던 사례는 조선 역사에서 진령군이 처음이자 마지막이었다.

파격적으로 신분이 상승한 진령군은 명성황후를 뒤에서 조종하며 국정을 농단했다. 임진왜란 이후 명나라의 '재조지은'을 기리기 위해 한양에만 두 군데나 관왕묘가 생겼음에도 다시 북쪽에 진령군이 모신다는 관우의 사당이 새로 세워졌다. 왕실에서는 굿판이 끊이지 않았으며 고대 중국의 영웅을 향해 현재 조선의 안녕을 기원하는 아이러니한 풍경도 벌어졌다. 국가의 방향을 책임져야 하는 고종의 뒤에는 명성황후가 있었고, 명성황후의 뒤에는 진령군이 있었던 것이다.

권력의 실세인 그에게 줄을 대기 위해 탐관오리들이 북관묘 앞으로 길게 줄을 섰다. 수염이 하얀 중신들은 그와 의남매를 맺고자 다퉜고, 장차 조선을 이끌 인재들로 꼽힌 젊은 엘리트들은 그를 어머니로 모시고자 머리를 조아렸다. 그들의 전횡으로 인해 조선의 국고는 어이없이 탕진되었다. 이런 묘사가 가능할 것이다.

- 굿이 끝나자 허연 잿밥들이 한강의 강물 속으로 뿌려진다. 죽을 때까지 구경조차 하기 힘든 쌀밥들이 헛되이 강물 속으로 사라지는 광경을 보고, 백성들은 실성한 듯이 한강의 거친 물살에 뛰어들다가, 쌀밥을 손에 움켜쥔 채로 죽어 갔다. 한강 속

으로 들어간 잿밥은 모두 백성들의 고혈을 빨아 거둔 세금이니 한마디로 '망국의 굿판'이라 할 것이다.

그때는 19세기 말, 조선의 운명이 걸렸던 가장 중요했던 시기였다. 국정은 혼란 속으로 표류했다. 목숨을 걸고 시국을 우려하며, 여기저기에서 백성들이 일어나서 의병활동을 하였고, 뜻이 있는 사람들은 망국의 굿판을 그치라고 상소하였지만, 아무도 듣지 않았다. 상소를 한 사람은 귀양을 가거나 목숨을 내놓아야 했다. 이미 '그들만의 리그'가 시작되었기 때문이다. 그리고 그 리그에는 진성군이라는 여자 무당이 있었던 것이다. 그렇게 조선은 근대화로의 강요와 열강의 침략 앞에서 '골든타임'을 놓친 채 서서히 침몰했다. 아마도, 진성군이 굿판을 위해 한강에 뿌렸던 그 하얀 쌀밥이 조선의 운명이었는지도 모른다.

적법한 절차를 거치지 않고 자격이 갖춰지지 않은 사람이, 국가적 규모의 의사 결정에 깊숙이 관여했고, 그 과정에서 각종 이권을 사사로이 전횡했다는 의혹으로 2017년 한국이 큰 혼란에 휩싸였다. 뉴스를 바라보며 착잡한 심정에 사로잡힌 국민들은 결국 '촛불혁명'으로 화답했다. 대통령은 탄핵되어 감옥으로 들어가야 했다. 나라나 백성이나, 그들을 둘러싼 모두에게 불행임에 틀림이 없다.

『송사』의 「유일지전」에는 이런 말이 있다.

- 나라가 망하는 데는 한 사람이면 충분하다.

국정을 농단했던 진령군은 결국 탄핵되어 역사에서 자취를 감췄다. 그러나 곧이어 성강호라는 박수무당이 고종을 홀려 관직까지 받으며 다시 국정을 농단했다. 진령군은 끌어내려졌지만, 대한제국에서 변한 것은 아무것도 없었다.

왜 그런 일이 반복되는 것일까. 그들이 섬겨야 할 대상에게 수고하지 않았기 때문이다. 임금을 포함해서 나라를 다스리는 사람들이 섬겨야 할 대상은 백성이다. 즉, 그들은 민본(民本)을 생명처럼 여겨야 하는 것이다. 그들이 그것을 망각하는 순간, 그들도, 그들이 권력을 누리는 공간인 나라도 더 이상 온전하지 않은 것이다. 이는 비단, 우리나라, 동양뿐만 아니라 세계의 역사가 증명하고 있는 '진리'인 것이다.

노무현을 위한 변명

👥 노무현의 정치는 바다를 항해하는 것이다

산을 오르는 것과 바다를 항해하는 것은 분명히 다르다. 산을 오르는 것은 분명한 목표가 있고, 어느 시점에서 성공이든, 실패든 결과가 나오게 된다. 그리고, 우선 가시적이어서 단계적으로 전략을 수립할 수 있다. 무엇보다도 한 번 실패하면 다시 도전할 수 있다. 하지만, 바다를 항해하는 것은 다르다. 우선 아무것도 보이지 않는다. 바다 그리고 파도밖에 없기 때문이다. 산에서 볼 수 있는 나무도, 계곡도 없다. 오르막길과 내리막길도 없다. 그저 바다만 내 앞에 펼쳐져 있을 뿐이다.

바다를 항해하는 것은 또한 목표에 집중하기 어려운 일이다. 그저 언젠가는 육지에 도달한다는 믿음으로 그저 앞으로 나가기만 하는 것이다. 언제 끝날지도 모르고, 지금 내가 어디에 와 있는지도 정확히 알 수 없다. 사방이 모두 시퍼런 바다뿐이니 좌표를 확인하는 것이 무슨 의미가 있겠는가.

바다를 항해하는 것은 산을 오르는 것과 달라서, 한 번 실패하면 다시 도전할 수가 없다. 실패는 단순하게 상처만 남기는 것이 아니다. 죽음을 의미하는 것이다. 다시는 내 앞에 있는 그 어떤 것도 볼 수 없다는 의미가 되는 것이다. 비극적으로 말하면, 영원한 실패가 될 수도 있는 것이다.

노무현은 산을 오르는 정치를 한 것이 아니라 바다를 항해하는 정치를 했다. 자신의 임기를 5년으로 축소한 것이 아니라, 아니, 정치인 노무현의 인생을 자신의 생애로 국한하지 않은 채로 자신이 생각해왔던 세상을 향해, 혹은 백성들을 향해 뚜벅뚜벅 걸어갔던 것이다. 순풍보다는 역풍이 많았고, 도와주던 사람들도 하나둘 떠나서 고독한 순간이었음에도 그는 항해를 멈추지 않았다.

그래서, 그에게는 화려한, 남에게 보여주기 식의 정치는 맞지 않았다. 5년 동안 이것저것 벌여 놓고, 껍데기뿐인 성과를 내려고 하지 않았다. 그에게는 오로지 민주주의와 시장 질서를 공고히 하려는 생각밖에 없었다. 그리고, 대통령 이전에 한 인간으로서, 깨끗하고 소신 있게, 불의에 굴하지 않고 잘못된 것을 바꾸기 위해 살았던 것이다. 한마디로 말하면, 민본주의를 실현하려고 했던 것이다.

특정한 언론이나 재벌이 주인이 되는 세상이 아니라, 깨어 있는 시민이 역사를 이끌어가는 민본주의를 이 땅에 실현하고 싶었던 것이다. 그 민본주의는 단기간에 성과를 낼 수 없다는 것을 잘 알았을 것이다. 산을 올라가는 것이 아니라 바다를 항해하는 것임을 깨달았던 것이다.

때로는 눈물에 젖은 빵을 먹어야 했고, 어제의 동지들에게 적이 되어 신랄한 비판의 소리를 들어야 했다. 자신의 주변이 모두 떨어져나가는 비극을 경험해야 했다. 그럼에도 불구하고 그는 절대

노무현을 위한 변명

로 항해를 멈출 생각이 없었다. 누군가는 기어이 저 바다 끝에 이르러, 이 바다가 결코 건널 수 없는 바다가 아니라, 아무라도 건널 수 있는 바다라는 것을 증명하고 싶었던 것이다.

그게 그의 사명이었다. 그리고 그는 충분히 그것을 해낼 수 있다고 생각했다. 아니, 충분히 할 수 있었다. 그런데, 자연은 가만히 있는데, 인간이 그를 방해한 것이다. 그것도 최후의 권력에 있던 대통령이 그에게, 그의 사명에, 그의 신념에 칼을 던진 것이다. 여기에 언론이 거들었다.

노무현의 측근 중의 하나였던 어느 정치인이 한 말이 메아리처럼 들려온다.

- 이명박, 당신이 원하는 것이 이것이었습니까?
- 조중동, 당신이 원하는 것이 이것이었습니까?

👥 민본을 중심에 둔 참여정부의 조각

노무현 정부를 참여정부라고 부른다. 참여정부는 국민과 수평적·쌍방향적으로 소통하는 열린 정부를 지향하였다. 민본주의에 대한 의지가 어느 정부보다 강했다고 할 수 있다. 그런 정부였기에 첫 조각은 전례가 없을 정도로 파격 그 자체였다. 특히 사회 분야는 거의 다 파격이었다.

문민정부와 국민의 정부 때 개혁적인 인사들이 한두 명씩 내각이나 청와대에 발탁되었다가 견디지 못하고 물러나곤 하였다. 그래서, 노무현은 개혁적 인사들이 일거에 내각과 청와대의 대세를 장악해야 진정으로 개혁을 이룰 수 있다고 생각했다. 하지만, 노무현의 인재풀에는 한계가 있었다. 사회 분야 쪽은 구상대로 이룰 수 있었으나, 나머지 분야의 인재풀이 거의 없었던 것이다.

최대 파격은 강금실 법무부장관이었다. 처음에는 그동안 여성 장관을 발탁해 온 방식대로 환경부장관이나 보건복지부장관으로 발탁하는 정도가 모두의 예상한바였다. 하지만, 노무현은 그를 법무부장관으로 기용하였다. 여성의 몫이 환경부, 보건복지부, 여성부 또는 교육부를 벗어나지 못했던 고정관념을 깨뜨리고 싶었던 것이다. 이처럼 노무현의 여성관은 진취적이었다. 우리 사회에서 어느 여성의 능력이 남성과 비슷하다면, 그 여성은 훨씬 더 능력이 있다는 게 노무현의 생각이었다.

또 하나의 여성이 파격으로 등장하는데, 박주현 변호사를 국민참여수석으로 발탁한 것도 파격이었다. 연배로는 비서관급 또는 아래였는데, 노무현은 수석으로 임명한 것이다. 강금실에 이은 또 하나의 파격이었다.

이처럼 여성의 본격적 발탁이라는 노무현의 의지는 참여정부 출범 후에 최초의 여성헌법 재판관, 최초 및 복수의 여성 대법관, 최초의 여성 국무총리 순으로 이어졌다.

문화관광부 장관으로 발탁된 이창동 감독 카드도 신선한 파격이었다. 2002년 대선 때 노무현은 문화예술계에서 압도적인 지지를 받았다. 그들은 문화예술계 내부의 지지에 그치지 않고, 그 지

노무현을 위한 변명

지가 일반 국민에게까지 확산되도록 성원을 아끼지 않았다. 노무현 당선의 일등공신이 문화예술인들이라고 할 만했다.

노무현은 프랑스 예술부장관으로 전 세계에 신선한 모습을 보여준 앙드레 말로처럼 우리도 문화예술인 가운데 그런 장관을 발탁했으면 좋겠다고 하여, 결국 이창동 감독이 문화부장관이 된 것이다. 김두관 행정자치부 장관의 발탁도 노무현의 아이디어였다. 이장과 군수 등 기초지방행정에서 성공한 그를 중앙행정과 지방행정을 총괄하는 수장으로 임명하여, 행정의 중앙집권적 틀을 근본적으로 바꾸고 과감한 지방화와 지방분권으로 나가려고 의도했다.

오랫동안 인권변호사로 활동해 온 고영구 변호사를 국정원장에 발탁한 것도 신선한 파격 중의 하나였다. 국정원의 환골탈태를 위해서 처음부터 인권변호사로 가닥을 잡았다. 거기에 덧붙여서 한참 선배 인권변호사이자 성품이 깐깐한 이를 국정원장에 임명함으로써, 청와대는 물론 대통령 자신까지도 법에 어긋나는 지시나 부탁을 하지 않도록 방어막을 친 것이다.

경제부 장관으로 진대제 정보통신부장관의 발탁도 특별했다. 글로벌한 관점으로 장관 발탁이 필요해서 민간 영역에서 장관을 발탁한 것은 쉽지 않은 일이었다. 그의 아들이 이중국적문제로 언론의 비판을 받았지만, 감수하고 임명했다. 이용섭 전 관세청장을 초대 국세청장에 발탁한 것도 신선했다. 비국세청 출신을 통해 국세청의 고질적인 문제를 개혁해보자는 취지도 있었다. 실제로 이용섭 국세청장은 접대비 상한제, 골프와 유흥업소의 불인정 등 많은 세정개혁을 이루었다.

반기문 전 유엔사무총장을 외교보좌관으로 임명한 것도 의미 있는 일이었다. 그는 외교부장관으로 올라가, 나중에는 노무현의 전폭적인 지원에 힘입어 유엔사무총장이 되었다.

이처럼 노무현은 자신을 버리고 국민을 위해, 국가의 미래를 위해 정치하려는 생각뿐이었다. 그러기에 파격적인 인사를 단행할 수 있었던 것이다.

노란 선을 넘어서 남북 정상이 만나다

노무현이 대통령으로 있던 2007년 10월에는 남북정상회담이 열렸다. 참여정부의 남북정상회담 기본 원칙은 국정원, 통일부 등 대북 관련 공식기구를 통해서 공식적으로 추진한다는 것이었다. 노무현은 과거처럼 물밑에서 비선을 내세워 추진하지 않는다는 방침을 확고히 하였다. 또한 성과가 담보되지 않는, 만남 자체를 성과로 삼는 회담은 하지 않는다는 방침도 확고했다.

그래서 6자회담을 통해 북핵문제가 타결된 연후에 남북정상회담을 추진해서 혼선을 빚는 것은 바람직하지 않다고 판단했다. 정상회담이 열리기까지 많은 과정이 있었다. 2005년 6월, 6·15 공동선언 5주년을 맞아 노무현은 정동영 장관을 대통령 특사 자격으로 평양에 보내 김정일 위원장을 만나게 했다. '모든 내용은 나를 대신해서 방북한 정동영 특사와 허심탄회하게 의논해 달라'는 요지의 친서를 보냈다. 북핵문제의 평화적 해결을 위해 6자회담을 조기에 재개하고, 그 성과를 이어받아 남북정상회담도 열고 싶다는 노무현의 뜻이 전달되었다.

그리고 2005년 9월 6자회담에서 북핵문제 해결을 위한 9·19 공동성명이 채택되었다. 곧 북한으로부터 좋은 소식이 올 거라고 기대하고 있던 차에, 부시 행정부가 북한의 마카오 주거래은행인 BDA 내 북한계좌를 동결시킴으로써 9·19 공동성명을 무색하게 만들었다. 노무현의 다각적인 노력에도 불구하고 BDA 문제 해결의 실마리를 찾지 못했다. 북한은 2006년 7월 미사일 발사 실험에 이어 10월초 핵 실험을 저지르고 말았다. 남북정상회담은 한참 더 밀리고 말았다.

그러다가, 2007년 6월 초에 우리 정부 주도의 구상으로 BDA 문제가 풀렸다. 그리고 7월 말에 북한으로부터 만나자는 연락이 왔고, 당시 국정원장이 북한에 다녀오면서 정상회담 추진에 합의를 하고 왔다. 정상회담 일정은 8월 28일로 잡혔다. 하지만, 곧 이어 북한에 수재가 나면서 북한에서 연기요청이 왔다.

회담이 결정된 이후, 가장 중요하게 생각한 것은 대통령이 어떤 방법으로 북한을 가느냐였다. 김대중 대통령은 6·15 정상회담 때 비행기로 갔다. 공항에 영접 나온 김정일 위원장과 악수하는 장면이 그 회담을 상징하는 모습이 되었다. 참여정부는 남북관계의 진전을 촉진할 수 있는 방법을 택하고 싶었다. 가장 욕심이 났던 것이 철도였다. 당시 철도가 개성까지 연결되었고, 화물도 통행을 하고 있었는데 사람이 통행하지 않고 있었다.

대통령이 열차로 다녀오게 되면 남과 북의 끊어진 철도길이 명실상부하게 열리는 것이었다. 북측에 철도로 가는 방안을 강력히 추진했다. 북측에서도 진지하게 검토하였다. 그런데 개성 위쪽부터 평양까지의 선로가 시원치 않다고 했다. 단시일의 보수로 해결되지 않는다고 했다.

결국, 육로로 가는 방법이 채택이 되었다. 북측에 양해를 얻어서 군사분계선을 노란색으로 칠하고 노무현 대통령 내외가 걸어서 걷는 방법으로 하기로 했다. 남북정상회담 당일에 걸어서 노란 선을 넘는 노무현 내외의 모습은 대단히 인상적이었다. 노무현은 그 선 앞에서 소감을 말했다.

> 저는 이번에 대통령으로서 금단의 선을 넘어갑니다. 제가 다녀오면 더 많은 사람들이 다녀오게 될 것입니다. 그러면 마침내 이 금단의 선도 점차 지워질 것입니다.

대통령이 걸어서 군사분계선을 넘는 효과는 대단했다. 군사분계선을 노란 페인트 선으로 그어 놓으니 더 극적으로 보였다. 국내 방송은 물론 세계 유수의 방송들도 매 시간 주요뉴스로 그 장면을 연속으로 보냈다. 결국 그 장면이 전 세계적으로 10·4 정상회담을 보여주는 상징적인 장면이 되었다.

정상회담은 북핵문제를 평화적으로, 외교적으로 관리해 낸 노무현의 철학과 인내력과 정치력이 만들어 놓은 산물이다. 어찌 보면 그 시기 지혜로운 리더십으로 나라를 구한 것이나 다름이 없다.

대통령에 당선되자마자 북핵문제는 위기국면으로 치달았다. 미국의 중유공급 중단에 이어 북한의 핵확산금지조약 탈퇴, 핵 프로그램 재개, 그리고 핵 사찰단 추방 등 공화당 부시 행정부 네오콘들은 강경한 주장을 쏟아냈다. 복폭 공격을 주장하기도 하였

노무현을 위한 변명

다. 하지만, 노무현은 당선자 시절이어서 외교적 지위가 취약한 입장인데도 단호하게 말했다.

> 북핵문제는 대화를 통해 외교적으로 풀어야 한다. 북한에 대한 공격
> 이나 공격 가능성 언급도 안 된다. 특히 한국의 동의 없는 무력행사는
> 절대 안 된다. 미국의 봉쇄정책도 반대한다.

보수진영과 보수언론들이 마치 미국과 다른 견해를 갖게 되면 큰일이나 날 듯 걱정을 쏟아내며 공격을 했지만 끄떡도 하지 않았다. 노무현의 뜻이 워낙 강하니 부시 행정부도 대북강경일변도 정책을 포기하지 않을 수 없었다. 그리고 결국 대화를 통한 외교적 해결 쪽으로 가닥을 잡았다. 그 과정에서 우리도 이라크 파병을 통해 미국을 돕는 성의를 보이는 등 신뢰를 높여가면서 6자회담의 틀을 마련했다.

6자회담을 통한 완전한 비핵화 합의를 끌어내고, 북한의 모든 핵 프로그램 폐기와 함께 동북아의 영구적 평화를 위한 한반도 평화체제 논의 구조를 만들게 되었다. 6자회담을 통해 북핵문제가 잘 해결되었기 때문에 그 흐름 속에서 남북정상회담도 가능하게 되었다.

그 긴 과정 동안 노무현이 끊임없이 인내하면서 북한과 신뢰를 쌓아나간 것의 결실이 남북정상회담이었다. 남북 간 평화라는 건 신뢰를 통해 이루어진다. 서로 믿지 못하면 한 발짝도 앞으로 나갈 수가 없다. 남북정상회담 말고도 일상적인 남북접촉이나 교류도 참여정부 기간 동안, 상당한 발전을 이루었다.

👥👥 광우병 사태 때문에 노무현 죽이기 시작

이처럼 온전히 국민의 현재와 미래를 위해서 고군분투한 노무현이 퇴임을 하고 봉하마을에 온 것이 잘못이었을까. 그의 마지막을 따라가 보자. 도대체 그를 죽음으로 몰아간 것이 무엇이었을까. '노무현의 마지막 하루'는 이명박 정권 퇴진운동으로 번진 광우병 파동으로 거슬러 올라간다. 급기야 이명박 대통령은 2008년 6월 19일에 대국민 사과를 위한 담화문을 발표한다.

> 존경하는 국민 여러분, 지난 6월 10일, 광화문 일대가 촛불로 밝혀졌던 그 밤에 저는 청와대 뒷산에 올라가 끝없이 이어진 촛불을 바라보았습니다.

그러나 열흘 뒤, 대통령의 권위를 지키기 위한 대국민 싸움에 돌입한다. 당시 임채진 검찰총장을 앞세워 광우병 국민대책회의와 참여연대 등의 사무실을 압수 수색을 한다. 이때 촛불 집회를 이끈 세력을 분석해 보니 소위 '친노 세력'이었다는 것이다. 그리고 고향으로 돌아간 노무현의 사람들을 뒤지기 시작한다.

급기야 검찰, 경찰, 국세청에 있는 노무현 대통령이 임명한 사람들은 자신이 노무현의 사람이 아니라는 걸 보이기 위해 애쓰고, 새로 임명된 이들은 자신이 이명박의 수족이라는 것을 증명하기 위해 동분서주 뛰게 된다. 이때 가장 두드러진 인물이 한상률 국세청장이다. 심지어는 노무현 전 대통령이 자주 들르던 삼계탕 집부터 시작하여 태광실업의 박연차 회장, 우리들병원, 노사모 등

노무현을 위한 변명

무차별적으로 수사망이 덮친다.

우리 속담에 '털어서 먼지 안 나는 사람 없다'는 말이 있다. 잡으려고 하면 잡지 못할 게 어디 있겠는가. 아니, 없더라도 무작정 압수수색부터 하다 보면 무엇이라도 나오게 되어 있는 것이다. 안 나오더라도 손해 볼 게 없다. 이미 이미지로 타격을 입었기 때문이다.

그렇게, '노무현 죽이기'는 시작되었다. 322억이니, 600만 불의 사나이니, 박연차 게이트니 하며 착착 진행 중이던 수사는 노건평과 노무현으로 이어진 것이다. 노무현 전 대통령의 주변 인물들의 조세포탈, 뇌물공여 혐의는 노무현에게로 최종적으로 집결된다. 그리고 노무현이 검찰에 출두하는 데까지 이른다. 언론들은 이에 장단을 맞춘다. 이에 보수언론, 진보언론이 없었다.

노무현은 죽기 전에 이미 죽어 있었다

노무현은 비극적인 죽음을 맞이하기 전에 이미 죽어 있었다. 검찰의 칼끝은 서서히 노무현의 목을 향해 다가오고 있었다. 그의 주변 사람들이 서서히 짓밟히고 있었다. 아들을 포함한 가족도 마찬가지였다. 친구들도, 형제들도. 그리고 그를 위해 물심양면으로 헌신했던 사람들이 모진 고초를 겪고 있었다.

바다는 이미 성난 파도만 들끓고 있었다. 나침판도 사라져 버렸다. 게다가 밤이 되어 칠흑 같은 어둠만 노무현의 앞에 있었다. 하지만, 그는 그런 바다를 수없이 건너서 여기까지 왔다. 그래서 그런 바다가 두렵지 않다고 생각했다. 그런데, 이번은 아니었다. 대통령을 마치고 봉하마을에 내려와서 자신이 생각한 대로 살기를 원했다. 아니, 최소한의 인간의 존엄성만이라도 보장되기를 바랐다. 하지만, 세상은, 특히 권력과 언론은 그를 그냥 놔두지 않았다.

노무현의 피눈물 나는 고백을 들어보자.

> 더 이상 노무현은 여러분이 추구하는 가치의 상징이 될 수 없습니다. 자격을 상실한 것입니다. 저는 이미 헤어날 수 없는 수렁에 빠져 있습니다. 여러분은 이 수렁에 함께 빠져서는 안 됩니다. 여러분은 저를 버리셔야 합니다. 적어도 한발 물러서서 새로운 관점으로 저를 평가해 보는 지혜가 필요합니다.
> 저는 이미 모든 것을 상실했습니다. 권위도, 신뢰도, 더 이상 지켜야 할 아무것도 남아 있지 않습니다. 저는 사실대로, 그리고 법리대로만 하자는 것입니다. 제가 두려워하는 것은 검찰의 공명심과 승부욕입니다. 사실을 만드는 일은 없어야 합니다.

노무현이 세상에서 마지막을 보낸 시간은 글자 그대로 고독이었다. 집 안뜰에도 나갈 수 없게 되었다. 마을 곳곳에 기자들의 카메라가 진을 친 지는 오래되었다. 이제는 부엉이 바위와 사자바위에도 스물네 시간 카메라를 세워두었다. 집 뒤 화단에 잠시 나간 것이 방송 뉴스에 나올 정도였다. 비오는 날 권양숙 여사가 우산을 쓰고 마당에 나갔다가 카메라에 잡혔다. 침실과 거실 창을 카메라가 겨냥하고 있어서 창문을 열 수도 없었다. 집이 아니라

노무현을 위한 변명

감옥이었다. 아이들도, 친척들도, 친구들도 아무도 올 수 없게 되었다. 먼 산을 볼 수도 하늘을 볼 수도 없었다.

그는 결코 항해를 멈춘 것이 아니다

노무현이 떠난 마지막을 한 번 따라가 보자.

> 많은 생각들이 스쳐지나갔다. 조금 더 이 세상에 머물면서 진실을 밝히고 싶은 생각도 스쳐갔다. 하지만, 삶과 죽음이 자연의 한 조각이 아니겠는가. 굳이 구분할 필요는 없어 보였다. 그는 마지막으로 고향 마을을 천천히 둘러보았다. 마음이 평온해졌다. 이제 떠나도 될 것 같았다. 긴 시간 동안 항해를 했으니 어딘가에 정박할 시간이었다. 그는 심호흡을 하고 닻을 내리기 위해 일어섰다.

노무현은 20년 정치인생을 돌아보면서 무슨 생각을 했을까? 마치 물을 가르고 달려왔다는 표현처럼 그는 항해를 하고 있었던 것이다. 산을 올라가기 위해서 정치를 한 것이 아니었던 것이다. 세상을 조금이라도 바꾸고 싶었는데, 돌아보니 아무것도 바뀐 것이 없다고 느꼈을 것이다. 20년 전이나 지금이나 별반 달라진 게 없다고 생각했을 것이다.

그렇다면, 정말로 세상을 바꾸는, 그가 말한 사람 사는 세상을 만드는 길이 다른 데에 있었던 것일까. 바다를 항해하는 것이니 돌이켜 갈 수도 없는 노릇이지 않은가. 대통령은 자신이 생각하는 진보를 이루는 데 적절한 자리가 아니었다는 말인가? 그렇다면 누가, 무엇으로, 어떻게 세상을 바꾸는 것일까?

　글을 마치려는데, 멀리서 뱃고동 소리가 들려오는 것 같다. 노무현이 환하게 웃는 모습이 파도에 일렁이는 배와 함께 다가온다. 그렇다. 그는 항해를 결코 멈춘 게 아니었다. 부엉이 바위에서 뛰어 내려 다른 바다로 간 것이다. 어서 빨리 노란 국화를 준비해야겠다. 아무도 그를 맞이하지 않는다면, 그가 너무 쓸쓸하지 않겠는가. 그가 산을 선택하지 않고 바다를 선택한 것이 운명인 것이다. 한 개인의 영달을 선택하지 않고 백성을 선택한 것이 운명인 것이다. 그래서 그 운명만큼이나 그는 위대한 인간인 것이다. 그런 인간에게 최소한도의 예의는 필요하지 않을까.

　역사가 어떻게 흘러가든, 그 역사의 자락 어디엔가는 위대한 인간의 흔적이 있을 것이다. 아니, 있어야 할 것이다. 왜냐면, 노무현은 죽지 않고, 우리의 역사에 영원히 살아 있기 때문이다.

　　　　　　　　　　　　　　　노무현을 위한 변명

참고 문헌

- 노무현재단 엮음, 유시민 정리, 『운명이다』, 돌베개, 2010
- 켄 블랜차드, 타드 라시나크, 처크 톰킨스, 짐 발라드 지음, 조천제 옮김, 『칭찬은 고래도 춤추게 한다』, 21세기북스, 2014
- 조선일보사 편집부, 『세계를 감동시킨 위대한 연설들』, 조선일보사, 2000
- 문재인, 『문재인의 운명』, 가교출판, 2011
- 오연호, 『노무현의 마지막 인터뷰』, 오마이북, 2009
- 참여정부 국정브리핑 특별기획팀, 『노무현과 참여정부 경제 5년』, 한스미디어, 2009
- 유시민, 진중권, 홍세화, 『이런 바보 또 없습니다』, 책보세, 2009
- 김수경, 『내 친구 노무현』, 한길사, 2015
- 이백만, 『불멸의 희망』, 21세기북스, 2009
- 김성재, 김상철, 『다시 보는 야만의 언론』, 책보세, 2014
- 노무현, 『노무현이 만난 링컨』, 학고재, 2001
- 로리 베스 존스 지음, 송경근 옮김, 『최고 경영자 예수』, 한언, 2001
- 리빙엔, 쑨징 지음, 허유영 옮김, 『삼국지 처세학』, 신원문화사, 2008
- 조경달 지음, 허영란 옮김, 『민중과 유토피아』, 역사비평사, 2009
- 배상열, 『조선을 홀린 무당 진령군』, 추수밭, 2017
- 로이 루이스 지음, 김석희 옮김, 『나는 왜 아버지를 잡아 먹었나』, 정신세계사, 1993
- 이성무, 『조선시대 당쟁사(1, 2)』, 동방미디어, 2000
- 백지원, 『왕을 참하라(상, 하)』, 진명출판사, 2009
- 로버트 그린, 주스트 엘퍼스 지음, 안진환, 이수경 옮김, 『권력의 법칙』, 웅진지식하우스, 2009
- 잉에 슈테판 지음, 이영희 옮김, 『남과 여에 관한 우울하고 슬픈 결론』, 새로운 사람들, 1996
- 이수광, 『검계(1, 2)』, 오벨리스크, 2008
- 김명관, 『조선의 뒷골목 풍경』, 푸른 역사, 2003
- 이수광, 『잡인열전』, 바우하우스, 2008